가헌사

신기질 사 전집

❷

이 책은 (재)한국연구재단의 지원으로 학고방출판사에서 출간, 유통합니다.

한국연구재단
학술명저번역총서

동양편
623

가헌사

신기질사 전집

신기질辛棄疾 저 / 서 성 역주

②

稼軒詞

學古房

가헌사稼軒詞 권2 上

7

9

일러두기

1. 이 책은 1993년 상해고적출판사(上海古籍出版社)에서 펴낸 『가헌사』(稼軒詞)를 저본
   으로 하여 번역하였다.
2. 시 원문은 위의 판본에서 등광명(鄧廣銘)이 교감한 결과를 따랐으며, '□'로 되어 있는
   부분은 원문에서 결락된 부분으로 역시 위의 책을 따랐다.
3. 모든 작품은 먼저 번역문을 제시하고 원문을 싣는 방식으로 축구(逐句) 번역하였다.
   주석은 각주로 처리하였으며, 각 작품 끝에 번역자가 작품 이해에 필요한 간단한 '해
   설'을 달았다.
4. 한자가 필요한 경우는 우리말 독음 뒤에 한자를 넣었으며, 이름과 지명 등 고유명사의
   독음은 대부분 한국 한자음으로 달았다. 주요한 지명은 필요한 경우 괄호 안에 현재의
   지명을 적었다.
5. 책의 앞머리에 신기질과 그의 작품에 대한 역자의 해설을 실었고, 참고 지도를 끼웠으
   며, 책 뒤에 작품 제목 찾기를 부록으로 붙였다.

가헌사 稼軒詞 권2

대호 시기, 총 228수
1182년(송 효종 순희 9)부터 1192년(송 광종 소희 3)까지

上

수조가두水調歌頭

─ 갈매기와 맹약하다盟鷗[1]

대호를 내 무척 사랑하나니
천 길 비췻빛 거울이 열렸구나.
선생은 지팡이에 짚신 신고 할 일도 없이
하루에도 천 번이나 호수를 돈다.
나는 갈매기와 백로와 맹약을 맺었으니
오늘 맹약을 맺은 후
오가며 서로 의심하지 말지어다.
백학은 어디 있는가
함께 데려와 보게나.

파란 개구리밥을 헤치고
비췻빛 줄풀을 밀치고
푸른 이끼 위에 서 있구나.
물고기를 노리는 가마우지의 꾀를 웃나니
내가 술잔 드는 이유를 모르리라.
예전에는 황폐한 물가에 황량한 언덕이었는데
오늘 밤은 밝은 달에 맑은 바람이라
인간 세상은 얼마나 많은 애환이 바뀌어졌을까.
동쪽 언덕은 녹음이 적으니
버들을 좀 더 심어야하리.

帶湖吾甚愛, 千丈翠奩開. 先生杖屨無事,[2] 一日走千回. 凡我同
盟鷗鷺,[3] 今日既盟之後, 來往莫相猜. 白鶴在何處, 嘗試與偕來.
破靑萍, 排翠藻, 立蒼苔. 窺魚笑汝癡計, 不解擧吾杯. 廢沼荒
丘疇昔,[4] 明月淸風此夜, 人世幾歡哀. 東岸綠陰少, 楊柳更須栽.

注

1 盟鷗(맹구): 갈매기와 맹약을 맺다. 물욕 등 기심機心을 버리고 산
 수 속에서 은거하겠다는 뜻이다.
2 杖屨(장구): 지팡이를 짚고 짚신을 신다.
3 凡我(범아) 3구: 고대의 회맹에서 사용하는 말을 흉내 내어 썼다.
 『좌전』 ‘노 희공 9년’ 조에 제나라 왕이 규구葵丘에서 제후들과 맹약
 하며 말했다. “우리 맹약을 맺은 사람들은 맹약을 맺은 뒤에는 우호
 를 유지할 것이다.”凡我同盟之人, 旣盟之後, 言歸于好.
4 疇昔(주석): 예전.

해설

 대호에서 은거의 즐거움을 노래했다. 상편은 은거지인 대호의 모습
을 거울의 비유로 시작하여, 대호를 하루에 천 번이나 돌며 갈매기와
맹약을 하는 순진한 마음을 묘사했다. 하편은 물고기를 노리는 가마우
지와 술잔을 드는 자신과의 대비로부터 공명 추구에 대한 비판을 은연
중에 깔았고, 대호의 전후 변화로부터 인간 세상에서의 애환의 변화를
말했다. 말미에서는 생각을 넓게 펼치는 방법으로 은거의 즐거움을
말하며 마무리 지었다. 이 사는 1182(43세) 봄 대호帶湖에 살기 시작할
때 지었다. 신기질은 1181년 겨울 절서로浙西路 제점형옥提點刑獄으로
임명되었으나, 곧 탄핵을 받고 파직되었다. 그리하여 1182년부터
1192년까지 약 10년 간 신주信州 대호에 은거하며 살았다.

로 쓰였다.

2 羅幕(나막) 2구: 이백의 시 「봄의 그리움」春思에 나오는 "봄바람은 나를 알지도 못하는데, 무슨 일로 비단 휘장에 들어와 사람 마음을 뒤집나."春風不相識, 何事入羅幃.의 구절을 이용하였다.

3 幸自(행자): 본래. 원래.

4 剛道(강도): 줌전에 말하다. 완고하게 말하다. ○ 羞郎(수랑): 낭군을 보기가 부끄럽다. 원진元稹의 「회진기」會眞記에서 앵앵鶯鶯이 장생張生에게 준 시에 "다른 사람이 비웃는 건 부끄럽지 않으나, 그대 때문에 초췌했기에 오히려 그대 보기 부끄럽다네."不爲傍人羞不起, 爲郎憔悴却羞郎.라는 구절이 있다.

해설

어린 시녀의 여성스러움과 아름다움을 묘사하였다. 상편은 이제 열다섯 어린 나이라 봄바람 같은 모습으로 자랐고, 사람들이 이제까지 보지도 못했다고 말하였다. 마음에 둔 사람에게는 얼굴을 들지 못하지만, 상대방이 딴 데 보면 그때에서야 바라보는 순진한 마음을 그렸다. 하편은 시녀가 친구들과 노는 모습과 술자리에서의 서툰 모습을 민감한 언어로 형상화하였다. 어린 소녀의 순진한 모습을 세밀하고 생생하게 그려내었다.

육요령六幺令

—육씨 성을 가진 사람과 관련된 고사를 사용하여, 부모를 모시러 동쪽 오중으로 돌아가는 옥산령 육덕륭을 보내며用陸氏事, 送玉山令陸德隆侍親東歸吳中[1]

술친구와 꽃 같은 가기歌妓들
그대 가지 못하게 수레를 잡느라 끌채가 부러지네.
누가 고향에 돌아가는 꿈을 꾸며
육기陸機처럼 천 리 멀리 순채국을 그리워하나?
곧 송강松江에서 배를 고치고
육구몽陸龜蒙처럼 말할 줄 아는 오리를 점검하리라.
친구들이 맞이할 때는
육적陸績처럼 취중에 귤을 품었다가
깨어나 나올 때에야 품에서 귤이 떨어지리.

언제나 기쁜 것은 유방劉邦이 말 위에서
육가陸賈가 말하는 경전 구절을 즐겨 듣는 일.
육항陸抗은 양호羊祜와 대치하면서도 풍류가 있어
조조와 유비를 제압했었지.
더구나 그대의 사업을 보니
육지陸贄처럼 평생 배운 바를 저버리지 않았구나.
이별의 술잔에 시름이 깊어라.
그대 보내고 나서 육우陸羽처럼
향설차香雪茶를 달이며 『다경』茶經을 쓰리라.

酒群花隊, 攀得短轅折.[2] 誰憐故山歸夢, 千里蓴羹滑.[3] 便整松江一棹, 點檢能言鴨.[4] 故人歡接. 醉懷霜橘,[5] 墮地金圓醒時覺. 長喜劉郞馬上,[6] 肯聽詩書說. 誰對叔子風流,[7] 直把曹劉壓? 更看君侯事業, 不負平生學.[8] 離觴愁怯. 送君歸後, 細寫茶經煮香雪.[9]

注

1　玉山(옥산): 옥산현. 지금의 강서성 상요시 소재. ○ 陸德隆(육덕륭): 신기질의 친구. 옥산현령을 역임했다. 그 밖의 사항은 미상.

2　攀得(반득) 구: 백성들이 지방관의 이임에 못 가도록 수레를 잡다. 『백공육첩』白孔六帖에 "동한 때 후패가 임회 태수로 재임하다가 조정에 징초되자 백성들이 끌채를 잡고 길에 누워 임기를 마칠 때까지 있기를 바랐다."漢侯霸爲臨淮太守, 被徵, 百姓攀轅臥轍, 願留期年.는 말이 있다.

3　千里(천리) 구: 서진 육기陸機의 고사를 사용했다. 육기가 왕무자王武子를 만나니 왕무자가 양젖을 여러 섬 늘어놓고 "강동에는 이에 맞설 만한 음식이 없겠지?"라고 말했다. 육기가 "천리호에서 나오는 순채국이 있소. 다만 소금 된장을 넣지 않았을 뿐이오."有千里蓴羹, 但未下鹽豉耳!라고 했다. 『세설신어』「언어」言語 참조. 천리호千里湖는 지금의 강소성 율양현溧陽縣 동남 십오 리에 소재한 호수.

4　能言鴨(능언압): 당대 육구몽陸龜蒙의 고사를 가리킨다. 송강 보리甫里에서 은거하던 육구몽이 투압鬪鴨을 키우고 있었는데 하루는 역사驛使가 지나가다가 그중 좋은 놈을 쏘아 죽였다. 이에 육구몽이 "이 놈은 말을 할 줄 알아 소주蘇州를 거쳐 조정에 진헌하려 했는데 어찌 죽였소?"라고 했다. 이에 역사가 놀라 가지고 있던 금을 모두 육구몽에게 주었다. 그리고선 오리가 어떻게 말하는지 묻자 육구몽은 "자기 이름을 부른다오"라고 대답했다. 역사가 웃으며 말에 올라

가려고 하자 금을 돌려주었다. 『오중기문』吳中紀聞 참조.

5 懷霜橘(회상귤): 삼국시대 육적陸續의 회귤懷橘 고사를 가리킨다. 동오의 육적이 6세 때 구강에서 원술을 만났다. 원술이 귤을 내놓자 육적이 세 개를 품에 넣었는데, 돌아갈 때 인사하다가 품에서 귤이 떨어져 나왔다. 이에 육적이 "어머님께 드리려고 했습니다"欲歸遺母라고 대답했다. 『삼국지』「육적전」 참조.

6 長喜(장희) 2구: 서한 육가陸賈의 고사를 가리킨다. 서한 초기 육가가 수시로 경전을 말하자, 유방이 욕했다. "말 위에서 천하를 얻으면 될 일이지 어찌 시서를 공부한단 말인가!" 이에 육가가 말했다. "말 위에서 천하를 얻는다 해도, 어찌 말 위에서 천하를 다스리겠소?" 『사기』「역생육가열전」 참조. ○ 劉郎(유랑): 유방劉邦을 가리킨다.

7 誰對(수대) 2구: 삼국시대 육항陸抗의 고사를 가리킨다. 서진의 양호羊祜는 자가 숙자叔子로 양양에 주둔하였다. 동오의 육항陸抗이 이와 맞서 주둔하였다. 두 사람은 비록 적이지만 서로의 용병과 덕정에 감탄하였고, 한번은 육항이 양호에게 술을 보냈고, 양호는 육항에게 약을 보내기도 하였다. 『진서』「양호전」 참조. ○ 曹劉(조류): 조조와 유비. 위나라와 촉한.

8 不負(불부) 구: 당대 육지陸贄의 고사를 가리킨다. 육지가 "나는 위로 천자를 저버리지 않았으며, 아래로 배운 바를 저버리지 않았다." 吾上不負天子, 下不負吾所學.고 했다. 『구당서』「육지전」 참조.

9 細寫(세사) 구: 당대 육우陸羽가 초계苕溪에 은거하면서 『다경』 3권을 쓴 일을 가리킨다.

고향으로 돌아가는 육덕륭을 보내며 지었다. 부제에서 밝혔듯이 육씨 성을 가진 사람들의 고사를 모아 하나의 통합된 내용으로 작품을 만들었다. 인용된 사람은 육기, 육구몽, 육적, 육가, 육항, 육지, 육우 등 일곱 명으로, 아취 있는 이야기들이다. 당연히 사의 전체적인 뜻도 육덕륭의 풍도와 재능을 칭찬하는 것으로 이루어졌다. 앞에서 본 「답사행 —진퇴와 존망을 알고」와 같이 '경전의 어구를 모아 짓는다든지'集經句 여기의 '육씨 성을 가진 사람과 관련된 고사'用陸氏事만 가지고 짓는 것은 전통적으로 내려온 일종의 언어유희에 속한다. 때문에 모든 전고가 잘 어울리는 것은 아니지만, 대체로 여러 전고들이 자연스럽게 통합되어 있어 언어를 다루는 빼어난 솜씨를 엿볼 수 있다. 1182년(43세) 경 신주 대호에서 한거할 때 지었다.

육요령六幺令

관모를 벗어 던지고 한바탕 웃으니
반백의 머리에 옥비녀마저 부러졌네.
'양관곡'은 원래 처절하거늘
오히려 노랫소리 매끄럽고 구성지니 괴이쩍구나.
집에 돌아가서는 개구쟁이 아이들이
이웃집 오리를 귀찮게 하지 않게 해야 하리.
여기서 오중까지 강은 흐르고 산은 이어져있어
그대는 돌아간다는 감흥에
마셔도 안 취하고 꿈속에서도 생시인 듯하구나.

강가의 오 땅 사람들 나에 대해 묻거들랑
번거롭지만 하나하나 말해주게나.
찾아오는 손님도 없고 술독은 자주 텅 비어도
진주 방울 같은 술을 거의 빚지 않는다고.
손에 낚싯대 쥐는 게 아직 서툴지만
늘 '창랑가'를 배우고 있다고.
무엇을 근심하고 무엇을 두려워하랴만
어찌 견디랴 버들개지가
봄바람에 온 성 가득 눈처럼 날리는 것을.

倒冠一笑,¹ 華髮玉簪折. 陽關自來凄斷,² 却怪歌聲滑. 放浪兒
童歸舍,³ 莫惱比鄰鴨. 水連山接. 看君歸興, 如醉中醒夢中覺.

江上吳儂問我, 一一煩君說: 坐客尊酒頻空,⁴ 賸欠眞珠壓.⁵ 手
把魚竿未穩, 長向滄浪學.⁶ 問愁誰怯. 可堪楊柳,⁷ 先作東風滿城
雪.

注

1 倒冠(도관): 모자를 벗다. 벼슬을 그만두다. 육덕령이 벼슬을 그만
두고 고향으로 돌아가는 일을 가리킨다.

2 陽關(양관): 「양관곡」. 당대 왕유王維가 지은 칠언절구 「안서에 사
신으로 가는 원이를 보내며」送元二使安西를 가사로 한다.

3 放浪(방랑) 2구: 두보의 「성도 초당에 가면서, 도중에 시를 지어
먼저 엄 정공께 부침 5수」將赴成都草堂, 途中有作, 先寄嚴鄭公五首에 나
오는 "아이들이 속객을 부른다고 탓하지 말고, 오리와 거위가 이웃
에 폐 끼치지 않도록 관리하오."休怪兒童延俗客, 不敎鵝鴨惱比鄰.를 이
용하였다.

4 坐客(좌객) 구: 동한 말기 공융孔融의 전고를 이용하였다. 공융은
"자리에 항상 손님이 많고 술잔에 술이 비지 않는다면 난 근심이
없겠네."坐上客恒滿, 尊中酒不空, 吾無憂矣.라고 하였다. 『후한서』「공융
전」참조.

5 賸欠(잉흠): 거의 하지 않다. ○ 眞珠(진주): 술을 가리킨다. ○ 壓
(압): 술을 빚다.

6 滄浪(창랑): 『초사』「어부」漁父에 나오는 "창랑의 강물이 맑으면 내
갓끈을 씻고, 창랑의 강물이 탁하면 내 발을 씻으리라."滄浪之水淸
兮, 可以濯我纓. 滄浪之水濁兮, 可以濯我足.를 환기한다.

7 可堪(가감) 2구: 동진의 사안謝安과 사도온謝道韞의 전고를 가리킨

다. 한 번은 사안이 분분히 내리는 눈은 무엇과 같냐고 묻자 사랑謝朗이 "공중에 뿌려진 소금과 아주 비슷하네요"撒鹽空中差可擬라고 하자, 사도온謝道韞이 "바람에 일어나는 버들개지라 하는 것만 못하네요"未若柳絮因風起라고 하였다. 『세설신어』「언어」참조.

해설

바로 앞의 사와 마찬가지로 오중으로 가는 육덕륭을 보내며 지었다. 상편은 이별의 자리를 묘사하였다. 오중으로 돌아가게 되어 기뻐하는 육덕륭은 크게 웃느라 비녀가 부러질 정도이고 이별 때 부르는 '양관곡'마저 듣기 좋다고 한다. 이러한 이유로 이별의 연석은 경쾌하고 활발하다. 하편은 육덕륭더러 오중의 친구들에게 자신의 처지를 알려달라고 부탁하면서 자신의 은거 생활에 대해 묘사하였다. 말미에서 바람에 나부끼는 버들개지의 이미지로 어지러운 자신의 신세와 심정을 형상화하였다. 1182년(43세) 경 신주 대호에서 한거할 때 지었다.

태상인太常引
— 한남간 상서의 생신을 축하하며壽韓南澗尙書[1]

군왕은 정 상서鄭尙書가 오는 발소리를 귀 기울여 듣는 동안에
정 상서는 백관을 인솔하고
자신전紫宸殿 조회에 들어왔었지.
지금 왕조에선 또 한남간을 존중하고
이부상서의 문장은 태산과 같다고 말하네.

한 잔 술로 축수하며
공에게 묻나니 무슨 일로
일찌감치 적송자赤松子와 짝하여 한가로운가?
이루어놓은 공적을 후인이 보면
강좌의 풍류 재상 사안謝安과 같다고 하리라.

君王着意履聲間,[2] 便合押, 紫宸班.[3] 今代又尊韓,[4] 道吏部文章泰山.

一杯千歲, 問公何事, 早伴赤松閑?[5] 功業後來看, 似江左風流謝安.[6]

注

1 韓南澗(한남간): 한원길韓元吉. 자는 무구無咎. 개봉 사람이다. 신주
   에 살 때 거처의 앞에 시내가 있었기에 호를 남간南澗이라 지었다.

효종 때 이부상서를 역임했으며 항금抗金 정책을 주장했다. 신기질이 신주에 있을 때 한남간과 자주 창화하였다.

2 着意(착의): 주의하다. ○ 履聲(이성): 신발 끄는 소리. 한 애제漢哀帝 때 상서복야 정숭鄭崇은 간언을 잘 하였다. 매번 조회에 들어설 때마다 가죽신 끄는 소리가 나면 애제가 웃으며 "정 상서의 신발 끄는 소리는 알겠노라"我識鄭尙書履聲고 하였다. 『한서』「정숭전」 참조.

3 押班(압반): 이끌다. 인솔하다. ○ 紫宸(자신): 자신전紫宸殿. 궁전 이름. 당대 대명궁大明宮의 3대전 가운데 하나로 남북으로 함원전含元殿, 선정전宣政殿, 자신전이 나란히 있었다.

4 尊韓(존한) 2구: 한유韓愈를 존중하다. 한유는 관직이 이부시랑吏部侍郎에 이르렀다. 『신당서』「한유전」 찬문贊文에 "한유가 죽은 이래 그의 학설이 크게 성행하여 학자들이 태산과 북두를 우러르듯 한다."自愈之沒, 其言大行, 學者仰之如泰山北斗.는 말이 있다. 여기서는 당대에 한유를 존중했듯 송대에는 한남간을 존중한다는 뜻이다.

5 赤松(적송): 적송자. 고대의 신선. 적송자와 짝한다는 말은 은거한다는 뜻이다. 서한 초기 장량張良은 공업을 이룬 후 "인간 세상의 일을 버리고 적송자를 따라가 놀고 싶다."願棄人間事, 欲從赤松子遊耳.고 하였다. 『사기』「유후세가」留侯世家 참조.

6 謝安(사안): 동진의 유명한 재상. 『남사』南史「왕검전」에 왕검王儉은 종종 사람들에게 "강좌의 풍류 재상으로는 오직 사안 밖에 없소."江左風流宰相唯有謝安라고 했다.

해설

한남간의 재능을 칭송하고 장수를 기원하였다. 한유를 제시한 것은 문장이 한유처럼 뛰어나다는 비유이며, 사안을 제시한 것은 사안이 동산東山에서 재기한 것과 같이 나중에 다시 활동하기를 권하는

뜻이다. 역사상의 일들을 끌어오면서도 지극히 자연스럽게 축하와
칭송의 의미를 담았다. 1182년(43세) 경 신주(상요)에서 한거할 때 지
었다.

접련화蝶戀花

기심機心을 씻어내고 불법佛法을 따르니 매사가 기쁘다.
보아하니 술잔 앞에서
가을의 생각도 봄의 마음으로 변하는구나.
누가 선생에게 백발과 낙치落齒의 시기를 늦추어주랴
오로지 취하고 노래할 뿐이로다.

세월을 어찌 흐르는 시냇가에서 탄식하랴
천고에 변함없는 노란 국화
스스로 도연명에 비기노라.
높이 누운 석룡石龍은 불러도 일어나지 않는데
미풍은 불지 않고 하늘은 취한 듯하구나.

洗盡機心隨法喜.¹ 看取尊前, 秋思如春意. 誰與先生寬髮齒,²
醉時惟有歌而已.
　歲月何須溪上記,³ 千古黃花, 自有淵明比. 高臥石龍呼不起.⁴
微風不動天如醉.

注

1 機心(기심): 기회를 엿보고 움직이는 마음. 욕심. ○ 法喜(법희): 불
　법佛法을 듣고 일어나는 기쁨.
2 寬髮齒(관발치): 백발과 낙치落齒의 시기를 늦춤. 장수한다는 뜻.

3 歲月(세월) 구: 공자가 시내 위에서 강물의 흐름으로 세월의 흐름을 탄식한 고사를 환기한다.
4 石龍(석룡): 우암雨巖 또는 석랑石浪이라고도 한다. 강서 상요시上饒市 광풍구廣豐區의 박산博山에 소재. 박산사博山寺 근처에 있으며, 30여 장으로 기이한 형상에 거대한 바위 위로 폭포가 비처럼 떨어지므로 우암이라고 하였다.

해설

은거의 한가한 정취를 노래했다. 상편에선 기심機心을 모두 씻어낸 경지를 추구하였다. 그러다보니 작은 일에도 기뻐할 수 있고, 취하고 노래하며 '백발과 낙치'髮齒에 대한 근심을 줄일 수 있다. 하편은 자신을 도연명에 비유하며, 또 석룡과 같이 세상사에 흔들리지 않고 조용하면서도 안정된 심경을 추구하였다. '높이 누운'高臥 석룡은 곧 첫 구에서 말한 명리에 물든 기심을 모두 씻어낸, 담백하고 적막한 심경이라 할 수 있다.

접련화 蝶戀花

무엇이 그대를 기쁘게 하고 화나게 하는가?
산이 오라고 하면 사람은 가고
사람이 오라고 하면 산은 잠자코 있구나.
마치 고쟁古箏의 현을 받히는 현침絃枕은 잠자코 가만히 있으나
온갖 정감과 소리가 그칠 때가 없는 것과 같아라.

내 그대에게 계당기溪堂記를 한유처럼 써주길 바라니
육기陸機와 육운陸雲 형제와 같은 그대 형제
좋은 문장은 꽃보다도 낫더구나.
늙은 눈에 만발한 꽃들이 빈 곳에서 어지러이 피어나고
'은 갈고리' 같은 초서는 보기도 전에 마음이 먼저 취하는구나.

何物能令公怒喜?¹ 山要人來, 人要山無意. 恰似哀箏絃下齒,²
千情萬意無時已.
自要溪堂韓作記,³ 今代機雲,⁴ 好語花難比. 老眼狂花空處起.
銀鉤未見心先醉.⁵

注

1 何物(하물) 구: 무엇이 그대를 기쁘게 하고 화나게 하는가? 동진
　때 왕순王珣과 치초郗超가 대사마 환온桓溫의 인정을 받아 발탁되었
　는데 왕순은 주부主簿가 되었고 치초는 기실참군記室參軍이 되었다.

치초는 수염이 무성하고 왕순은 키가 작았기에 당시 형주 사람들은 그들에 대해 다음과 같이 노래불렀다. "수염 참군과 작은 주부는, 영공을 기쁘게도 하고 화나게 하기도 한다네."髯參軍, 短主簿, 能令公喜, 能令公怒. 『세설신어』「총례」寵禮 참조. 영공은 일반적으로 높은 직위를 가진 사람에 대한 존칭.

2 絃下齒(현하치): 고쟁이나 거문고의 머리 부분에 있는 현을 받히는 현침絃枕.

3 溪堂(계당): 시내 옆의 집. 여기서는 신기질이 지은 가헌稼軒을 가리킨다. ○ 韓作記(한작기): 한유가 지은 기문記文. 한유의 시「운주계당」鄆州溪堂에 서문이 붙어있는데, 계당의 건립 연유를 적었다. 여기서는 한원길이 쓰게 될 「가헌기」稼軒記를 가리킨다.

4 機雲(기운): 서진의 육기陸機와 육운陸雲 형제. 한원길과 한원룡韓元龍 형제를 비유한다. 한원룡은 직룡도각直龍圖閣과 강서 제형까지 올랐으며, 한원길과 함께 문명을 떨쳤다.

5 銀鉤(은구): 은 갈고리. 초서 서체를 비유한다. 서진의 색정索靖은 초서에 뛰어났는데 초서 명칭이 '은 갈고리'와 '전갈 꼬리'銀鉤蠆尾였다. 『서원』書苑 참조.

해설

자신의 희노애락에 대한 생각을 나타내고, 한원길에게 새로 지은 집에 대한 기문記文을 요청하였다. 상편에서 기쁨과 화냄은 자신과 대상이 일치되느냐 않느냐에 따라 자연스럽게 일어난다는 의견을 폈다. 그것은 산과 사람의 관계에서 양쪽의 뜻이 합치되면 기쁘고, 양쪽의 뜻이 합치되지 않으면 화가 나는 것과 같다. 또 고쟁을 연주하는 억양에 따라 즐겁고 슬픈 곡이 나오듯이 자신은 사회적 모순 속에서 분노가 나올 수밖에 없음을 은연중에 말하였다. 하편은 한원길에게 기문을 청하면서 그의 문장과 서예를 칭송하였다. 「가헌기」稼軒記는 현재 홍매洪邁가 지은 것만 남아있고, 한원길이 지은 작품은 남아있지 않으므로, 실제로 그가 기문을 지었는지 알 수 없다.

수조가두 水調歌頭
— 엄자문과 부안도가 앞의 작품에 화운하였기에, 다시 화답하여 고마움을 표하다嚴子文同傳安道和前韻, 因再和謝之[1]

나에게 오색구름 같은 글씨로 편지를 부쳐오니
마침 술자리에서 뜯어보노라.
동풍에 돌아가는 기러기가 다 지나도록
객성客星이 돌아오는 걸 보지 못하네.
듣자하니 격자창에 바람과 달이 좋고
더구나 늙은 시인이 지팡이에 짚신 신고 거닌다니
마치 소동파의 설당雪堂과 같겠구료.
날씨가 가물어 손님을 부르지 못한다니
비가 오길 바라듯 그대 오기 기다리오.

낮은 등잔걸이와
긴 칼자루엔
이끼가 끼려 하오.
활은 쓸모없이 벽에 걸려
술잔에 그림자만 떨어뜨릴 뿐.
병이 많아 약낭에만 관심을 두고
호미질 하며 푸성귀 따니
이 늙은이 참으로 사람의 관심이 필요하다오.

밤비가 북창의 대숲에 내리니
농부를 불러 더 심도록 하리라.

寄我五雲字,² 恰向酒邊開. 東風過盡歸雁, 不見客星回.³ 聞道
瑣窓風月, 更着詩翁杖屨, 合作雪堂猜.⁴˒⁵ 歲旱莫留客, 霖雨要
渠來.

短燈檠,⁶ 長劍鋏,⁷ 欲生苔. 雕弓掛壁無用,⁸ 照影落淸杯. 多病
關心藥裹,⁹ 小摘親鉏菜甲,¹⁰ 老子政須哀.¹¹ 夜雨北窓竹, 更倩野
人栽.

注

1 嚴子文(엄자문): 엄환嚴煥. 강소 상숙常熟 사람으로 자字는 자문子
文. 엄자문은 1142년 진사과에 급제한 후 휘주 신안徽州新安 교수敎
授, 건강부 통판, 태상승, 복건시박사福建市舶使 등을 역임하고 조봉
대부朝奉大夫까지 이르렀다. ○ 傳安道(부안도): 부자득傳自得. 천주
泉州 사람으로 자는 안도安道. 복건 전운부사, 절동 제점형옥 등을
역임했다.

2 五雲字(오운자): 오색구름처럼 아름답고 잘 쓴 글씨. 당대 위척韋陟
이 서예 작품에 서명한 자신의 작품이 스스로 오색구름 같다고 자
랑한 데서 당시 사람들이 '순공 오운체邠公五雲體라고 불렀다. 순공
은 위척의 작위. 『신당서』「위척전」 참조. 후세에는 일반적으로 남
이 보내온 편지에 대한 경칭으로 쓰였다.

3 客星(객성): 불시에 나타났다가 사라지는 별. 이 구는 『한서』「일민
전」逸民傳 중 엄광에 대한 전기의 한 대목을 가리킨다. 광무제가
엄광을 찾아 함께 도성에 들어간 후, 두 사람은 같은 침상에서 잠을
잤다. 자는 중 엄광의 발이 광무제의 배 위에 올라갔다. 다음 날

천문관인 태사太史가 "객성이 제성帝星을 급히 침범하였다"客星犯御
座甚急고 아뢰었다. 여기서는 엄광으로써 성씨가 같은 엄자문을 비
유하였다.

4 [원주] "엄자문이 설재를 짓고 편지를 부쳐오기를 '최근 가뭄이 들어 손
님을 부르지 못했습니다'고 했다."子文作雪齋, 寄書云: "近以旱, 無以延客."

5 雪堂(설당): 소식蘇軾이 황주에 폄적되었을 때 임고臨皐에 지은 집.
소식의 호가 동파東坡이다.

6 短燈檠(단등경): 낮은 등잔걸이. 한유의 「단등경가」短燈檠歌에 나오
는 유용하지만 버려진다는 뜻을 환기한다.

7 長劍鋏(장검협) 2구: 칼자루에 이끼가 끼다. 세상에 쓰이지 못함을
비유한다. 전국시대 제나라의 풍환馮驩이 맹상군孟嘗君의 식객으로
있으면서 대우가 낮을 때마다 칼자루를 두드리며 노래 부른 일을
환기한다.

8 雕弓(조궁) 2구: 배궁사영杯弓蛇影 고사를 환기한다. 서진의 악광樂
廣이 손님 가운데 오랫동안 오지 않는 사람이 있어 물었더니, 한
번은 술을 마시는데 술잔 속에 뱀이 있어 마음에 걸렸는데 마시고
나서 병이 났다는 것이었다. 이에 악광이 자신의 관청 벽에 활을
걸어놓고 뱀 모양으로 칠하여, 활 그림자가 떨어진 것으로 보이게
하자, 그 손님의 병이 나았다고 한다. 『진서』「악광전」 참조.

9 藥裹(약과): 약낭藥囊.

10 鉏(서): 鋤(서)와 같다. 호미. 여기서는 호미질하다. ○ 菜甲(채갑):
菜莢(채협). 채소의 첫 잎.

11 哀(애): 연민. 관심.

해설
친구의 방문을 기다리며 자신의 은거 생활을 그렸다. 상편은 친구

에 대한 안부로 편지만 오고 사람이 오지 않은 아쉬움에서 엄자문이 새로 지은 설재雪齋를 상상하였다. 하편은 자신의 생활과 심사를 나타낸 것으로 활과 칼도 쓰지 못한 채 나이만 들어가는 자신의 고충을 호소하였다. 1182년(43세) 대호帶湖 거주 초기에 지은 앞의 사「수조가두 —대호를 내 무척 사랑하나니」에 대해 많은 친구들이 화답을 해주었고, 이 사는 두 친구의 작품에 대해 다시 화답한 사이다.

수조가두 水調歌頭

— 탕조미 사간의 화답을 받고, 같은 운을 사용하여 감사하다

湯朝美司諫見和, 用韻爲謝[1]

빛나는 해가 금궐을 비추니
호랑이와 표범이 지키는 삼엄한 구중궁궐이 열린다.
보이나니 그대 간언諫言의 주장奏章 자주 올려
담소하는 사이 군주의 잘못 바로잡았지.
천고에 이름을 남길 충신이
만 리 멀리 장기瘴氣 가득한 남만에 왔으니
이제 지난 일 놀라거나 의심하지 말게.
곧 부귀를 면하지 못할까 두려울 뿐
황제로부터 소식이 오리라.

우습구나, 나의 집이여
문은 잡초로 파묻히고
길은 이끼로 덮였다.
두 손은 쓸모없이 두어선 안 되니
술잔과 게 집게발을 들었다.
검법을 말하고 시를 논하는 것은 모두 한가한 일
쓰러질 듯 취해 춤추며 미친 듯 노래 부르니
늙은이가 가장 슬프구나.

백발이 어찌 심어서 났겠는가

한 올 한 올 모두 깨어 있을 때 시름에서 생겨난 것을.

白日射金闕, 虎豹九關開.[2] 見君諫疏頻上,[3] 談笑挽天回. 千古
忠肝義膽, 萬里蠻煙瘴雨,[4] 往事莫驚猜. 政恐不免耳,[5] 消息日邊
來.[6]

笑吾廬, 門掩草, 徑封苔. 未應兩手無用, 要把蟹螯杯.[7] 說劍論
詩餘事,[8] 醉舞狂歌欲倒, 老子頗堪哀. 白髮寧有種,[9] 一一醒時栽.

注

1 湯朝美(탕조미): 탕방언湯邦彦. 자가 조미朝美이다. 진강鎭江 사람.
박학굉사과에 급제한 후 추밀원 편수관, 좌사간左司諫을 역임했다.
1175년 금나라에 사신으로 갔다가 다음해 광동의 신주新州로 폄적
되었고, 다시 강서의 신주信州로 양이되어 신기질을 만났다.

2 虎豹九關(호표구관): 호랑이와 표범이 지키는 궁궐. 『초사』「초혼」
招魂에 "혼이여, 돌아오라. 그대 하늘로 올라가지 말기를. 호랑이와
표범이 지키는 아홉 궐문은 하계의 사람을 물어버린다네."魂兮歸來,
君無上天些. 虎豹九關, 啄害下人些.라는 구절이 있다.

3 諫疏(간소): 간언을 올리는 주장奏章.

4 蠻煙瘴雨(만연장우): 남만 지역의 안개와 장기가 있는 비. 탕조미
가 광동 신주新州에 폄적된 일을 가리킨다. 신주는 지금의 광동성
신흥新興현.

5 政恐(정공) 구: 본래 부귀에 뜻이 없으나 형세가 어쩔 수 없이 그리
될 듯하다. 『세설신어』「배조」排調에 나오는 동진의 사안謝安과 관련
된 고사에서 나왔다. "처음에 사안이 동산에 포의로 지내고 있을
때 형제 중에 이미 부귀한 자가 있어 종종 집안이 빈객으로 가득

차고 사람들을 모두 이끌고 오기도 했다. 이에 유 부인이 사안에게 농담 삼아 말하였다. '대장부가 이렇게 해선 안 되나요?' 이에 사안이 코를 잡고 말했다. '다만 면하기 어려울 듯해 두렵소.'"初, 謝安在東山居布衣, 時兄弟已有富貴者, 翕集家門, 傾動人物. 劉夫人戲謂安曰: "大丈夫不當如此乎?" 謝乃捉鼻曰: "但恐不免耳." ○ 政(정): 正(정)과 같다. 마침. 바로.

6 日邊(일변): 태양 옆. 황제의 근처를 비유한다.

7 蟹螯(해오): 게의 집게발. 동진의 필탁畢卓의 전고를 가리킨다. 필탁은 이부랑吏部郎으로 관사에 술이 익으면 밤에 들어가 몰래 마시다가 발각되곤 했고 술 때문에 퇴직되곤 했다. 또 그는 다음과 같은 말을 하였다. "술을 얻어 수백 섬을 배에 가득 싣고 사시사철의 맛있는 음식을 양쪽에 실어, 오른손으로는 술잔을 들고 왼손으론 게 집게발을 들고 술을 실은 뱃전을 두드리고 떠돌며 산다면 한 평생이 족히 편안할 걸세."得酒滿數百斛船, 四時甘味置兩頭, 右手持酒杯, 左手持蟹螯, 拍浮酒船中, 便足了一生矣. 『진서』「필탁전」참조.

8 說劍(설검): 검에 대해 말하다. 장자가 조 문왕趙文王에게 검을 가지고 정치와 군사에 대해 논한 일을 가리킨다. 『장자』「설검」說劍 참조. ○ 餘事(여사): 閑事(한사). 한가한 일.

9 白髮(백발) 구: 황정견의 시에 "백발이 심은 듯이 일제히 생긴다"白髮齊生如有種는 구절을 반대로 이용하였다.

해설

친구와 자신의 처지를 노래하였다. 상편은 친구에 대해 쓰면서, 탕조미의 활약과 공로, 폄적에 대한 위로와 미래에 대한 격려를 보냈다. 하편은 자신에 대해 쓰면서, 은거 생활의 자조와 회재불우의 울분을 썼다. 전체적으로 친구와 자신을 대비시키는 가운데 친구의 일을 빌려

자신의 분노를 표현하였다. 1182년(43세) 대호鄱湖에서 지은 앞의 사
「수조가두 —대호를 내 무척 사랑하나니」에 대해 탕조미가 화답하였
고, 이에 대해 작자가 다시 화답한 사이다.

답사행踏莎行
— 가헌을 읊다. 경전의 어구를 모아賦稼軒, 集經句[1]

진퇴와 존망存亡을 알고
쓰이면 나가고 안 쓰이면 은거하니
소인이 되어 번수樊須에게 농사일을 배운다.
누추한 집에서도 살만 하니
해가 지면 소와 양이 내려온다.

위 영공衛靈公을 떠났다가
환퇴桓魋를 만나기도 하며
동서남북으로 떠돌아다녔다.
장저와 걸익처럼 어깨 나란히 짝지어 밭을 갈면 되지
무슨 일로 공자는 경황없이 바삐 지냈던가?

進退存亡,[2] 行藏用舍.[3] 小人請學樊須稼.[4] 衡門之下可棲遲,[5] 日
之夕矣牛羊下.[6]
　去衛靈公,[7] 遭桓司馬.[8] 東西南北之人也.[9] 長沮桀溺耦而耕,[10]
丘何爲是棲棲者.[11]

注

1 稼軒(가헌): 신기질이 대호 옆에 지은 집 이름. 『송사』「신기질전」
　에 "일찍이 말하길 사람의 생명은 근면에 있으니, 응당 힘써 밭을 가는 것을 우선으로 해야 한다. …그러므로 가稼로 헌軒의 이름을 지었다."嘗謂人生在勤, 當以力田爲先, …故以稼名軒.는 말이 있다. ○ 集 經句(집경구): 유가 경전의 어구를 모아 작품을 지음.

2 進退存亡(진퇴존망): 진퇴와 존망. 『주역』「건 문언」乾文言에 "진퇴 와 존망을 알고 그 바름을 잃지 않은 자는 성인일 것이다."知進退存 亡而不失其正者, 其惟聖人乎?라는 말이 있다.

3 行藏用舍(행장용사): 행함과 숨음, 쓰임과 버림. 즉 벼슬에 나감과 은거함. 『논어』「술이」述而에 "쓰이면 행하고 안 쓰이면 숨는다."用 之則行, 舍之則藏.란 말에서 나왔다.

4 樊須稼(번수가): 번지樊遲가 농사에 대해 묻자 공자가 "나는 농부보 다 못하네"라고 대답했다. 번지가 나가자 공자가 "소인이구나, 번지 여!"小人哉, 樊須也!라고 말했다. 번수樊須는 곧 번지樊遲.

5 衡門(형문): 두 기둥에 막대 하나를 가로 질러 만든 문. 가난하고 초라한 집이나 은자의 거처를 가리킨다. 『시경』「형문」衡門에 "가로 막대로 문을 삼아도, 편안히 쉴 수 있으니."衡門之下, 可以棲遲.란 말 이 있다. ○ 棲遲(서지): 쉬다. 살아가다.

6 日之(일지) 구: 『시경』「군자우역」君子于役에 "해가 저녁이 되니 소 와 양이 내려온다."日之夕矣, 羊牛下來.는 구절이 있다.

7 去衛靈公(거위령공): 공자가 위 영공을 떠나다. 위 영공이 진법에 대해 묻자 공자가 "군사에 대한 일은 배우지 못했습니다."軍旅之事, 未嘗學也.고 대답하고 다음날 위나라를 떠났다. 『논어』「위령공」 참조.

8 遭桓司馬(조환사마): 공자가 환퇴桓魋를 만나다. 공자가 노나라와 위나라에서 뜻을 얻지 못하였는데, 송나라에서 환퇴 사마가 죽이려 고 하여서 옷을 바꿔 입고 달아났다. 『맹자』「만장」萬章 참조.

9 東西南北之人(동서남북지인): 정해진 곳이 없이 사방을 떠도는 사 람. 『예기』「단궁」檀弓에 공자가 스스로 자신을 '동서남북인'東西南北

人也이라고 하였다.

10 長沮(장저) 구: 장저와 걸익이 밭을 갈다. ○ 耦耕(우경): 두 사람이 보습을 잡고 어깨를 나란히 하여 밭을 갈다. 『논어』「미자」微子에 "장저와 걸익이 어깨를 나란히 하고 밭을 가는데"長沮桀溺耦而耕라는 말이 있다.

11 丘何爲(구하위) 구: 『논어』「헌문」憲問에 "공자여! 그대는 어찌하여 이처럼 바쁘고 경황없이 지내는가?"丘何爲是棲棲者與?라는 말이 있다.

해설

은거하며 농사일을 하려는 뜻을 나타내었다. 부제로 붙은 '가헌을 읊다'賦稼軒는 대호 옆의 집을 말함과 동시에 농사일을 뜻하는 '가'稼에 대한 의미를 강조하였다. 상편은 자신의 은거의 원인을 말하고, 하편은 그동안 사방을 떠돈 경력 끝에 궁경躬耕하며 자족하는 뜻을 나타내었다. 겉으로 보면 공자를 풍자하는 듯하나, 사실은 자신이 공자와 마찬가지로 일생 동안 노력했지만 결국은 험난한 세로世路에 출로가 없음을 분개하였다. 비록 여러 경전에 나오는 말들로 작품을 만들었지만, 언어 사이의 연결이 자연스럽고, 의미 전달도 명료하여, 가헌사稼軒詞 가운데 또 하나의 격格으로 꼽을 만하다.

접련화 蝶戀花

— 양제옹에 화운하며, 수구는 구종경의 편지에 있는 말을 썼다 和楊濟翁韻, 首句用丘宗卿書中語[1]

생황과 노래를 점검하려면 술도 많이 담아야 하리.
나비가 서원에서 날고
따뜻한 햇빛에 꽃과 버들이 환해라.
취해 쓰러져 동풍 속 긴긴 대낮에 낮잠을 자고
일어나 작은 뜰에서 다시 손잡고 거닌다.

안타까워라, 봄이 저무는데 또 비바람 치는구나.
마음에 쌓이는 정회는
한가히 시를 지으며 풀어야 하리.
버들은 사람들이 이별하는 걸 보고난 후
요사이 허리가 사람만큼이나 여위었구나.

點檢笙歌多釀酒.[2] 蝴蝶西園, 暖日明花柳. 醉倒東風眠永晝, 覺來小院重携手.
可惜春殘風雨又. 收拾情懷, 閑把詩儔偦.[3] 楊柳見人離別後, 腰肢近日和他瘦.

注

1 楊濟翁(양제옹): 양염정楊炎正. 시인 양만리楊萬里의 족제族弟. 52세

에 진사과에 급제하였다. ○ 丘宗卿(구종경): 구숭丘崈. 자가 종경이
다. 강음군江陰軍 사람이다. 1163년 진사과 급제. 악주鄂州 지주,
강서 전운판관, 절동 제점형옥 등을 역임하였다.
2 點檢(점검): 검사하다. 점검하다. 반성하다.
3 僝僽(잔추): 고민을 풀어내다.

해설

　봄날의 한가한 정을 노래했다. 친구들과 정원을 거닐고 술을 마시
고 시를 지었다. 이때 연석에서 쓴 것이 이 작품이다. 상편은 술에
대해, 하편은 시詩에 대해 주로 썼다. 담담한 정서 속에 일말의 애상이
보인다. 1182년(43세) 신주 대호에서 한거할 때 지었다.

접련화蝶戀花

― 양제옹의 운에 이어서 경구로 돌아가는 지현 범남백을 전별하며
繼楊濟翁韻餞范南伯知縣歸京口[1]

그대 보내려니 눈물이 비 오듯 하는구나.
버들가지를 꺾어주지 않겠으니
대신 나의 시름을 가지고 가게나.
모든 풍광은 그대를 머물게 하지 못하는지
안개 자욱한 너른 봄 강물에 배 떠나간다.

늙은 말은 강물 앞에서 한사코 건너려 하지 않으니
말다래가 젖을까 걱정하기 때문이다.
봄을 찾아가는 길도 잊었다네.
이 몸은 가헌稼軒에서 편안히 있으니
편지에 여러 줄 쓸 필요 없으리.

涙眼送君傾似雨. 不折垂楊, 只倩愁隨去. 有底風光留不住,[2] 煙
波萬頃春江艣.
老馬臨流癡不渡.[3] 應惜障泥, 忘了尋春路. 身在稼軒安穩處,[4]
書來不用多行數.

注

1 范南伯(범남백): 범여산范如山. 자가 남백南伯이다. 형대邢臺 사람

으로 신기질의 처남이다. ○ 京口(경구): 지금의 강소성 진강鎭江.

2 有底(유저): 모든.

3 老馬(노마) 2구: 말이 말다래가 젖을까 강을 건너지 않다. 서진 때 왕제王濟는 말의 성격을 잘 알았다. 한 번은 강을 건너려는데 말이 하루 종일 강을 건너려 하지 않았다. 이때 말다래를 벗기니 비로소 강을 건넜다. 『세설신어』「술해」術解 참조. 여기서는 신기질이 찾아가기 어려운 상황을 표현하였다.

4 稼軒(가헌): 신기질이 대호帶湖 호숫가에 지은 집.

해설

경구로 가는 처남 범남백을 보내며 썼다. 상편은 석별의 정을 나타내면서 대호를 건너가는 배를 붙들고 싶은 마음을 나타내었다. 하편은 헤어진 후의 그리움을 나타낸 것으로, 작자가 경구로 찾아가지 못하는 변명을 썼다. 말미의 2구에서 상대를 헤아리면서 자신의 염려를 함께 보였다. 1182년(43세) 신주(상요)에서 한거할 때 지었다.

접련화蝶戀花

— 연석에서 양제옹 시녀에게席上贈楊濟翁侍兒

어린 나이 이제 겨우 열다섯.
비단 휘장 안 봄바람 같아서
원래 이 시녀를 본 사람이 없구나.
낭군 보기 부끄럽다고 말하면서 분 바른 얼굴을 숙이는데
곁에 있는 사람은 언뜻 보네, 그녀가 곱고 정다운 눈길을 낭군에게
보내는 것을.

어젯밤 서쪽 연못가에서 친구들과 함께
버들과 꽃을 실컷 보고 피곤해져서
듣자하니 늦게서야 돌아왔다지.
손님에게 술잔 올리는 모습도 온통 서툴고
노래도 하기 전에 머리에 꽂은 꽃가지가 먼저 떨리네.

小小年華才月半.¹ 羅幕春風,² 幸自無人見.³ 剛道羞郎低粉面,⁴
傍人瞥見回嬌盼.
昨夜西池陪女伴. 柳困花慵, 見說歸來晚. 勸客持觴渾未慣, 未
歌先覺花枝顫.

注

1 月半(월반): 반달이 15일이므로, 여기에서 나이가 열다섯이란 뜻으

수조가두 水調歌頭

— 중양절에 운동에서 놀며, 한남간 상서에 화운하다 九日遊雲洞, 和韓
南澗尙書韻[1]

오늘이 무슨 날인가
노란 국화는 누굴 위해 피었나.
도연명이 중양절을 가장 좋아한 것은
가슴 가득 불평이 있었기 때문.
술 역시 사람이 무슨 일을 당하든 위안을 주니
술이 없으면 안 되는 마침 그때
누가 흰옷 입은 사람을 시켜 술을 보내왔나?
취하여 가을 부채를 손에 들고
도처에서 먼지를 막노라.

공公을 위해 마신다면
모름지기 하루에
삼백 잔은 마셔야 하리.
이 산의 높은 곳에 올라 동쪽을 바라보니
멀리 운무 속에 봉래산이 보이는구나.
공公은 봉황이 끄는 수레를 타고 떠나지만
관인 떨어지고 관모 벗는 것은 내 일이니
병든 몸으로 높은 누대에 오르네.
돌아가는 길에 달빛을 밟고
사람과 그림자가 함께 배회하리라.

今日復何日,² 黃菊爲誰開. 淵明謾愛重九,³ 胸次正崔嵬.⁴ 酒亦關人何事, 政自不能不爾, 誰遣白衣來.⁵ 醉把西風扇, 隨處障塵埃.⁶ 爲公飮, 須一日, 三百杯.⁷ 此山高處東望, 雲氣見蓬萊. 翳鳳驂鸞公去,⁹ 落佩倒冠吾事,¹⁰ 抱病且登臺. 歸路踏明月, 人影共徘徊.

注

1 九日(구일): 구월 구일 중양절. 월과 일이 양수 가운데 가장 높은 수인 '아홉'이 겹치므로 '중양'重陽이라 하였다. ○ 雲洞(운동): 지명. 『상요현지』上饒縣志에 따르면 현의 서쪽 삼십 리 개화향開化鄉에 소재한다.

2 今日(금일) 구: 『시경』「주무」綢繆에 나오는 "오늘 밤이 어떤 밤인가, 여기에서 해후하였나니."今夕何夕, 見此邂逅.라는 말을 고쳐 사용하였다. 두보의 「위팔 처사에게」贈衛八處士에서도 "오늘 밤은 또 어떤 밤인가, 여기에서 등촉을 함께 하는구나."今夕復何夕, 共此燈燭光.는 말이 있어, 고대에는 '금석하석'今夕何夕이란 말로 반가운 만남의 감격이나 잊을 수 없는 때를 표현했다. 여기서도 마찬가지이다. 이 구는 자신을 위해 국화가 피었음을 강조했다.

3 謾愛(만애): 제멋대로 좋아하다. 여기서는 가장 좋아하다.

4 胸次(흉차): 흉회胸懷. 마음. ○ 崔嵬(최외): 산이 높이 솟은 모양. 여기서는 불평.

5 白衣(백의): 도연명의 일화를 환기한다. "도연명이 일찍이 구월 구일 중양절에 술이 없었는데, 집 주위의 국화 밭에서 손에 가득 국화를 땄다. 그 옆에 앉아 오래도록 멀리 바라보고 있었는데, 흰옷 입은 사람이 왔다. 알고 보니 왕홍이 술을 보내왔다. 곧 술을 따라 마시고 취해서 돌아갔다."陶潛嘗九月九日無酒, 宅邊菊叢中摘菊盈把, 坐其側, 久望, 見白衣至, 乃王弘送酒也. 卽便就酌, 醉而後歸. 『속진양추』續晉

陽秋 참조.

6 障塵埃(장진애): 먼지를 막다. 『세설신어』「경저」輕詆의 고사를 이용하였다. 동진 때 유량庾亮의 권한이 막중해지자 왕도王導를 압도하기에 족했다. 유량이 석두성에 있을 때 왕도는 야성冶城에 앉아있었는데, 큰 바람이 먼지를 일으키자 왕도가 부채로 먼지를 털며 말했다. "유량의 먼지가 사람을 더럽히는군." 庾公權重, 足傾王公. 庾在石頭, 王在冶城坐. 大風揚塵, 王以扇拂塵曰: "元規塵汚人." 여기서 먼지는 탄핵한 사람의 드센 기세를 가리키며, 이 구절은 그들과 함께 타락하지 않겠다는 뜻을 나타내었다.

7 三百杯(삼백배): 삼백 잔. 이백의 「양양가」襄陽歌에 "사람 백 년은 삼만 육천 일, 하루에 모름지기 삼백 잔은 마셔야 하리." 百年三萬六千日, 一日須傾三百杯. 라는 말이 있다. 이 전고는 원래는 동한 말기 정현鄭玄이 원소袁紹를 떠날 때 전별연의 자리에 나온 삼백여 명의 사람들이 준 술을 모두 마셨다는 데서 나왔다. 『세설신어』「문학」文學 참조.

8 蓬萊(봉래): 신선이 산다는 섬. 동해 바다에 봉래蓬萊, 방장方丈, 영주瀛洲 등 삼신산三神山이 있는데 여기에 신선이 거주하는데 바라보면 구름 같다고 한다. 『사기』「봉선서」 참조.

9 翳鳳驂鸞(예봉참란): 봉황을 끌고 난새를 부리다. 조정으로 들어가는 일을 비유한다.

10 落佩倒冠(낙패도관): 패대佩帶가 떨어지고 관모가 벗겨지다. 은거를 비유한다.

해설

중양절 날 운동雲洞에서 노닌 일을 서술하였다. 상편은 중양절의 흥취를 그렸다. 특히 도연명을 끌어와 자신의 불평을 나타냈다. 때문에 '먼지'도 조정에서 자신을 탄핵하고 공격하는 사람이나 주화파主和派를 비유한다고 볼 수 있다. 작자와 도연명이 혼연일체가 된 경지를 보였다. 하편은 한남간과 운동의 높은 곳에 올라 둘러보고, 한남간에 대한 기원과 고적한 자신을 대비시켰다. 한남간과의 우정과 은거의 실의를 함께 표현하였다. 1182년(43세) 경 신주 대호에서 한거할 때 지었다.

수조가두水調歌頭

— 같은 운을 다시 사용하여, 한남간께 드리다再用韻, 呈南澗[1]

천 년 묵은 두꺼비 입처럼
운동雲洞이 하늘로 솟아 열려있구나.
오랜 옛적 물이 불어났던 흔적
무슨 일로 산꼭대기까지 물이 넘쳤을까.
아이들이 흙을 주무르고 모래를 뭉치듯이
푸른 계곡과 이끼 낀 절벽이 몇 번이나 서로 바뀌고
마법사가 와 비바람을 부린 듯하다.
삽시간에 만 리에 걸쳐
아지랑이와 먼지가 흩어져 없어졌다.

우습구나, 요즈음 나는
사슴을 잡았다가 잃어버린 나무꾼과 같고
술잔에 비친 뱀 그림자에 놀란 사람과 같구나.
노란 국화가 바람과 이슬에 시들고
푸른 들판도 시든 쑥대로 황량하다.
이번 모임은 내년에는 누가 건재할까
후일에 보면 오늘이 과거가 되고
노래와 춤은 사라지고 빈 누대만 남아있으리.
도연명처럼 술을 좋아하지만
술이 없어 배회하노라.

千古老蟾口,[2] 雲洞挿天開. 漲痕當日, 何事洶湧到崔嵬. 攫土搏沙兒戲, 翠谷蒼崖幾變, 風雨化人來.[3] 萬里須臾耳, 野馬驟空埃.[4] 笑年來, 蕉鹿夢,[5] 畵蛇杯.[6] 黃花憔悴風露, 野碧漲荒萊. 此會明年誰健, 後日猶今視昔,[7] 歌舞只空臺. 愛酒陶元亮,[8] 無酒正徘徊.

注

1 南澗(남간): 한남간韓南澗. 바로 앞의 사에 보인다.

2 蟾口(섬구): 두꺼비의 입. 운동雲洞을 비유한다.

3 化人(화인): 환술幻術을 부리는 사람. 『열자』「주목왕」周穆王에 "서쪽 끝의 나라에서 마술사가 왔다. 물과 불 속에 들어가고, 쇠와 돌을 꿰뚫고, …천변만화로 끝을 알 수 없다."西極之國, 有化人來. 入水火, 貫金石, …千變萬化, 不可窮極.는 말이 있다.

4 野馬(야마): 아지랑이. 봄날 야외에서 수증기가 아른거리며 오르는 현상. 『장자』「소요유」에 "아지랑이와 먼지는 살아 있는 것들이 내쉬는 숨이다."野馬也, 塵埃也. 生物之以息相吹也.라 하였다.

5 蕉鹿夢(초록몽): 사슴을 잡아 덮어둔 꿈. 정나라 나무꾼이 사슴을 잡고 나서 남이 볼까 감추고 땔나무로 덮었다. 그는 너무 기뻐하다가 그만 숨긴 곳을 잊어버려, 이를 꿈이라 여기며 사람들에게 이야기했다. 옆에 가던 사람이 그 말을 듣고 사슴을 찾아내 집에 돌아가서는 아내에게 그 나무꾼은 진실로 진실한 꿈을 꾸는 사람이라고 말했다. 아내는 남편이 진짜 사슴을 가져왔기에 "당신이 나무꾼이 사슴 잡는 꿈을 꾼 것이죠."라고 말했다. 이에 남편은 "내가 그의 꿈으로 해서 사슴을 얻었으니 그의 꿈이 내 꿈인지 어떻게 알겠는가?"라고 말했다. 『열자』「주목왕」 참조. 보통 인생의 득실이 꿈과 같음을 비유한다.

6 畵蛇杯(화사배): 배궁사영杯弓蛇影 고사를 환기한다. 서진의 악광樂

廣이 손님 가운데 오랫동안 오지 않는 사람이 있어 물었더니, 한 번은 술을 마시는데 술잔 속에 뱀이 있어 마음에 걸렸는데 마시고 나서 병이 났다는 것이었다. 이에 악광이 자신의 관청 벽에 활을 걸어놓고 뱀 모양으로 칠하여, 활 그림자가 떨어진 것으로 보이게 하자, 그 손님의 병이 나았다. 『진서』「악광전」 참조.

7 後日(후일) 구: 동진의 왕희지王羲之의 「난정집 서문」蘭亭集序에 나오는 구절을 환기한다. "그러므로 삶과 죽음을 동일시하는 건 궤변이요, 장수와 요절을 같다고 봄은 망령됨을 알겠노라. 후세 사람들이 오늘 우리가 쓴 문장을 본다면, 이는 오늘 우리가 고인의 문장을 보는 것과 같으니, 아아 슬프도다!"固知一死生爲虛誕, 齊彭、殤爲妄作. 後之視今, 亦猶今之視昔, 悲夫!

8 陶元亮(도원량): 도연명. 자가 원량이다.

해설

바로 앞의 사와 마찬가지로 운동에서 놀며 일어난 감회를 읊었다. 상편에선 운동의 산 위에 남겨진 물 흔적으로부터 상전벽해의 변화를 탄식하였다. 하편은 이러한 자연의 위대한 변천에 대비하여 인간사의 무상함은 꿈과 같음을 토로하였다. 자신의 처지는 '사슴을 잡았다가 잃어버린 나무꾼'과 '술잔에 떨어진 뱀 그림자에 놀란 사람'과 같이, 노력했지만 소득이 없고 참언에 두려워하는 처지임을 말하였다. 그리고 자신의 이러한 운명이 보다 보편적인 세상의 규칙 속에 있음을 깨닫고, 도연명과 같이 술에 취하여 인간사를 잊고자 하였다.

수조가두 水調歌頭

― 같은 운을 다시 사용하여 이자영 제간에게 답하다 再用韻答李子永提幹[1]

그대여, 「유분시」幽憤詩를 읊지 마오
한 마디 말로 그댈 위로하려네.
장안으로 가는 한길은
평지에도 험한 산이 솟아난다네.
내 도연명에 부끄러운지 오래인데
오직 이 어른 덕에 마음을 씻고
흰 벽에 「귀거래사」를 썼다네.
저녁 햇살이 문틈으로 비쳐 들면
한 줄기 햇살에 수많은 먼지가 날리네.

나는 한 평생
왼손에 게를 들고
오른손에 술잔을 잡고 지내리라.
산을 사서 구름 속에 나무 심고
산 밑에서 땔나무를 베네.
백련강百鍊剛은 모두 손가락에 감길 만큼 부드러워져
온갖 일에 대해 좋다고만 말하고
인간 세상에 미천한 사람이 되었지.
유우석劉禹錫이 더욱 우스워라
금방 폄적에서 돌아와 「꽃을 구경하고」 시를 지었으니.

君莫賦幽憤,² 一語試相開: 長安車馬道上, 平地起崔嵬. 我愧淵明久矣, 獨借此翁湔洗,³ 素壁寫歸來.⁴ 斜日透虛隙,⁵ 一線萬飛埃. 斷吾生,⁶ 左持蟹, 右持杯. 買山自種雲樹,⁷ 山下屬煙萊.⁸ 百鍊都成繞指,⁹ 萬事直須稱好,¹⁰ 人世幾興臺.¹¹ 劉郎更堪笑,¹² 剛賦看花回.¹³

注

1 李子永(이자영): 이영李泳. 자가 자영子永이다. 양주揚州 사람으로 율수현령溧水縣令을 거쳐 갱야사坑冶司 간관幹官으로 신주 분국分局에 있었다. ○ 提幹(제간): 간관幹官. 제점갱야사간판공사提點坑冶司幹辦公事의 약칭.

2 幽憤(유분): 삼국시대 혜강嵇康이 무고로 투옥되었을 때 「유분시」幽憤詩로 심중의 억울함을 나타내었다. 여기서는 이영李泳이 지은 작품을 가리킨다. 이자영 제간은 하급 관료로 오랫 동안 지냈기에 그 울분을 나타내었던 것으로 보인다.

3 湔洗(전세): 씻다.

4 歸來(귀래): 도연명이 지은 「귀거래사」歸去來辭. 벼슬을 버리고 은거하는 뜻을 썼다.

5 斜日(사일) 2구: 『경덕전등록』景德傳燈錄 권13에 있는 규봉圭峰의 말에 "빈틈으로 햇빛이 들어오면 잔 먼지가 어지럽다."虛隙日光, 纖埃擾擾.는 말을 환기한다.

6 斷吾生(단오생) 3구: 동진의 필탁畢卓의 말을 가리킨다. "술을 얻어 수백 섬을 배에 가득 싣고 사시사철의 맛있는 음식을 양쪽에 실어, 오른손으로는 술잔을 들고 왼손으론 게 집게발을 들고 술을 실은 뱃전을 두드리며 산다면 한평생이 만족하리라."得酒滿數百斛船, 四時甘味置兩頭, 右手持酒杯, 左手持蟹螯, 拍浮酒船中, 便足了一生矣. 『진서』

「필탁전」 참조.

7 買山(매산): 산을 사다. 동진의 지둔支遁이 심공深公에게 산을 사려고 하니 심공이 "소부巢父가 산을 사서 은거한다는 말은 들은 적이 없소"未聞巢父買山而隱라고 말했다. 『세설신어』「언어」 참조.

8 斸(촉): 베다. 찍다. ○ 萊(래): 풀.

9 百鍊(백련) 구: 서진의 유곤劉琨의 「다시 노심에게」重贈盧諶에서 "어찌하여 백련강이, 손가락에 감길 만큼 부드러워졌나?"何意百鍊剛, 化爲繞指柔.라는 말을 이용하였다.

10 萬事(만사) 구: 동한 말기 사마휘司馬徽는 인재를 감식하는 능력이 있었지만 권력자들로부터 해를 입을까 두려워했다. 그래서 인물평을 요청받을 때마다 "좋소"라고만 말했다. 그의 처가 이를 비판하자 "그대가 말한 것도 또 좋소"라고 말했다. 『세설신어』 주석에서 인용한 「사마휘별전」 참조.

11 輿臺(여대): 신분이 미천한 사람. 『좌전』 '소공 7년'조에 보면, 주대周代에는 사람을 왕王, 공公, 대부大夫, 사士, 조皁, 여輿, 예隸, 요僚, 복僕, 대臺 등 10등급으로 나누었는데, 이 가운데 여는 제6등급이고, 대는 제10등급이다.

12 劉郎(유랑): 유우석劉禹錫. 지방으로 폄적을 다녀온 후 현도관玄都觀의 복사꽃을 보고 시를 지었다가 재차 폄적된 일을 가리킨다. 그는 재차 폄적에서 돌아온 후 다시 현도관에 들러 시를 지었다. 「신하엽 —사람이 이미 돌아왔거늘」 주석 참조.

13 看花(간화): 유우석이 지은 「꽃을 구경하는 여러 군자에게」贈看花諸君子라는 시를 가리킨다.

해설

친구를 위로하며 세상을 비판하였다. 상편은 관료세계의 예측하기 어려운 험악한 풍파와 먼지 많은 더러움을 서술하면서 도연명처럼 은거한 자신의 모습을 제시하였다. 하편은 은거 생활에 대비시켜 현실에 대한 불만을 토로하였다. 작자는 초연한 태도로 말하고 있으나 사실은 무한한 분노와 신랄한 조소를 가하고 있다. 친구를 위로하면서 자신의 울분을 풀어내었다. 1182년(43세) 경 신주에서 한거할 때 지었다.

수조가두 水調歌頭

—이 제간이 나에게 「수야」와 「녹요」 두 수를 지어달라고 하였다. 나는 오랫동안 시를 구상하다가 잠시 두 제목의 뜻을 합하여 「수조가두」를 지어 주었다. 그러나 이 제간의 재주와 기질은 동년배들에 못지않거니와 어찌 논밭을 구하고 집값을 물으며 자신의 몸만 편안히 하려는 사람이겠는가 提幹李君索余賦秀野、綠遶二詩. 余詩尋醫久矣, 姑合二榜之意, 賦水調歌頭以遺之. 然君才氣不減流輩, 豈求田問舍而獨樂其身耶[1]

시문은 하늘의 기교를 엿보고
정자에는 풍류가 머문다.
평생 산중에 사는 뜻 두어서
만년에 농사 지으며 살 계책을 세웠네.
다섯 무畝 정원에는 꽃과 나무가 '빼어나고 싱싱하며'
한 줄기 시내는 밭 주위를 '푸르게 둘러서'
벼는 가을을 이기지 못하고 머리를 숙였구나.
배불리 밥 먹고 꽃과 대숲을 마주한다고
어찌 곧 나라 걱정 잊을 수 있으랴?

내 늙었기에
우 임금 유적지 찾아
동으로 유람가지 못하노라.
그대 집은 풍광이 얼마나 좋은가?
백조가 유유히 날아다닌다지.

서가에는 상아 책갈피 끼운 책이 만 축이나 되고
종남산에서 호랑이를 잡은 은퇴한 무장이 있다 하니
내가 다가가 수염을 잡아도 좋을 만큼 소탈하신지?
다시 한번 그대에게 술을 권하고
그대를 백 척 높은 누각에 높이 누워 자게 하고 싶구나.

文字覷天巧,² 亭榭定風流. 平生丘壑,³ 歲晩也作稻粱謀.⁴ 五
畝園中秀野,⁵ 一水田將綠遶,⁶ 穤稏不勝秋.⁷ 飯飽對花竹, 可是
便忘憂?

吾老矣, 探禹穴,⁸ 欠東遊. 君家風月幾許, 白鳥去悠悠. 揷架牙
籤萬軸, 射虎南山一騎,⁹ 容我攬鬚不? 更欲勸君酒, 百尺臥高樓.¹⁰

注

1 提幹李君(제간이군): 성씨가 이씨인 제간. 바로 앞의 사에 나오는
이영李泳인 것으로 간주되나 또 다른 인물로도 추정할 수 있다. ○
詩尋醫(시심의): 시를 잘 짓기 위해 노력하다. 소식蘇軾의 시「칠
월 오일」七月五日에 "비방을 피하기 위해 시를 잘 짓고"避謗詩尋醫란
구절이 있다. ○ 二榜(이방): 시 두 편의 제목. ○ 求田問舍(구전문
사): 도처에서 논밭을 구하고 집값을 묻는다는 뜻으로, 작은 이익만
탐하고 원대한 뜻이 없음을 비유한다.「수룡음 —초 땅 하늘은 천
리에 걸쳐 맑은 가을」주석 참조.

2 文字覷天巧(문자처천교): 문자는 하늘의 교묘함을 엿본다. 시의 조
예가 높아 하늘이 만든 듯하다. 이 구는 한유韓愈의「맹교에게 답하
며」答孟郊에 "사람됨은 시류와 이익에 등 돌리고, 문자는 하늘의 공
교함을 엿보네."規模背時利, 文字覷天巧.에서 나왔다.

3 平生丘壑(평생구학): 평생 언덕과 골짜기에 뜻을 두었다. 평소 은

거할 뜻을 품다.

4 稻梁謀(도량모): 벼와 기장을 얻을 계획. 의식주를 해결할 계획.

5 五畝(오무) 구: 소식의 「사마광 독락원」司馬君實獨樂園의 "가운데 다섯 무의 정원이 있어, 꽃과 대나무가 빼어나고 싱싱하다."中有五畝園, 花竹秀而野.는 구절을 이용하였다.

6 一水(일수) 구: 왕안석의 「호음 선생 벽에 쓰다」書湖陰先生壁의 "물줄기 하나가 밭을 지키며 푸르게 두르고, 두 산이 문을 열고 푸른 기운 보내오네."一水護田將綠遶, 兩山排闥送靑來.란 구절을 이용하였다.

7 穮稏(파아): 벼.

8 探禹穴(탐우혈): 우혈을 찾다. 『사기』「태사공 자서」太史公自序에 "스무 살에 남으로 장강과 회하를 둘러보고, 회계에 가서 우혈을 찾았다."二十而南遊江淮, 上會稽, 探禹穴.는 구절이 있다. 우혈은 지금의 절강성 소흥 회계산에 소재하며, 우 임금의 묘장지 또는 장서처 藏書處로 알려졌다.

9 射虎(사호): 서한의 명장 이광李廣의 고사를 가리킨다. 이광은 장군직에서 물러나 평민으로 살 때 종남산終南山의 남전藍田에서 사냥을 하였고 일찍이 맹호를 쏘았다.

10 百尺(백척) 구: 삼국시대 유비劉備가 허사許汜에게 한 말로, 나라를 생각하지 않고 자신의 이익만 차리는 사람은 땅바닥에 재우고 자신은 백척루 꼭대기에서 자겠다는 내용을 가리킨다. 허사가 하비下邳에 갔을 때 진등陳登이 손님에 대한 예의도 없이 자신은 위 침상에 자고 허사는 아래 침상에 재웠다는 것이다. 이에 유비가 다음과 같이 말했다. "그대는 국사國士의 명성이 있는데, 지금 천하가 난리에 황제께서 자리를 잃고 있는 상황에서 진등은 그대에게 집을 잊고 나라를 걱정하며 세상을 구할 뜻이 있기를 바랐소. 그러나 그대는 논밭을 구하고 집값을 묻기만 하고 내놓는 의견도 채택할 게 없으

니 진둥이 기피한 것이오. 무슨 연유로 그대와 말을 하겠소? 나 같았으면 그를 백 척 누각 꼭대기에 눕히고 그대는 땅바닥에 눕게 했을 것이다. 어찌 침상의 위아래 차이로만 했겠는가!"君有國士之名, 今天下大亂, 帝主失所, 望君憂國忘家, 有救世之意. 而求田問舍, 言無可采, 是元龍所諱也. 何緣當與君語? 如小人, 欲臥百尺樓上, 臥君於地, 何但上下床之間邪? 『삼국지』「진둥전」陳登傳 참조.

[해설]

이 제간이 지은 '수야'와 '녹요' 두 정자에 대해 지으면서, 자신의 은거와 친구의 생활을 대비하며 그렸다. 상편은 작자의 은거 생활과 주위 환경을 그렸다. 비교적 부족하지 않는 처지는 '배불리 밥 먹고 꽃과 대숲을 마주한다'는 데서 뚜렷이 알 수 있다. 하편은 이 제간이 회계(소흥)에 돌아가는 일을 빌미로 문무文武를 겸비한 집안의 내력과 풍도를 칭송하고 친구를 격려하였다. 이 작품의 부제에 나오는 '제간 이군'提幹李君이 바로 앞의 사에 나오는 '이자영 제간'李子永提幹인지는 사詞의 풍격이 다르다는 점에서 명확하지 않다. 그러나 은거 기간에 지었다는 점 등 일치되는 면도 있어 잠시 동일 인물로 본다.

소중산小重山

— 연석에서 다른 사람에 화운하여 이자영 제간을 보내며席上和人韻
送李子永提幹[1]

금방 지은 이별 노래 아직 다 부르지 않았는데
「양관도」陽關圖를 먼저 그려주노라
버드나무 옆 정자에서.
중년이라 더 슬퍼지니 음악으로 풀어내야 하리.
잊지 못하리
바람과 달 아래 지금의 정을.

밤비 떨어지는 소리 누구와 함께 듣나?
맑은 꿈이 따라간다 하더라도
이삼일 노정 따라가리라.
시詩의 값을 헤아려보면 연성벽連城璧이니
사마상여司馬相如가 늙었어도
한나라 궁중에서 이름이 알려진 인물이라네.

旋製離歌唱未成,[2] 陽關先畫出,[3] 柳邊亭. 中年懷抱管絃聲.[4] 難
忘處: 風月此時情.
夜雨共誰聽? 儘敎淸夢去, 兩三程. 商量詩價重連城.[5] 相如老,[6]
漢殿舊知名.

1 李子永(이자영): 이영李泳. 갱야사坑冶司 간관幹官.

2 旋製(선제): 바로 만들다. 새로 만들다. ○ 離歌(이가): 驪歌(여가). 이별의 노래. 고대의 일시逸詩에 나그네가 떠날 때 부르는 「여구」驪 駒가 있는데, 그 가사는 다음과 같다. "검은 망아지 문 앞에 있으니, 마부가 채비를 갖추었네. 검은 망아지 길에 있으니, 마부가 출발 준비를 하네."驪駒在門, 僕夫具存; 驪駒在路, 僕夫整駕.

3 陽關(양관): 이별할 때 부르는 「양관곡」. 여기서는 북송 이공린李公 麟이 임조臨洮의 막부로 떠나는 경조京兆 안분수安汾叟를 위해 「양관 도」를 그려 준 일을 환기한다. 이에 대해 장순민張舜民, 소식蘇軾, 미불米芾 등이 시에서 언급하였다.

4 中年(중년) 구: 중년에는 감정의 동요가 크므로 음악으로 털어내야 한다는 뜻. 동진 때 사안謝安과 왕희지王羲之의 대화에서 나왔다. 사안이 말했다. "중년이 되면 슬픔이나 기쁨에 마음을 크게 다치는 데, 친지나 친구와 헤어질 때는 여러 날 동안 힘들다네." 이에 왕희 지가 말했다. "사람이 만년이 되면 자연스럽게 그리 됩니다. 그러니 관현악으로 마음을 즐겁게 하여 마음 속의 우울함을 쏟아내야 합니 다."謝太傅語王右軍曰: "中年傷於哀樂, 與親友別, 輒作數日惡." 王曰: "年在 桑榆, 自然至此. 正賴絲竹陶寫." 『세설신어』「언어」言語 참조.

5 連城(연성): 두 개 이상 이웃하는 성. 전국시대 조 혜문왕趙惠文王이 초나라의 화씨의 벽璧을 얻자 진 소왕秦昭王이 이를 듣고 15좌의 성과 바꾸자고 청하였다. 이에 화씨의 벽은 연성連城의 값이 있다고 말해졌다. 『사기』「염파인상여열전」 참조.

6 相如(상여) 2구: 서한 사마상여가 병이 들어 면직하고 무릉茂陵에 살게 되자 천자가 사람을 보내 그의 글이 유실되지 않도록 모두 모으게 했다. 『사기』「사마상여열전」 참조. 여기서는 사마상여로 이

자영을 비유했다.

해설

　임기를 마치고 떠나는 이자영을 보내며 지은 송별사이다. 상편에선
이별의 아쉬움을 그렸고 하편에선 상대의 시재詩才를 칭송하고 격려
하였다. 1182년(43세) 신주에서 지었다.

하신랑賀新郎
─ 수선화를 읊다賦水仙

구름 속에 누웠으니 옷이 차구나.
바라보니 적막한 바람 속 달빛 아래
물가에 드리운 그윽한 그림자.
물 위를 걸어가는 비단 버선에 먼지가 일고
안개 낀 만경창파에 몸과 머리를 씻는다.
사랑스러워라 한 점 노란 달무리.
예전에 만나 패옥을 끌러준 일 기억하지 못하건만
어찌하여 다정하게 나에게 향기를 뿜어주나?
눈물을 머금고
흐트러진 화장을 다듬는다.

굴원은 천고의 한을 품고 강물에 빠졌으니
당시 총망하게 향초를 언급하는데
이 선녀 같은 수선화를 빠뜨리고 읊지 않았지.
안개비에 처량하고 초췌해져
흔들리는 비췻빛 소매는 누가 추스러주랴?
거문고는 남모르는 깊은 한을 품고 있으나
현은 끊어지고 「초혼」招魂을 부르는 사람 없으니
다만 윤기 있는 은대銀臺 위 금 술잔만 뚜렷하구나.

시름에 겨운 것은 사람들이 술에 취했으되
너 홀로 깨어 있기 때문.

雲臥衣裳冷.[1] 看蕭然風前月下,[2] 水邊幽影. 羅襪生塵凌波去,[3]
湯沐煙波萬頃. 愛一點嬌黃成暈. 不記相逢曾解佩,[4] 甚多情爲我
香成陣? 待和淚, 收殘粉.

靈均千古懷沙恨.[5] 記當時匆匆忘把, 此仙題品. 煙雨淒迷僝僽
損,[6] 翠袂搖搖誰整? 謾寫入瑤琴幽憤.[7] 絃斷招魂無人賦,[8] 但金杯
的皪銀臺潤.[9] 愁殢酒,[10] 又獨醒.[11]

注

1 雲臥(운와) 구: 두보의 시「용문 봉선사에서 놀며」遊龍門奉先寺에
"용문은 드높아 별들에 가깝고, 구름 속에 누우니 옷이 차구나."天闕
象緯逼, 雲臥衣裳冷.란 구절이 있다.

2 蕭然(소연): 적막하다. 쓸쓸하다. 한가하다.

3 羅襪(나말) 구: 수선화를 비단 버선을 신고 물결 위를 걷는 낙수의
신으로 비유하였다. 조식曹植「낙신부」洛神賦에 낙수의 여신이 "물
결 위를 걸으매 비단 버선에 먼지가 일어난다."凌波微步, 羅襪生塵.는
구절이 있다.

4 解佩(해패): 패옥을 끌러주다. 신선 정교보鄭交甫가 두 선녀를 만난
전설을 가리킨다. 정교보가 한고대漢皐臺 아래에서 노닐 때 우연히
두 선녀를 만났는데, 그녀들이 차고 있는 패물이 좋다고 하자 두
선녀가 패물을 풀어 주었다. 정교보가 품에 안고 기뻐하며 열 걸음
걸어가다 다시 보니 패물이 없어졌다. 뒤돌아보니 두 선녀마저 사
라졌다. 『열선전』참조.

5 靈均(영균): 전국시대 초나라 문인 굴원屈原. 자가 영균이다. 작품

중에 「회사」懷沙가 있다. 왕가王嘉의 『습유기』拾遺記에는 초왕에 방
축되어 청령지수淸泠之水에 빠지게 되었고, 초나라 사람들이 그리워
하여 '물의 신선'이란 뜻의 '수선'水仙이라 불렸다는 기록이 있다.

6 僝僽(잔추): 초췌하다. 번뇌하다.

7 瑤琴幽憤(요금유분): 거문고로 '깊은 분노'를 연주하다. 금조琴調
가운데 「수선조」水仙操가 있다. 幽憤(유분)을 혜강嵇康의 「유분시」幽
憤詩로 볼 수도 있다.

8 招魂(초혼): 초사 중의 한 편. 역대로 송옥宋玉이 굴원屈原의 영혼을
부르거나, 굴원이 초왕의 영혼을 부른 것으로 해석하였다.

9 金杯銀臺(금배은대): 수선화의 별명. 수선화가 은대 위에 놓인 금
술잔 같으므로 이름 붙여졌다. 또 당시 수선화의 모양으로 술잔을
만들었다. 단엽수선單葉水仙은 황금색이고, 천엽수선千葉水仙은 황백
색으로 여러 잎이 포개어진 형상이다. ○ 的皪(적력): 선명한 모양.

10 嗜酒(체주): 술에 빠지다.

11 獨醒(독성): 홀로 깨어 있다. 『초사』「어부」漁父에 "세상이 모두 혼
탁한데 나 홀로 맑고, 사람들이 모두 취했는데 나만 깨어있소."擧世
皆濁我獨淸, 衆人皆醉我獨醒.라는 말을 환기한다.

[해설]

수선화를 노래한 영물사詠物詞이다. 수선과 관련된 여러 요소를 모
아 수선의 고결한 품성과 '깊은 분노'幽憤를 형상화하였다. 첫 3구는
수선의 모습을 그렸지만 첫 1구는 신태神態를 그린 반면, 제2, 3구는
실경을 묘사했다. 이어서 낙수의 여신과 한수의 이비二妃로 수선의 유
현한 자태와 유정무정지간有情無情之間의 정태를 표현하였다. 하편에
서는 굴원이 『초사』에 '수선'을 넣지 않은 점을 지적하면서, 동시에
「수선조」水仙操의 비분에 현이 끊어지는 절망감을 표현하였다. 끝으로

술잔 모양의 꽃잎이 술을 머금고 있지만 수선 자체는 금빛으로 뚜렷하게 빛나며 취하지 않는다는 뜻으로, 수선의 비분과 적막은 여전히 생생히 살아있음을 나타내었다.

하신랑 賀新郎
— 해당화를 읊다 賦海棠

흰 무지개 치마 입기 싫어
저라산苧蘿山 아래에서 붉은 연지로 치마를 물들이고
완사계浣紗溪를 건넜지.
그 누가 천 년 동안 담은 유하주流霞酒를 마시게 하여
봄바람을 만나지 못하게 하고
오나라 구중궁궐로 들어가도록 종용하였나.
귀밑머리 엉클어지고 비녀는 기운 채 술에 취해 깨어나지 못하는데
월나라로 돌아오는 강에서 두서없이 길을 잃었어라.
안개 속 작은 배를 타고
오호五湖를 떠돌았지.

그 당시에 봄에게 머물러 달라 하고
비단 병풍 굽이진 곳에 가보니 온갖 정회에
단장斷腸의 풍류가 있더라.
비로소 청명절 삼월이 가까워지면
시인에게 아름다운 시구詩句를 구해야 하리.
웃으며 붓을 들고 은근히 읊으면
열 가지 색색의 편전지엔 무늬가 착종되어 화려하고
빛나는 구슬을 연못에 던지니 비바람이 친다.

다시 소리쳐 술을 가져오라 하고
해당화꽃과 이야기를 나누리라.

著厭霓裳素.[1] 染胭脂苧蘿山下,[2] 浣沙溪渡. 誰與流霞千古醞,[3]
引得東風相誤. 從奧入吳宮深處.[4] 鬢亂釵橫渾不醒,[5] 轉越江剗地
迷歸路.[6] 煙艇小, 五湖去.[7]

當時倩得春留住, 就錦屏一曲種種, 斷腸風度.[8] 才是清明三月
近, 須要詩人妙句. 笑援筆慇懃爲賦. 十樣蠻箋紋錯綺,[9] 粲珠璣淵
擲驚風雨.[10] 重喚酒, 共花語.

注

1 霓裳素(예상소): 무지개로 만든 옷. 흰색이 많고 환하다는 뜻에서
 素(소) 자를 썼다. 『구가』 「동군」東君에 "푸른 구름 저고리에 흰 무지
 개 치마"靑雲衣兮白霓裳란 말이 있다.

2 苧蘿山(저라산): 지금의 절강성 제기시諸暨市 남쪽에 소재. 서시西
 施의 출생지로 알려졌다. "저라산은 현 남쪽에서 5리를 가면 있다.
 『여지지』輿地志에 이르기를 '제기현 저라산은 서시와 정단이 살았던
 곳이다. 거기에 있는 네모난 돌이 바로 비단을 말리는 곳이다'라고
 하였다."苧蘿山在縣南五里. 『輿地志』云:諸暨縣苧蘿山, 西施、鄭旦所居, 其
 方石乃曬紗處. 시숙施宿의 『회계지』會稽志 참조.

3 流霞(유하): 전설에 나오는 신선의 음료. 『논형』 「도허」道虛에 다음
 기록이 있다. "신선 몇 사람이 나를 데리고 하늘로 올라갔는데 달로
 부터 몇 리 못 미친 지점에서 멈추었다. …배가 고파 먹고 싶어 하
 자 신선이 나에게 유하流霞 한 잔을 마시게 하였다. 한 잔 마실 때마
 다 몇 달간 배가 고프지 않았다."有仙人數人, 將我上天, 離月數里而止
 …口饑欲食, 仙人輒飮我以流霞一杯, 每飮一杯, 數月不饑.

4 從臾(종유): 종용하다. 아부하다.

5 鬢亂(빈란) 구: 양귀비의 취태醉態로 해당화의 자태를 비유하였다. 『양태진외전』楊太眞外傳에 다음과 같은 묘사가 있다. "상황이 침향정에 올라 양귀비를 불렀다. 양귀비는 묘시인데도 취하여 깨어나지 못하자 고력사에 명하여 시녀가 부축하여 오게 하였다. 양귀비는 취한 얼굴에 화장이 흐트러지고, 귀밑머리가 엉클어지고 비녀가 비틀어져 절을 할 수 없었다. 상황이 웃으며 말했다. '어찌 귀비가 취했다 하느냐, 진정 해당화가 잠에서 덜 깨어났을 뿐이로다.'"上皇 登沉香亭召太眞妃子, 妃子時卯醉未醒, 命力士從侍兒扶掖而至. 妃子醉顏殘 粧, 鬢亂釵橫, 不能再拜. 上皇笑曰: "豈是妃子醉, 直海棠睡未足耳!"

6 剗地(잔지): 오히려. 반대로. 공연히. 까닭없이.

7 五湖去(오호거): 오호로 떠나다. 춘추시대 월나라 범려范蠡가 오나라를 평정한 후, 서시를 데리고 오호에 배를 타고 은거하였다는 고사를 가리킨다. 여기서는 해당화 꽃잎이 물에 떨어져 흘러감을 비유한다.

8 斷腸風度(단장풍도): 해당화를 단장화斷腸花라고 부르는 것을 가리킨다. 어느 여인이 그리운 사람을 보지 못하여 눈물을 흘렸는데, 북쪽 담장 아래에 자주 눈물을 뿌린 곳에 풀과 꽃이 자랐다. 꽃은 여인의 얼굴을 닮았다. 그 꽃을 단장화 또는 팔월춘八月春이라 했는데 곧 추해당秋海棠이다. 『낭현기』嫏嬛記 권중卷中의 「채란잡지」采蘭雜志 참조.

9 十樣蠻箋(십양만전): 촉 지방에서 제조한 채색 종이. 양신楊愼의 『승암시화』升庵詩話에서 인용한 송대 조박趙朴의 『성도고금기』成都古今記에는 열 가지 색을 심홍深紅, 분홍粉紅, 행홍杏紅, 명황明黃, 심청深青, 천청淺青, 심록深綠, 천록淺綠, 동록銅綠, 천운淺雲이라 기록했다.

10 驚風雨(경풍우): 비바람이 갑자기 들이치다. 두보의 「이백에게 부

침 이십 운」_{寄李十二白二十韻}에 "붓을 대면 비바람이 치고, 시가 완성되면 귀신이 흐느낀다."_{筆落驚風雨, 詩成泣鬼神.}라는 말이 있다.

해설

해당화를 노래한 영물사_{詠物詞}이다. 상편은 서시_{西施}의 생애와 모습으로 해당화의 이미지를 형상화시켰다. 미녀 서시가 저라산 아래 완사계에서 태어나, 오나라 궁중에 들어갔다가, 월나라로 돌아오는 강에서 길을 잃고 물 위에 떠돈 과정으로, 개화부터 낙화까지의 과정을 나타내었다. 하편은 추해당_{秋海棠}의 모습을 그린 다음 해당화를 읊는 모습을 묘사하였다. 이 역시 해당화에 대한 사랑과 애착의 표현이라 할 수 있다.

하신랑賀新郎
― 비파를 읊다賦琵琶

봉황 꼬리 몸통에 용향목龍香木 발자.
개원 연간에 「예상우의곡」이 끊어지고 나서
얼마나 많은 세월이 흘렀나?
가장 괴로운 건 심양潯陽 강가의 나그네
배 안에 우뚝 앉아 떠나지 않고 들었지.
왕소군王昭君이 변새를 나서니 누런 구름과 쌓인 눈
말 위에서 이별의 시름은 삼만 리
소양궁昭陽宮을 바라보니 외기러기만 사라졌었지.
비파 현이 말을 한다 해도
심중의 한은 풀어내지 못했으리라.

요양遼陽에선 파발꾼의 편지도 끊어져
차가운 격자창 아래 비파 현을 누르고 천천히 비비니
눈물방울이 눈썹에 가득 맺히는구나.
정을 머금고 퉁기다가 다시 당기고
한번 「양주」梁州를 내리그으니 한없이 애절하구나.
천고의 일들은 구름과 연기처럼 흩어지고
좌중을 압도하는 하회지賀懷智의 연주도 다시 들을 수 없고
침향정沉香亭 북쪽의 번화함도 사라졌구나.

비파가 여기에 이르니
목이 메어 흐느낀다.

鳳尾龍香撥.[1] 自開元霓裳曲罷,[2] 幾番風月? 最苦潯陽江頭客,[3]
畵舸亭亭待發. 記出塞黃雲堆雪.[4] 馬上離愁三萬里, 望昭陽宮殿
孤鴻沒. 絃解語, 恨難說.
遼陽驛使音塵絶.[5] 瑣窓寒輕攏慢撚,[6] 淚珠盈睫. 推手含情還却
手,[7] 一抹梁州哀徹.[8] 千古事雲飛煙滅. 賀老定場無消息,[9] 想沉香
亭北繁華歇. 彈到此, 爲嗚咽.

注

1 鳳尾龍香撥(봉미룡향발): 봉황 꼬리 모양의 비파 몸체와 용향목龍
香木으로 만든 발자撥子.

2 開元霓裳曲(개원예상곡): 당나라 개원 연간(713~741) 때의 「예상우
의곡」霓裳羽衣曲. 예상우의곡은 당대 궁중의 유명한 악곡 이름. 원
래 인도에서 전래된 것으로 개원 연간 서량부 절도사 양경술楊敬述
이 헌상하였고, 현종이 윤색하였다. 이 구는 백거이의 「장한가」에
나오는 "어양의 북소리가 천지를 진동시키자, 예상우의곡이 놀라
끊어졌어라."漁陽鼙鼓動地來, 驚破霓裳羽衣曲.를 환기한다.

3 潯陽(심양) 2구: 백거이가 강주 사마江州司馬로 있을 때, 밤중에 강
가에서 손님을 보낼 때 배 안에서 비파소리를 들었던 정황을 가리
킨다. ○ 潯陽江頭客(심양강두객): 심양 강가의 나그네. 백거이와
그의 친구를 가리킨다. 그의 시 「비파행」琵琶行 첫머리에서 "심양
강가 밤중에 손님을 보내는데"潯陽江頭夜送客라 하였다. ○ 亭亭(정
정): 우뚝한 모양. ○ 待發(대발): 출발을 기다리다. 「비파행」의 "홀
연히 강물 위로 비파소리 들리니, 나는 돌아가기 잊고 손님도 떠날

줄 몰라."忽聞水上琵琶聲, 主人忘歸客不發.라는 구절을 가리킨다.

4 記出塞(기출새) 3구: 서한 시기 왕소군王昭君의 출새를 가리킨다. 서한 원제元帝 때인 기원전 33년, 흉노의 왕 호한야呼韓邪가 한나라에 구혼할 때, 왕소군은 궁에 들어간 지 여러 해 지나도 왕을 만날 수 없자 자원하였다. 원제는 이때에서야 비로소 왕소군의 용모가 뛰어남을 알고 후회했지만 이미 응낙했기에 어쩔 수 없이 보내야 했다. 왕소군은 호지胡地로 들어가는 말 위에서 비파를 타며 고국에 대한 원망을 나타냈다고 한다. ○ 昭陽宮(소양궁): 한대 궁전 이름. 미양궁 안에 있었다.

5 遼陽(요양): 지금의 요녕성 요하 동쪽 일대. 고대에는 변방을 나타내는 지명으로 사용되었다. 심전기沈佺期의 「고의」古意에 "음력 구월 다듬이 소리 낙엽을 재촉하고, 십 년 동안 수자리에 요양을 생각하네. 백랑하 북쪽에선 편지가 끊겼는데, 장안성 남쪽엔 가을밤이 길고 기네."九月寒砧催木葉, 十年征戍憶遼陽. 白狼河北音書斷, 丹鳳城南秋夜長.란 구절이 있다.

6 輕攏慢撚(경롱만년): 현을 가볍게 누르고 느리게 비비다. ○ 攏(롱): 왼손의 손가락으로 현을 눌러 안쪽(비파의 중심)으로 밀다. ○ 撚(년): 왼손의 손가락으로 현을 눌러 좌우로 움직임. 백거이의 「비파행」에 "가볍게 밀고 천천히 비비며 내리치고 올리니"輕攏慢撚抹復挑란 구절이 있다.

7 推手(퇴수): 손가락을 몸 밖으로 튕기는 주법. ○ 却手(각수): 손가락을 몸 안으로 튕기는 주법.

8 抹(말): 오른손의 손가락으로 내리는 방향으로 현을 뜯다. ○ 梁州(양주): 당대 교방곡 가운데 하나. 涼州(양주)라고도 표기한다. 개원 연간 서량西涼의 도독이었던 곽지운郭知運이 채집하여 현종에게 바친 악곡이다.

9 賀老(하로): 하회지賀懷智. 현종 때 악인으로 비파를 잘 탔다. ○ 定場(정장): 현장을 압도하다. 원진元稹의 「연창궁사」連昌宮詞에 "밤중에 달 높을 때 현악기가 울리고, 하회지가 타는 비파는 연회장에서 제일이었죠."夜半月高弦索鳴, 賀老琵琶定場屋.란 구절이 있다.

해설

비파에 대해 노래한 영물사詠物詞이다. 비파와 관련된 여러 전고를 모아 자신의 절실한 감개를 드러내는 방식으로 통합시켰다. 이러한 통합성 때문에 전고가 번거롭게 느껴지지 않는다. 상편의 전고는 주로 나라에 대한 걱정과 개인의 운명에 대한 감개로 이루어져 있어, 신기질의 '말하기 어려운 한'恨難說이 무엇인지 짐작할 수 있다. 하편의 전고는 보다 다양해서 이 작품에 대한 역대 평론가들의 평가가 분기하게 된 원인이 되지만, 애절하고哀徹 목이 메어 흐느끼는嗚咽 절실함이란 점에서는 일치한다.

만강홍滿江紅

─사면을 받아 금단으로 돌아가는 탕조미 사간을 보내며送湯朝美司
諫自便歸金壇[1]

장기瘴氣 섞인 비와 남방의 안개
십 년 간의 꿈 같은 일을 술잔 앞에서 말하지 말게.
봄이라 마침 고향엔 복사꽃과 오얏꽃이
그대를 기다려 피려고 하네.
아들딸은 등불 아래 눈물 머금고 절할 것이고
마을에선 닭과 돼지 잡아 토지신土地神에게 제사하는 때이리라.
보아하니 그대는 여전히 혀가 아직 있고 이빨은 튼튼하고
심장은 철석같으오.

나라를 살리는 재주
후작에 봉해질 풍골.
하늘 위로 뛰어올라가
천문天門을 열게나.
십분발휘하여
나라 위한 공훈을 이루소서.
이전에는 그대 사면되어 일찍 돌아가길 바랐으나
지금은 오히려 중년의 이별이 한스럽구나.
우습구나 강가의 명월은 더욱 다정하여
오늘 밤 이지러져 있구나.

瘴雨蠻煙,[2] 十年夢奪前休說.[3] 春正好故園桃李, 待君花發. 兒女燈前和淚拜, 鷄豚社裏歸時節.[4] 看依然舌在齒牙牢,[5] 心如鐵.

活國手,[6] 封侯骨. 騰汗漫,[7] 排閶闔. 待十分做了, 詩書勳業.[8] 當日念君歸去好, 而今却恨中年別. 笑江頭明月更多情, 今宵缺.

注

1 湯朝美(탕조미): 탕방언湯邦彦. 박학굉사과에 급제한 후 추밀원 편수관, 좌사간左司諫을 역임했다. 1175년 금나라에 사신으로 갔다가 다음해 광동 신주新州로 폄적되었고, 다시 강서 신주信州로 양이되어 신기질을 만났다. 1183년 봄에 사면되어 고향에 가게 되었다. ○ 自便(자편): 자신이 편한 대로 행동함. 사면을 의미한다. ○ 金壇(금단): 지금의 강소성 단양시丹陽市.

2 瘴雨蠻煙(장우만연): 장기瘴氣 섞인 비와 남방의 안개. 탕조미가 처음 유배된 광동 신주新州(광동 신흥현)의 자연 환경을 가리킨다.

3 十年(십년): 탕조미가 폄적된 것은 1175년부터 1183년까지로 십년이 좀 안 되지만 개략해서 말하였다.

4 社裏(사리): 사일社日에. 토지신에게 제사 지내는 날에.

5 舌在(설재): 전국시대 장의張儀의 고사를 이용했다. 장의가 초나라 재상의 문객으로 갔다가 봉변을 당해 실컷 두들겨 맞고 집에 돌아오자 처가 말했다. "그대가 책을 읽고 유세 따위를 하지 않았다면 이런 욕을 당하지 않았잖아요?" 그러자 장의가 "내 혀가 아직 있는지 보구려."視吾舌尙在不?라고 말했다. 처가 웃으며 "혀는 있어요." 라고 말하자 장의가 "그러면 됐소."足矣라고 말했다. 『사기』「장의전」 참조.

6 活國手(활국수): 치국의 능수. 남조 제량 때 왕광지王廣之의 아들 왕진국王珍國이 남초 태수南譙太守가 되었을 때 자신의 미곡으로 가

난한 사람을 구제했다. 이에 제 고제齊高帝가 "경은 백성을 사랑하
고 나라를 살리니 짐의 뜻에 무척 부합하오."卿愛人活國, 甚副吾意.라
말했다. 『경구기구전』京口耆舊傳에는 탕조미가 젊었을 때 마을의 가
난한 사람들에게 미곡을 나누어준 일이 기록되어 있다.

7 汗漫(한만): 거대하여 끝이 없음. 광대무변함. 하늘.

8 詩書(시서): 『시경』과 『상서』. 유가 경전. 군주를 보좌하여 나라를
바로잡는다는 뜻이 있다. 신기질의 「만강홍」에 "탄식하노니 만 권
을 읽은 학식에 군주를 보좌할 사람이"歎詩書萬卷致君人라는 말이
있다.

해설

친구를 보내며 쓴 송별사送別詞이다. 탕조미가 사면을 받고 귀향하
게 되었기에 명랑하고 낙관적인 정조가 가득하다. 상편은 친구의 고향
에서 친구를 기다리는 사람들의 정과 돌아간 이후의 즐거운 장면을
그렸다. 하편은 친구의 능력을 칭송하고 장차 공을 세우길 격려하면서
말미에서 석별의 정을 나타내었다. 1183년(44세) 봄에 지었다.

수조가두 水調歌頭

— 연석에서 왕덕화 추관의 운을 사용하여, 남간의 생신을 축하하며
席上用王德和推官韻, 壽南澗[1]

천상에는 관아가 많다는데
그대는 지상의 신선.
집안 대대로 황제의 청모전과 특전을 받고
옥같이 우뚝 서서 천자 얼굴 우러렀지.
요즘 백발이 된 것을 탓하지 마오
아마도 예전의 주하사柱下史 노자老子처럼
『도덕경』 오천 자를 쓰려나보오.
남간南澗에 살아갈 계획을 세웠으니
원숭이와 학이 비로소 편안해하네.

장군을 두드리며 노래하고
빈 단지를 아끼니
세상 사람들 모두 그렇게 한다네.
그러나 종묘의 편종과 편경이
초야에 묻혔으니 누가 거두어 들일 텐가.
은거와 출사를 묻지 말지니
필경은 산림이나 조정
어디에 살아도 부족함이 없다네.
다시 공公에게 절하며
쌍학을 드리니 천 년을 사옵소서.

上界足官府,[2] 公是地行仙. 青氈劍履舊物,[3] 玉立近天顔. 莫怪新來白髮, 恐是當年柱下,[4] 道德五千言. 南澗舊活計, 猿鶴且相安.[5] 歌秦缶,[6] 寶康瓠,[7] 世皆然. 不知淸廟鐘磬,[8] 零落有誰編. 莫問行藏用舍,[9] 畢竟山林鐘鼎,[10] 底事有虧全? 再拜荷公賜, 雙鶴一千年.[11,12]

注

1 王德和(왕덕화): 왕녕王寧, 자는 덕화德和. 신주 추관信州推官을 거쳐 나중에 중봉대부中奉大夫에 이르렀다. ○ 推官(추관): 주군州郡 소속의 보조 관원. 일반적으로 군사 업무를 담당한다. ○ 南澗(남간): 한원길韓元吉. 이부상서를 역임했다. 신주에 있을 때 남간에서 은거했다.

2 上界足官府(상계족관부): 천상의 신선세계에도 관아가 많다. 신선의 세계라 해도 인간세상보다 못하다는 뜻이 들어있다. 송대에 유사한 표현의 시사詩詞가 많다. 소식 「노산오영 ─노오동」盧山五詠 ─盧敖洞에 "천상의 신선세계에도 관아가 많으니, 날아 올라가본들 무슨 이득이 있으랴."上界足官府, 飛升亦何益.라는 구절이 있다.

3 青氈舊物(청전구물): 청색 모전. 집안에 전해오는 진귀한 물건. 동진의 왕헌지가 밤에 서재에 누워있을 때 도둑이 들었다. 도둑들이 물건을 모두 훔쳐 넣을 때 왕헌지가 천천히 말하였다. "형씨들! 청모전은 집안에 전해오는 물건이니 그것만은 남겨놓으시오."偸兒! 青氈我家舊物, 可特置之. 도둑들이 그 말을 듣고 놀라 달아났다. 『진서』「왕헌지전」 참조. ○ 劍履(검리): 검리상전劍履上殿. 황제가 대신에게 내리는 일종의 특수한 대우로, 조회 때 검을 차고 신발을 신고 대전에 오를 수 있는 자격을 말한다.

4 柱下(주하): 주하사柱下史. 주나라의 관직으로 후세의 시어사에 해

당한다. 노자老子도 주나라의 주하사柱下史였다가 수장사守藏史가 되었으며, 주나라가 쇠미해지자 떠났다. "관문에 이르자 관령 윤희가 말했다. '그대 장차 은거하시게 되니 나를 위해 일부러라도 책을 써 주시기 바랍니다.' 이에 노자가 상하 편으로 책을 썼는데, 도덕의 뜻 오천여 글자를 말했다. 그곳을 떠난 후 어떻게 되었는지 아는 사람이 없었다."『사기』「노자열전」참조.

5 猿鶴(원학) 구: 원숭이가 놀라고 학이 원망하다. 공치규孔稚珪의 「북산이문」北山移文에 "혜초 휘장에 사람이 없자 밤에 학이 원망하고, 산에 은거하는 사람이 떠나자 새벽 원숭이가 놀란다."蕙帳空兮夜鶴怨, 山人去兮曉猿驚.는 구절이 있다. 여기서는 이를 반대로 이용하여 고인高人이 돌아오자 원숭이와 학이 편안해한다는 뜻이다.

6 歌秦缶(가진부): 진 땅(지금의 섬서성)의 장군(질그릇 통)을 두드리며 노래하다.

7 寶康瓠(보강호): 빈 단지를 귀하게 여기다. 평범한 사람을 귀하게 여기다.

8 淸廟(청묘): 태묘太廟. 제왕의 종묘. 제왕이 조상에게 제사할 때 사용하는 악장.

9 行藏用舍(행장용사): 행함과 숨음, 쓰임과 버림.『논어』「술이」述而에 "쓰이면 행하고 안 쓰이면 숨는다."用之則行, 舍之則藏.는 말이 있다.

10 山林鐘鼎(산림종정): 산림에 사는 사람과 종명정식鐘鳴鼎食을 하는 사람. 재야에 있는 사람과 조정에 있는 사람. 두보의 「청명」淸明에 "궁중 생활과 산림 생활은 각기 천명에 달린 것, 탁주에 거친 밥으로 나의 생애 즐기리."鐘鼎山林各天性, 濁醪粗飯任吾年.란 구절이 있다.

11 [원주] "공은 쌍학으로 축수를 받았다."公以雙鶴見壽.

12 雙鶴(쌍학): 신기질의 생일이 5월 11일이고, 정남간의 생일이 5월 12일로, 두 사람의 생일이 하루 차이이므로, 두 마리의 학으로 축수

하였다.

정남간(69세) 상서의 생일을 축하하였다. 상편에선 돈후한 말투로
정남간의 공적과 풍도를 칭송하였다. 하편에선 흩어진 편종과 편경
같이 정남간이 재야에 묻혀 있음을 안타까워하면서도 동시에 출사와
한거가 모두 적절함을 말하며 축수하였다. 이러한 생각은 일견 모순되
어 보이지만, 나라를 위한 사업을 하고자 하면서도, 은거하고 있는 현
실을 인정하고 받아들일 수밖에 없는 모순된 심리에서 나왔다. 이러한
모순이 해결되지 않았기에 작품 속에 깊은 울분이 보인다. 한남간의
처지를 통해 자신이 은거하는 뜻도 기탁하였다. 1183년(44세) 신주의
대호帶湖에서 한거할 때 지었다.

청평악清平樂
— 아들 철주를 위해 지음爲兒鐵柱作[1]

신령님께 제사도 마쳤으니

복록福祿이 모두 오리라.

꽃나무 아래 봉황을 이끌듯 데리고 오니

경기驚氣도 모두 끊어지리라.

지금부터 날마다 총명해져서

여동생 '담'이와 형 '숭'이와 잘 지내라.

신씨 집안의 쇠기둥이 되어

액도 없고 어려움도 없이 높은 벼슬 하거라.

靈皇醮罷,[2] 福祿都來也. 試引鵁鶄花樹下,[3] 斷了驚驚怕怕.

從今日日聰明, 更宜潭妹嵩兄.[4] 看取辛家鐵柱, 無災無難公卿.

注

1 鐵柱(철주): 신감辛臚의 아명. 1178년 생. 신기질의 아들 9명 가운
   데 막내. 신기질의 시 「감의 죽음을 곡하며 15장」哭臚十五章을 보면
   요절하였음을 알 수 있다.

2 靈皇(영황) 2구: 아이의 복을 구하는 풍속을 가리킨다. ○ 靈皇(영
   황): 신령. ○ 醮(초): 제사하다.

3 試引(시인) 2구: 아이의 경기驚氣를 없애는 풍속을 가리킨다. ○ 鵁鶄

(원추): 봉황의 일종. 여기서는 가장 어린 아이를 가리킨다.

4 潭(담): 신담辛潭. 1179년 또는 1180년 생. ○ 嵩(숭): 신숭辛嵩. 1176
년 생. 신기질은 아들 아홉에 딸 둘을 두었다.

해설

　어린 아들 철주의 건강과 복을 기원하였다. 상편에선 송대에 유행
했던 민간 습속으로 아이의 복을 기원하고 액땜하는 모습을 그렸다.
하편에선 형제자매와 사이좋게 지내고 어려움 없이 잘 커 높은 벼슬하
기를 바랐다. 철주와 관련된 신기질의 다른 시를 보면, 막내아들이었
던 철주는 병약하였다. 이러했으므로 아버지로써 더욱 마음이 아프고
정이 갔을 것이다. 아이가 무사히 자라기를 바라는 마음이 진솔하고도
깊이 드러났다. 철주는 3살에서 5살 사이에 요절했다.

임강선臨江仙

― 연석에서 한남간에 화운하며卽席和韓南澗韻

비바람이 봄을 재촉하여 한식이 가까운데
들판은 온통 푸른빛에 붉은 꽃.
시내에서 뱃사공 불러 버들 옆을 지나간다.
꽃잎 날리고 나비 어지러운데
연한 뽕잎에 누에가 자란다.

녹야선생은 한가히 팔짱 끼고
오히려 시와 술에서 공명을 찾는구나.
내일 날씨가 맑을지 흐릴지 알 수 없구나.
오늘 밤 홀로 취하여
오히려 깨어있는 뭇 사람을 비웃네.

風雨催春寒食近, 平原一片丹靑. 溪頭喚渡柳邊行. 花飛蝴蝶
亂, 桑嫩野蠶生.
綠野先生閑袖手,[1] 却尋詩酒功名. 未知明日定陰晴. 今宵成獨
醉,[2] 却笑衆人醒.

注

1 綠野先生(녹야선생): 당대 재상을 지냈던 배도裴度. 그가 낙양의 집
현리集賢里에 한거할 때 정원을 가꾸고 별장을 세웠는데 그 이름을

녹야당綠野堂이라고 하였다. 『신당서』「배도전」 참조. 여기서는 배도로 한남간을 비유하였다.

2 今宵(금소) 2수: 『초사』「어부」漁父의 "세상이 모두 혼탁한데 나 홀로 맑고, 뭇 사람이 모두 취했는데 나만 깨어있소."擧世皆濁我獨淸, 衆人皆醉我獨醒.라는 말을 거꾸로 이용하였다.

해설

봄날의 정취와 연석에서 감회를 나타냈다. 상편에선 늦봄의 아름다운 풍광을 그렸다. 하편에서는 조정에서 물러나온 한남간의 풍도를 그렸다. 한가히 지내며 술과 시로 세월을 보내는 퇴직한 재상의 모습에서 일말의 울분과 불만을 기탁하였다. "내일 날씨가 맑을지 흐릴지 알 수 없구나"는 조정의 정치 세력의 변화무상한 모습을 비유하였다. 말미에서 「어부」의 내용을 반대로 사용하여, 차라리 깨어있기보다는 취해있음으로써 자신의 고통을 줄이려고 하였고, 역설적으로 세상 사람들이 취해있음을 더욱 강조하였다. 상대를 위로하면서 동시에 자신의 불만을 보태어 세상을 비판하였다. 쉽고 유창한 언어 속에 오히려 날카로운 비판이 숨어 있다.

동선가洞仙歌

― 남계를 개통하고 나서 짓다開南溪初成賦¹

너울너울 춤출 듯
과연 청산이 기뻐하는구나.
삿대 반쯤 잠기는 물을 끌어왔으니.
기억하노니 모래밭에 갈매기와 해오라기
석양 속의 어부와 나무꾼
상수湘水의 강가
풍경은 예전과 다름없이 이와 같구나.

동쪽 울타리 아래 국화를 많이 심고
도연명을 흉내내지만
주흥酒興과 시정詩情이 같지 않구나.
십 리에 봄 강물이 불어나
조각배 타고 돌아와
오호五湖를 떠도는 범려范蠡가 되었네.
범려와 마찬가지로 일엽편주를 노 저어 가건만
어찌 알았으랴 그에게는
서시西施가 있었던 것을.

婆娑欲舞,² 怪青山歡喜. 分得清溪半篙水.³ 記平沙鷗鷺, 落日
漁樵, 湘江上, 風景依然如此.

東籬多種菊, 待學淵明, 酒興詩情不相似. 十里漲春波,⁴ 一棹歸來, 只做箇五湖范蠡. 是則是一般弄扁舟, 爭知道他家, 有箇西子.

注

1 南溪(남계): 홍매洪邁의 「가헌기」稼軒記에 언급되지 않는 것으로 보아, 나중에 대호의 가헌에 새로 만든 작은 시내로 보인다.

2 婆娑(파사): 너울너울. 덩실덩실. 춤추는 모양. 홍매의 「가헌기」에선 가헌에 파사당婆娑堂이 있다고 하였다.

3 半篙水(반고수): 상앗대가 반쯤 들어가는 깊이의 물.

4 十里(십리) 6구: 춘추시대 말기 월나라 범려范蠡가 오나라를 멸망시킨 후, 서시를 배에 태우고 오호를 떠돈 일을 가리킨다. ○ 一棹(일도): 노. 여기서는 배. ○ 爭(쟁): 어찌. ○ 西子(서자): 서시西施.

해설

대호의 가헌稼軒에서 남계南溪를 개통하고 그 풍광과 감회를 노래했다. 상편은 주로 풍경 묘사로, 개통의 기쁨으로 시작하여 남계 주위의 모습이 상수의 강가와 비슷하다고 묘사하였다. 하편은 주로 감회의 표현으로, 도연명과 범려로 자신을 비유하였다. 다만 도연명과 범려에 비해 자신은 그에 미치지 못함을 해학적으로 나타내었다. 예컨대 범려는 공을 이루었지만 자신은 포부를 이루지 못했고 서시와 같은 절세미녀가 없다고 표현한 점이 그러하다. 1183년(44세) 가을 신주의 대호帶湖에서 지었다.

당하전唐河傳
─ 화간체를 본떠倣花間體[1]

봄 강물

천 리

외로운 배에 물결 일으키며

꿈속에서 서시의 손 잡고 있었지.

깨어나니 마을 골목 석양이 비꼈고

몇몇 집

낮은 담장에 붉은 살구꽃.

구름이 비를 조금 뿌리고 가는 저녁

꽃을 꺾어들고 가는

강 언덕 위 뉘 집 여인인가?

즐거운 듯

저쪽엔

버들개지

바람에 하늘로 날아간다.

　春水, 千里, 孤舟浪起, 夢携西子.[2] 覺來村巷夕陽斜. 幾家, 短牆
紅杏花.
　晚雲做造些兒雨.[3] 折花去, 岸上誰家女. 太狂顛.[4] 那邊, 柳綿,[5]
被風吹上天.

1 花間體(화간체): 만당 오대에 유행했던 사체詞體 또는 유파. 후촉 조숭조趙崇祚가 『화간집』花間集을 편찬한 데서 이름 붙여졌다. 만당의 온정균溫庭筠을 중심으로 이를 따르는 여러 사인들이 여인의 염정과 풍월의 우미함을 농염濃艶하고 기려綺麗한 필치로 묘사한 것을 특징으로 한다.

2 西子(서자): 서시西施. 여기서는 정인情人.

3 些兒雨(사아우): 약간의 비.

4 狂顚(광전): 미치다. 여기서는 활발하다. 기뻐하다.

5 柳綿(유면): 버들개지.

봄의 정취와 아름다움을 표현하였다. 각 편에 두 개의 장면 씩 모두 네 개의 장면으로 꿈과 현실, 사람과 풍광, 물가와 마을을 잘 융합시켰다. 즐겁고 고조되는 감정을 묘사했지만, 이미지를 제시하면서 여백을 많이 남겨두어 연상할 수 있도록 하였고, 상당히 절제되어 있다. 전체적인 풍격은 청려淸麗하고 우미優美하다.

이 작품은 화간사花間詞의 18명 사인 가운데 위장韋莊의 사풍詞風이 가장 유사하다. 『화간집』은 화려한 언어와 완약婉約한 정서로 여성의 미모와 복장, 그리고 정한情恨을 묘사한 것을 특징으로 한다. 그러나 온정균을 비롯한 대다수 화간파 사인들의 작품이 농염한 데 비해 위장의 사는 깊은 감정을 질박한 언어로 표현하였고, 표현이 비교적 쉽고 자연스럽다. 신기질의 작품 역시 간결한 이미지로 봄의 정취를 산뜻하게 표현하였다.

수룡음 水龍吟

― 갑진년 한남간 상서의 생신을 축하하며 甲辰歲壽韓南澗尙書[1]

천마天馬가 강을 건너 남으로 내려온 이래
진정 천하를 경륜할 인재는 몇이나 되는가?
장안의 부로父老들은 왕의 군대 기다리고
남도한 관료들은 신정新亭의 풍경 보고 탄식하지만
애석하게도 갈라진 산하는 예와 다름없구나.
청담에 몰두하던 왕연王衍의 무리들
중원이 함락되어도
언제 머리 돌려 보기라도 했던가?
만 리의 오랑캐 평정하여
공명을 이루는 것이
진정한 선비의 일인걸
그대는 아는가모르는가?

하물며 문장은 태산과 북두 같고
뜰 가득 벽오동 심어 봉황을 기다린 집안.
당시 그대가 태어난 후
지금 다시 생각하니
군주와 신하가 만나 풍운을 일으켰지.
녹야당綠野堂의 풍광

평천장平泉莊의 초목
동산東山에서 노래하고 술 마시네.
후일 조정의 일을 정돈하고
천하의 큰 일을 마치기를 기다려
선생을 위해 축수하리라.

渡江天馬南來,[2] 幾人眞是經綸手?[3] 長安父老,[4] 新亭風景,[5] 可憐
依舊. 夷甫諸人,[6] 神州沉陸, 幾曾回首! 算平戎萬里,[7] 功名本是,
眞儒事、公知否.[8]
況有文章山斗,[9] 對桐陰滿庭淸晝.[10] 當年墮地, 而今試看: 風雲
犇走. 綠野風煙,[11] 平泉草木,[12] 東山歌酒.[13] 待他年整頓, 乾坤事
了, 爲先生壽.

注

1 甲辰歲(갑진세): 1184년(순희 11). ○ 韓南澗(한남간): 한원길韓元吉.
이부상서를 역임했다. 신기질이 신주에 있을 때 한남간과 자주 창
화하였다.

2 渡江(도강) 구: 서진이 멸망한 후 진 원제晉元帝가 네 왕의 도움으
로 남도하여 건강에서 동진 왕조를 건립한 것을 비유한다. 당시 "다
섯 말이 도강하여, 한 마리가 용 되었네."五馬浮渡江, 一馬化爲龍.란
동요가 불려졌다. 사마司馬씨이기 때문에 말馬이라고 하였다. 『진
서』「원제기」元帝紀 참조. 여기서는 북송 왕조의 남도를 비유한다.

3 經綸(경륜): 실을 정리하는 것을 경經이라 하고, 줄로 꼬는 것을 륜
綸이라 한다. 국가 대사의 운영을 비유한다.

4 長安父老(장안부로): 장안의 노인들이 왕의 군대를 기다리다. 동진
의 환온桓溫이 북벌하여 장안 근처에 이르자 현지 사람들 열에 여덟

아홉은 소를 잡고 술을 가지고 나와 환영하였다. 노인들이 감읍하여 "오늘 관군을 다시 보리라 생각도 못했소!"不圖今日復見官軍!라 말했다. 『진서』「환온전」참조.

5 新亭風景(신정풍경): 신정의 풍경에 왕실의 변천을 탄식하다. 『세설신어』「언어」에 나오는 고사를 가리킨다. "장강을 건너 온 사람들이 날씨가 좋으면 번번이 신정에 모여 풀을 깔고 앉아 연회를 가졌다. 주의周顗가 좌중에서 탄식하여 말하기를 '풍경은 다르지 않건만, 산하가 다르구나.'라고 하자 모두 서로 바라보며 눈물을 흘렸다. 다만 승상 왕도王導만이 정색하며 말하기를 '응당 왕실에 힘을 다하여 중원 땅을 다시 찾아야지, 어찌 초나라 포로처럼 서로 마주보고만 있단 말인가!'라고 하였다."過江諸人, 每至美日, 輒相邀新亭, 藉卉飮宴. 周侯中坐而歎曰: "風景不殊, 正自有山河之異.". 皆相是視流淚. 唯王丞相愀然變色曰: "當共戮力王室. 克復神州, 何至作楚囚相對!" 신정은 동오때 지은 것으로, 남경시 서남쪽 교외에 소재했다.

6 夷甫(이보) 3구: 공담空談만 일삼아 나라를 잃은 권력자를 비판하였다. 환온이 강릉에서 북벌하여 회수와 사수를 지나 북방의 경계를 넘어갈 때, 배를 타고 중원을 바라보며 탄식하여 말하였다. "마침내 중원이 함락되어 백년간 폐허가 되었으니, 왕연의 무리가 그 책임을 지지 않으면 안 되리라."遂使神州陸沉, 百年丘墟, 王夷甫諸人不得不任其責. 『진서』「환온전」참조. 왕이보王夷甫는 왕연王衍.

7 平戎萬里(평융만리): 만 리에 오랑캐를 평정하다. 금나라를 몰아내고 중원을 회복한다는 뜻.

8 眞儒(진유): 진정한 애국지사. ○ 公(공): 한남간을 가리킨다.

9 文章山斗(문장산두): 문장이 한유처럼 뛰어나다. "한유가 죽은 이래 그의 학설이 크게 성행하여 학자들이 태산과 북두를 우러르듯한다."自愈之沒, 其言大行, 學者仰之如泰山北斗. 『신당서』「한유전」참조.

10 桐陰(동음): 벽오동나무 그늘. 북송 때 창성한 상주相州 한씨와 영
   천穎川 한씨 가운데, 영천 한씨는 개봉성의 저택 문 앞에 벽오동을
   많이 심었기에 사람들이 '동목 세가'桐木世家라고 하였다. 한남간은
   『동음구화』桐陰舊話 10권을 저술하였다.

11 綠野(녹야): 당대 재상을 지냈던 배도裴度가 낙양의 집현리集賢里에
   한거할 때 정원을 가꾸고 별장을 세웠는데 그 이름을 녹야당綠野堂
   이라 하였다. 『신당서』「배도전」참조.

12 平泉(평천): 당대 재상을 지냈던 이덕유李德裕가 낙양성 밖에 '평천
   장'平泉莊 별장을 지어 기화요초를 가꾼 일을 가리킨다. 『극담록』劇
   談錄 참조.

13 東山(동산): 동진의 재상 사안謝安이 일찍이 동산에서 은거한 일을
   가리킨다.

【해설】

  생신을 축하하는 축수사祝壽詞의 형식을 빌어 중원 수복의 염원을
천명하고 상대를 격려하였다. 상편은 남북 분열의 상황을 침통하게
확인하였고, 하편은 한남간이 나라를 부흥시켜 공업을 이루기를 기원
하였다. 강개하고 격앙한 어조에 호매하고 분방한 정신을 담아 풍격이
비장하면서 격렬하다. 현존하는 한남간의 「수룡음」에서도 "태수는 오
랑캐 평정에 손 놓지 말게나"使君莫袖平戎手라 하며 같은 어조여서, 두
사람이 서로를 자극하고 격려했음을 알 수 있다. 산림에 은거하는 애
국지사의 국사를 잊지 못하는 심회가 잘 드러나 있다. 1184년(45세)
신주의 대호에서 지었다.

만강홍滿江紅
—촉으로 들어가는 이정지 제형을 보내며送李正之提刑入蜀[1]

촉으로 가는 길은 하늘 오르기보다 어려운데
술 한 잔으로 수놓은 옷 입은 그대를 전송하네.
중년이 되어 병이 잦은 걸 탄식하는데
이별은 더욱이 견디기 어려워라.
동북에선 제갈량의「출사표」와 같은 그대의 도략에 놀라고
서남의 소란에 대해서는 사마상여처럼 격문을 쓰리.
난세를 수습하고 공명을 세우는 일 그대에게 맡겼으니
서까래처럼 큰 붓을 휘두르리라.

아녀자 눈물
그대는 흘리지 마소.
형초荊楚로 가는 길
내 말해주리다.
새로 시를 지어 읊게나
여산廬山의 산색을.
적벽赤壁 앞 천고의 물결
동제銅鞮 거리 위 삼경의 달을.
마침 매화꽃 피고 만 리에 눈 쌓일 때면
서로 그리워하리.

蜀道登天,² 一杯送繡衣行客.³ 還自歎中年多病, 不堪離別. 東
北看驚諸葛表,⁴ 西南更草相如檄.⁵ 把功名收拾付君侯,⁶ 如椽筆.⁷
兒女淚, 君休滴. 荊楚路,⁸ 吾能說. 要新詩準備, 廬山山色. 赤壁
磯頭千古浪,⁹ 銅鞮陌上三更月.¹⁰ 正梅花萬里雪深時,¹¹ 須相憶.

注

1 李正之(이정지): 이대정李大正. 자는 정지正之. 강회, 형초, 복건, 광
  남로廣南路 등에서 제점갱야주전공사提點坑冶鑄錢公事를 역임했다.
  신주信州는 당시 주요한 동銅 채광지였기에 신주에 상주했다. 1184
  년 겨울 이주로利州路 제점형옥사提點刑獄使로 촉 지방으로 들어가게
  되었다. ○ 提刑(제형): 제점형옥사.

2 蜀道(촉도): 촉으로 가는 길. 이 구는 이백李白의「촉도난」蜀道難에
  나오는 "촉도의 험난함은 푸른 하늘에 오르기보다 더 어려워"蜀道之
  難難於上靑天란 말을 환기한다.

3 繡衣(수의): 수놓은 옷. 제점형옥관을 가리킨다. 한대의 시어사侍御
  史는 수놓은 옷을 입었다. 제점형옥관은 시어사에 해당한다.

4 諸葛表(제갈표): 삼국시대 촉한 제갈량의「출사표」出師表. 후주後主
  에게 위나라 북벌의 뜻을 밝혔다.

5 相如檄(상여격): 서한 사마상여의「유파촉격」喩巴蜀檄. 한 무제 때
  당몽唐蒙이 파촉 지방에서 소란을 일으키므로 사마상여를 시켜 격
  문을 짓게 하였다.

6 君侯(군후): 제후. 한대에 열후列侯에 대한 존칭으로 썼다. 후세에
  는 달관 귀인을 가리킨다. 여기서는 이정지를 가리킨다.

7 如椽筆(여연필): 서까래를 붓으로 삼다. 서예의 대가를 의미한다.
  동진의 왕순王珣이 꿈에 서까래처럼 큰 붓을 받았다. 얼마 후 황제
  가 붕어하자 애책哀冊과 시의諡議를 모두 왕순이 초안하였다.『진

서』「왕순전」참조.

8 荊楚(형초): 형주 지역. 『좌전』을 보면 노 장공魯莊公까지는 '형'荊이
라 하고 노 희공魯僖公(재위 기원전 659~627년)부터는 '초'楚라고 하였
다. 지금의 호북성과 호남성 일대. 신기질이 일찍이 이 지역에서
근무하였다.

9 赤壁磯(적벽기): 적비기赤鼻磯라고도 한다. 지금의 호북성 황강黃岡
서남 소재. 소식蘇軾의 「염노교 —적벽 회고」에 "장강이 동으로 흘
러가며 물결이 천고의 풍류 인물을 모두 쓸어갔구나."大江東去, 浪淘
盡千古風流人物.란 구절이 있다.

10 銅鞮(동제): 지금 호북성 양양의 한수 강가의 제방 이름. 양양의 번화
가를 의미하기도 하는데, 당대 최국보崔國輔의 「양양곡」에 "성 안의
미소년, 백동제에서 만나네."城中美少年, 相見白銅鞮.란 구절이 있다.

11 正梅花(정매화) 2구: 유송劉宋 시기 육개陸凱의 「범엽에게」贈范曄에
나오는 뜻을 이용하였다. "북으로 가는 역리 만났기에 꽃을 꺾어서,
멀리 농두에 있는 그대에게 부치네. 강남에는 보내기 좋은 물건이
없어, 잠시 매화 꽃가지 하나를 보내드리네."折花逢驛使, 寄與隴頭人.
江南無所有, 聊贈一枝春.

해설

촉 지방으로 부임하는 친구를 보내며 지은 송별사이다. 상편에선 주
로 상대를 격려하였고, 하편에선 이별을 아쉬워하였다. 이정지는 마침
금나라와 이웃한 이주로利州路에 제형으로 가므로 그에게 북벌의 뜻을
부탁하였다. 구성이 정연한 가운데 우정으로 아쉬워하고 애국심으로
면려하였다. 1184년(45세) 겨울 신주의 대호에서 한거할 때 지었다.

접련화蝶戀花

— 조문정 제거가 이정지 제형을 보낼 때 쓴 운을 사용하여, 정원영을 보내며用趙文鼎提擧送李正之提刑韻, 送鄭元英[1]

누대 앞에 떨어지는 물시계 소리 듣지 말게.
떠나는 사람이 시간을 알면
묵묵히 천만 가닥 심사만 일으키니까.
이별의 슬픔은 멀리 가나 가까이 가나 언제나 같아
세상 아녀자들처럼 공연히 원망이 일어나는구나.

비단같이 화려한 시문에 눈 같이 흰 얼굴.
예전에도 시명詩名이 높아
설도형薛道衡의 '빈 들보의 제비'와 같은 명구를 지었지.
서로 만났어도 평소의 바람대로 더 사귀지 못하고
서둘러 「양관곡」 부르며 한 잔 술 권하네.

　莫向樓頭聽漏點.[2] 說與行人, 默默情千萬. 總是離愁無近遠, 人間兒女空恩怨.
　錦繡心胸冰雪面.[3] 舊日詩名, 曾道空梁燕.[4] 傾蓋未償平日願,[5] 一杯早唱陽關勸.

注

1 趙文鼎(조문정): 조선강趙善扛. 융흥隆興(남창) 사람으로 송 태종의

넷째 아들 조원빈趙元份의 6세손. 기주蘄州와 처주處州의 지주를 역
임했다. ○ 提擧(제거): 전문적인 사무를 보는 관리. '제거상평'提擧常
平, '제거시박'提擧市舶, '제거학사'提擧學事, '제거수리'提擧水利 등으로
여러 분야에 각각 속하며, 일반적으로 한직閑職이다. ○ 李正之(이정
지): 이대정李大正. 바로 앞의 사 참조. ○ 鄭元英(정원영): 복건 문산
文山 사람. 일찍이 성도에서 관직을 지냈다. 신기질의 친구. 나중에
복주에 소경루巢經樓를 지어 촉 지방에서 가져온 책들을 소장하였다.
2 漏點(누점): 물시계에서 물방울 떨어지는 소리.
3 錦繡心胸(금수심흉): 가슴 속에 비단 같이 화려한 시문이 있다는
뜻. ○ 冰雪面(빙설면): 얼굴이 젊고 하얗다는 뜻. 『장자』「소요유」逍
遙遊에 "막고야 산에 신선이 살고 있는데, 피부가 얼음과 눈처럼 희
고 처녀처럼 아름답다."藐姑射之山, 有神人居焉. 肌膚若冰雪, 綽約若處
子.라는 말이 있다.
4 空梁燕(공량연): 수대 설도형薛道衡의 「석석염」昔昔鹽에 나오는 "어
두운 창에 거미줄 걸리고, 빈 들보에 제비집 흙 떨어진다."暗窓懸蛛
網, 空梁落燕泥.는 구절을 가리킨다. 여기서는 사람들에게 회자되는
명시를 짓는다는 뜻.
5 傾蓋(경개): 수레의 산개傘蓋를 서로 맞대거나 한쪽으로 기울다. 처
음 만나 친해진 경우를 형용한다.

해설

정원영을 보내며 쓴 송별사이다. 상편은 세상의 일반적인 이별의
정을 서술하고, 하편은 정원영의 시재詩才를 칭송하고 사귄지 얼마 되
지 않아 헤어지게 된 점을 아쉬워하였다. 말구는 이별의 연회도 서둘
러 마무리된 일을 그렸다. 아마도 이정지가 촉으로 들어갈 때 정원영
도 함께 간 것으로 보인다. 1184년(45세) 신주의 대호帶湖에서 지었다.

접련화 蝶戀花

—손님 중에 '제비 지저귀고 꾀꼬리 울 때 사람은 갑자기 멀리 떠났지요'라 쓴 구가 있어 첫 구에 사용하여 짓다客有'燕語鶯啼人乍遠'之句, 用爲首句[1]

제비 지저귀고 꾀꼬리 울 때 사람은 갑자기 멀리 떠났지요.
아직도 한스러운 건 서쪽 정원
예전처럼 꾀꼬리 울고 제비 지저귀네요.
한참 웃고 말해도 시름이 반
푸른빛 두른 곳에 특히나 봄빛이 따뜻해라.

편지 보낸다는 말은 했지만 지나가는 기러기도 없어
애간장 끊어진다고 말하지 않겠어요.
요즘은 끊어질 애도 없으니까요.
옥자루 부채에 상비湘妃의 눈물 뿌리지 않겠어요.
그대가 가을 부채처럼 나를 버릴까봐 두려워요.

燕語鶯啼人乍遠. 却恨西園, 依舊鶯和燕. 笑語十分愁一半, 翠園特地春光暖.

只道書來無過雁, 不道柔腸,[2] 近日無腸斷.[3] 柄玉莫搖湘淚點,[4] 怕君喚作秋風扇.[5]

注

1 燕語(연어) 구: 주돈유朱敦儒의 「염노교」에 "제비 지저귀고 꾀꼬리

울 때 사람은 갑자기 멀리 떠났는데, 여전히 타향에서 한식을 보내네."燕語鶯啼人乍遠, 還是他鄉寒食.란 구절이 있다. 손님이 이 구를 이용한 듯하다.

2 柔腸(유장): 창자가 부드러워지다. 감정에 사로잡히다. 사무치게 그리워하다.

3 近日(근일) 구: 진관秦觀의 「원랑귀」阮郎歸에 "사람마다 애 끊어진다 말들 하지만, 어찌 견디랴 끊어질 애조차 이미 없는 것을."人人盡道斷腸初, 那堪腸已無.이란 구절을 환기한다.

4 柄玉(병옥): 옥으로 만든 손잡이. 부채를 가리킨다. ○ 湘淚(상루): 상비湘妃의 눈물. 상비죽湘妃竹 또는 반죽斑竹을 가리킨다. 줄기에 자갈색 반점이 있는 대나무로 주로 호남성에서 난다. 전설에 의하면 순 임금이 창오산에서 죽자, 상수로 달려간 아황과 여영 두 비가 흘린 눈물이 떨어져 얼룩이 졌다고 한다.

5 秋風扇(추풍선): 가을바람 속의 부채. 한대 반첩여班婕妤가 지었다고 전해지는 「원가행」怨歌行에 자신을 가을 부채에 비유하여 "언제나 두려운 건 가을이 되어, 찬바람에 더위가 사라지면, 부채는 바구니에 버려지고, 은정도 중도에서 끊어지는 일."常恐秋節至, 涼飇奪炎熱. 棄捐篋笥中, 恩情中道絶.이라고 한 구절이 있다.

해설

이별의 시름을 썼다. 그 동기는 손님 중에 누군가 "제비 지저귀고 꾀꼬리 울 때 사람은 갑자기 멀리 떠났지요"燕語鶯啼人乍遠라는 구를 쓰기에, 여기에 촉발되어 지었다. 상편은 꽃피고 새 지저귀는 아름다운 봄날에 정인이 갑자기 멀리 떠난 일을 그렸다. 봄의 즐거움과 이별의 한이 섞여 있으므로 "한참 웃고 말해도 시름이 반"이라고 하였다. 하편은 이별의 애 끊는 아픔을 서술했다. 편지도 없어 슬픈 정도가 아니라 아예 마음이 다 부서져 없어졌으며, 나아가 말미에서는 떠난 정인이 자신을 버렸을까 걱정하였다. 시적 화자는 여인으로 보는 것이 적절하다. 한대 궁녀 반첩여가 가을이 되면 여름의 부채는 쓸모없어져 버려지는데서 자신의 처지를 슬퍼했기 때문이다.

자고천鷓鴣天

— 서형중이 거문고를 주었으나 받지 않고徐衡仲惠琴不受[1]

천 길 벼랑에 백 길 시냇물
봉황이 깃드는 홀로 선 오동나무.
옥 구르는 소리 청아하여 다른 음과 어울리기 어렵고
가로무늬 이어진 나뭇결이 기이하기도 하구나.

사람들이 흩어진 후
달이 밝을 때
「유분시」 뜯으면 눈물이 부질없이 떨어지리.
차라리 그대의 손에 맡겨
「남풍」에 창화하며 원망을 풀어냄만 못하리.

千丈陰崖百丈溪,[2] 孤桐枝上鳳偏宜. 玉音落落雖難合,[3] 橫理庚
庚定自奇.[4]

人散後, 月明時. 試彈幽憤淚空垂.[5] 不如却付騷人手,[6] 留和南
風解慍詩.[7]

注

1 徐衡仲(서형중): 서안국徐安國. 형중衡仲은 자. 신주信州 상요현上饒
縣의 유명한 효자이다. 진사과 급제. 나중에 오십 세가 넘어 악주학
관岳州學官, 연산현령連山縣令을 역임했다. ○ 惠琴(혜금): 거문고를

주다.

2 陰崖(음애): 해가 비치지 않는 북면의 벼랑.

3 玉音(옥음): 옥이 구르는 소리. 거문고의 음을 형용하였다. ○ 落落
(낙락): 홀로 있는 모습.

4 庚庚(경경): 가로놓인 모양.

5 幽憤(유분): 삼국시대 혜강嵇康이 지은 「유분시」幽憤詩.

6 付(부): 부치다. 주다. ○ 騷人(소인): 「이소」離騷를 노래한 굴원屈
原. 여기서는 서형중을 가리킨다.

7 留和(유화): 창화를 기다리다. ○ 南風解慍詩(남풍해온시): 순 임금
이 지었다는 「남풍의 노래」南風歌를 환기한다. "훈훈한 남풍이여,
우리 백성의 원망을 풀어줄 수 있다네. 때맞춰 부는 남풍이여, 우리
백성의 재산을 쌓아줄 수 있다네."南風之薰兮, 可以解吾民之慍兮. 南風
之時兮, 可以阜吾民之財兮. ○ 解慍(해온): 원망을 풀다.

> 해설

거문고에 붙여 감회를 노래하였다. 제작 동기는 서형중으로부터 선
사받은 거문고를 다시 돌려주면서 그 뜻을 사로 표현하였다. 상편은
거문고 목재의 산지와 무늬, 울려나오는 소리 등을 묘사하였다. 깊은
산속에서 홀로 자란 오동나무를 베어와 만든 거문고라 소리가 뛰어나
고 몸체가 비범함을 말하였다. 이는 전통적으로 금부琴賦에서 흔히 채
용하는 서술방식을 압축한 것이다. 하편은 자신이 왜 거문고를 받지
않는지 이유를 말하였다. 자신이 연주하면 '깊은 분노'幽憤밖에 없는데
서형중이 연주하면 백성을 위해 더 많은 역할을 한다는 것이다. 이는
곧 백성과 나라를 위해 마음을 쓰기를 권하는 것과 같다.

자고천鷓鴣天

― 앞의 운을 사용하여, 조문정 제거의 '눈을 읊다'에 화답하며用前韻,
和趙文鼎提擧賦雪[1]

쪽배 타고 섬계剡溪 갈 것 없으니
술 따르며 낮은 노래 부르는 게 더 좋다네.
수천 채 하얗게 눈 덮인 집들을 향해 개들이 짖어대고
매화와 더불어 기이한 풍경 이루었네.

향기 따뜻한 곳
술에서 깨어나니
처마 끝에 옥젓가락 같은 고드름이 어느 사이에 매달렸네.
봄바람은 그대를 웃게 하고 한을 풀어주니
촉 땅의 편전지 펼쳐서 시를 써주오.

莫上扁舟訪剡溪,[2] 淺斟低唱正相宜.[3] 從敎犬吠千家白,[4] 且與梅
成一段奇.

香暖處, 酒醒時, 畫簷玉筯已偸垂.[5] 笑君解釋春風恨,[6] 倩拂蠻
箋只費詩.[7]

注

1 趙文鼎(조문정): 융흥隆興 사람. 기주蘄州와 처주處州의 지주를 역
  임했다. 앞의 「접련화」 참조.

2 訪剡溪(방섬계): 섬계를 찾아가다. '설야방대'雪夜訪戴 고사를 가리
킨다. 동진의 왕휘지王徽之가 눈 오는 밤중에 갑자기 친구 생각이
나 산음山陰(지금의 소흥시)에서 섬현剡縣(지금의 嵊縣 서남)까지 배를
타고 대규戴逵를 찾아갔는데, 문 앞까지 갔다가 들어가지 않고 되
돌아왔다. 나중에 누가 그 까닭을 물으니, "흥이 나서 갔다가 흥
이 다해 돌아왔으니, 꼭 대규를 만나야 하겠는가?"吾本乘興而行, 興
盡而返, 何必見戴?라고 대답하였다. 『세설신어』「임탄」任誕 참조.
3 淺斟低唱(천짐저창): 술을 따르고 낮게 노래하다. 한가한 모양을
형용한다.
4 犬吠(견폐): 개가 짖다. 남방은 눈이 적어 눈이 올 때는 개들이 이
상히 여겨 짖는다는 뜻.
5 玉筯(옥저): 옥 젓가락. 보통 여인의 눈물을 비유하나 여기서는 고
드름을 가리킨다.
6 解釋春風恨(해석춘풍한): 봄바람에 시름을 풀다. 이백의 「청평조
사」淸平調詞에 "봄바람에 실어 무한한 시름을 풀어 날리니, 침향전
북쪽 난간에 기대어 있구나."解釋春風無限恨, 沉香亭北倚闌干.란 구절
이 있다.
7 蠻箋(만전): 당대 촉 지방에서 나는 채색 편전지.

눈 오는 날의 정취를 표현했다. 상편은 설경을 묘사하며 사람마다
눈을 즐기는 모습을 나타냈다. 흥이 나서 섬계로 친구를 찾아갈 수도
있고, 방안에서 조용히 술 마시고 낮게 노래하며 즐길 수도 있다. 더구
나 개들이 짖고 매화가 피어 신선한 풍경을 이루었다. 하편은 눈이 내린
후 고드름이 맺는 모습을 감각적으로 그리고, 말미 2구에서 조문정에게
다시 답사를 청하였다. 사를 주고받는 두 사람의 감흥이 잘 드러났다.

수룡음水龍吟

― 올해 한남간이 앞의 운을 사용하여 나의 생일을 축하하였는데, 나와 공의 생일은 하루 차이기에, 다시 화답하여 한남간의 생일을 축하하다次年南澗用前韻爲僕壽, 僕與公生日相去一日, 再和以壽南澗[1]

궁궐의 전각이 시원하도록
그대가 다시 훈풍을 일으키는 걸 보겠구나.
대문 앞에 화극畵戟이 세워지고
복도에 드리워진 벽오동나무 그늘
예전처럼 짙푸르구나.
허리에 찬 난초가 부질없이 향기로운데
아름다운 미모를 누가 질투하는가?
그대는 말없이 머리를 긁적이는구나.
어째서 해마다
호한야의 변새에서는
사신이 올 때마다 다투어 묻는가?
공公이 잘 있는지를.

내년에는 됫박만한 금인金印을 차소서.
중원에 있는 고향으로 금의환향하소서.
여전히 성대한 일은 그대 집안에
앞뒤로 초선관을 쓴 고관이 나오고
봉황이 날고 기린이 달리듯 인걸이 나오는 것.

부귀는 뜬구름 같으니

내 생각에 벼슬이란

술 한 잔보다 못한 것.

공과 함께 실컷 마시려니

팔천여 년

장자莊子의 대춘大椿처럼 오래 사소서.

玉皇殿閣微涼,[2] 看公重試薰風手.[3] 高門畫戟,[4] 桐陰閣道,[5] 靑靑
如舊. 蘭佩空芳, 蛾眉誰妬?[6] 無言搔首. 甚年年却有, 呼韓塞上,[7]
人爭問: 公安否?

金印明年如斗.[8] 向中州錦衣行晝.[9] 依然盛事: 貂蟬前後,[10] 鳳麟
飛走.[11] 富貴浮雲,[12] 我評軒冕,[13] 不如杯酒. 待從公痛飮, 八千餘
歲,[14] 伴莊椿壽.

注

1 次年(차년): 다음해. 즉 작년에 한남간이 지었기에 그때의 다음해
인 올해. 신기질의 생일이 5월 11일이고, 정남간의 생일이 5월 12
일로, 두 사람의 생일이 하루 차이이다.

2 玉皇(옥황) 구: 당대 문종과 유공권柳公權의 연구聯句를 환기한다.
문종이 일찍이 연구를 지었는데, "사람들은 모두 염열에 힘들어 하
지만, 나는 긴 여름날이 좋아라."人皆苦炎熱, 我愛夏日長.고 하니까,
유공권이 이어서 "훈풍이 남에서 불어오니, 전각에 시원함이 일어
나네."薰風自南來, 殿閣生餘涼.라고 하였다. 다른 학사들도 읊었지만
문종은 특히 유공권의 작품을 읊으며 전당의 벽에 걸게 하였다. 『신
당서』「유공권전」 참조.

3 薰風手(훈풍수): 태평성대를 만들어내는 사람. 순 임금이 지었다는

「남풍의 노래」南風歌는 곧 태평성대의 노래로, 이를 만들 수 있는 사람이란 뜻이다. 바로 앞의 작품 참조.

4 畵戟(화극): 채색으로 칠을 한 나무 창. 당대에는 일반적으로 궁전이나 관청, 또는 3품 이상 관원의 저택 문 앞에 의장으로 거꾸로 세워놓는다.

5 桐陰(동음): 오동나무 그늘. 북송 때 두 한씨가 번성했는데, 한남간의 영천潁川 한씨는 개봉성의 저택 문 앞에 오동을 많이 심었기에 사람들이 '동목 세가'桐木世家라고 하였다. 한남간은 『동음구화』桐陰舊話 10권을 저술하였다.

6 蛾眉誰妬(아미수투): 나의 미모를 누가 질투하는가? 굴원의 「이소」離騷에 나오는 "뭇 여자들이 나의 미모를 질투하여, 내가 음란하다고 헐뜯고 참언하네."衆女嫉余之蛾眉兮, 謠諑謂余以善淫.를 환기한다.

7 呼韓(호한) 3구: 북송의 재상 한기韓琦는 국내외에 명망이 높았기에, 요나라에서 사신이 오면 "시중(한기)께선 잘 계시오?"侍中安否?라고 꼭 물은 일을 가리킨다. 『민수연담록』澠水燕談錄 참조. ○ 呼韓(호한): 한대 흉노의 호한야呼韓邪 선우. 여기서는 금나라를 가리킨다.

8 金印(금인) 구: 공적이 현저함을 비유한다. 동진 초기 왕돈王敦이 무창에서 반란을 일으켰을 때 주의周顗가 "올해 도적들을 모두 죽이고 됫박만한 금인金印을 팔꿈치에 매달고 다녀야지."今年殺諸賊奴, 取金印如斗大繫肘.라고 말하였다. 『세설신어』「우회」尤悔 참조.

9 中州(중주): 중원. ○ 錦衣行晝(금의행주): 금의환향. 『사기』「항우본기」에 항우가 한 말로 "부귀해져도 고향에 돌아가지 않는 것은 비단옷을 입고 밤에 다니는 것과 같으니 누가 알아주겠는가!"富貴不歸故鄕, 如衣繡夜行, 誰知之者!라는 구절이 있다.

10 貂蟬(초선): 초선관貂蟬冠. 왕공대신이 조정에서 중요한 행사 때 쓴다.

11 鳳麟(봉린): 봉황과 기린. 재주가 뛰어난 준걸들을 가리킨다.

12 富貴浮雲(부귀부운): 부귀를 뜬구름으로 여기다. 공자가 "의롭지
   못하게 얻는 부귀는 나에게 있어 뜬구름과 같다."不義而富且貴, 於我
   如浮雲.고 하였다. 『논어』「술이」述而 참조.

13 我評(아평) 2구: 어떤 사람이 서진의 장한張翰에게 "그대는 한때를
   제 편한 대로 살면서 어찌하여 죽은 이후의 명성은 생각하지 않으
   시오?"라 하였다. 이에 장한이 답하여 말했다. "죽은 뒤에 명성이
   있다 해도 한때의 술 한 잔보다 못하다오."使我有身後名, 不如卽時一杯
   酒. 『진서』「장한전」 참조.

14 八千(팔천) 2구: 『장자』「소요유」逍遙遊에 나오는 "상고시대에 대춘
   大椿이란 나무가 있었는데, 봄이 팔천 년이고 가을이 팔천 년이다."
   上古有大椿者, 以八千歲爲春, 八千歲爲秋.란 말을 이용하였다. ○ 莊(장):
   『장자』.

해설

  한남간의 생일을 맞이하여 상대의 재능과 집안과 품성을 칭송하고
공을 이루고 장수하기를 기원하였다. 다른 축수사祝壽詞보다 전고가
많은 대신 전고들이 쉽고 상용하는 것을 사용하였기에 문맥의 연결이
자연스러운 편이다. 1185년(46세) 신주의 대호에서 한거할 때 지었다.

보살만菩薩蠻

— 을사년 겨울 한남간이 내가 전에 지은 작품을 언급하기에 그에 화
답하다乙巳冬南澗擧似前作, 因和之[1]

누가 비단 편지에 그리워한다는 말을 보내올까?
하늘가 날아가는 기러기를 자주 세어보네.
밤새 천 번이나 꿈을 꾸었더니
꿈속에서 매화로 소식 전해왔네.

물이 찼던 흔적 위로 나뭇가지들 어지러이 자라나고
서리 내린 모래톱 하얗다.
내 마음엔 갈매기 놀라 날아가게 할 생각 없으나
인간 세상엔 천만 가지 시름이 많네.

錦書誰寄相思語?[2] 天邊數徧飛鴻數. 一夜夢千回, 梅花入夢來.[3]
漲痕紛樹髮,[4] 霜落沙洲白. 心事莫驚鷗,[5] 人間千萬愁.

注

1 南澗(남간): 한남간韓南澗. 즉 한원길韓元吉을 가리킨다. ○ 擧似(거
  사): 알리다. 말하다. ○ 前作(전작): 1174년(35세) 건강에서 참의관
  으로 있을 때 지은 「보살만 —청산도 고상한 그대와 이야기하고 싶
  어」를 가리킨다.
2 錦書(금서): 비단에 쓴 편지. 편지의 미칭.

3 梅花(매화) 구: 멀리 간 벗에게 매화를 보내 소식을 전한 육개陸凱의 「범엽에게」贈范曄를 환기한다. 「심원춘 —소상 강가에 우두커니 서니」참조.
4 樹髮(수발): 물에 잠긴 나무에서 난 모발 모양의 가지들.
5 驚鷗(경구): 갈매기를 놀라게 하다. '해객압구'海客狎鷗 고사를 이용하였다.

자신의 이전 작품에 화운한 사이다. 그 동기는 부제에서 알 수 있듯이, 신기질이 약 십 년 전인 1174년(35세) 건강에서 참의관으로 있을 때 지은 「보살만 —청산도 고상한 그대와 이야기하고 싶어」를 한남간 상서가 언급했기에 이 작품에 화운하여 지었다. 그 작품은 섭형葉衡 상서에게 준 사이고, 섭형 상서는 2년 전인 1183년에 작고했기에 결국 이 작품은 섭형 상서를 그리워한 작품으로 보인다. 때문에 첫 구에서 그리움은 절절하되 어디로 부쳐야 할지 모르는 것이다. 다만 꿈속에서나마 천 번이나 거듭 다녀오고 매화로 소식을 전하는 것이다. 말구에서 '인간 세상'을 언급한 것도 이별과 그리움이 생사를 넘어 있음을 말해준다. 1185년(46세) 신주의 대호에서 한거할 때 지었다.

우미인虞美人
— 조문정 제거의 생일을 축하하며壽趙文鼎提擧[1]

비취 병풍과 비단 휘장을 둘러 놓고
긴 소매 너울거리며 무희가 장수를 축원하네.
어로御爐의 향기 속에 자줏빛 수염에 관을 쓰고 옥패 찼어라.
내년에는 공을 세우고 돌아와 만 년의 축배를 올리는 걸 보리라.

오늘 밤 연못가 반도蟠桃의 잔치
지척 도성에는 임금이 있구나.
연기와 화염에 온갖 꽃향기 짙은데
저기 보라, 신선 같은 공公이 백학을 타고 노니는 것을.

翠屏羅幌遮前後, 舞袖翻長壽. 紫髥冠佩御爐香,[2] 看取明年歸
奉萬年觴.[3]
今宵池上蟠桃席,[4] 咫尺長安日.[5] 寶煙飛焰萬花濃, 試看中間白
鶴駕仙風.

注

1 趙文鼎(조문정): 조선강趙善扛. 송 황실의 종친으로 기주蘄州와 처
  주處州의 지주를 역임했다.
2 御爐香(어로향): 군주가 사용하는 향로에서 피어나는 향기.
3 萬年觴(만년상): 만 년을 누리기를 축하하는 술잔. 동한의 반초班超

가 서역으로 출정하면서 병사를 청하며 말하였다. "서역을 평정한
것을 눈으로 보면, 폐하께선 만 년의 술잔을 들고, 종묘에서 공훈을
고하시고, 천하에 큰 기쁨을 베푸소서."目見西域平定, 陛下擧萬年之觴,
薦勳祖廟, 布大喜於天下. 『후한서』「반초전」참조.

4 蟠桃席(반도석): 신화에서 서왕모西王母가 연 반도의 연회를 가리
킨다. 『한 무제 이야기』漢武故事에서 서왕모는 한 무제漢武帝를 찾아
가 장생불사할 수 있는 복숭아인 반도蟠桃를 준다.

5 長安(장안): 지금의 서안. 여기서는 남송의 수도 임안臨安 ○ 日(일):
해. 여기서는 황제를 비유한다.

해설

　　조문정의 생일을 축하한 축수사祝壽詞이다. 조문정이 황친의 높은
신분이므로 잔치도 화려하고 언어도 부려富麗하다. 화려한 생일연의
분위기 속에 친구의 승진과 장수를 기원하였다. 1185~1186년 신주에
서 한거할 때 지었다. 남송 말기 장염張炎은 『사원』詞源「잡론」雜論에서
다음과 같이 말했다. "어렵기로 축수사를 짓는 것보다 더 어려운 것이
없다. 만약 부귀만을 말하면 속되고, 공명만을 말하면 아부가 되고,
신선만을 말한다면 사실에서 벗어나 허황되다. 이 세 가지를 모두 써
도 속기가 없다면 축수사의 본질을 잃지 않을 것이다."難莫難於壽詞,
倘盡言富貴則塵俗, 盡言功名則諛佞, 盡言神仙則迂闊虛誕. 當總此三者而爲之,
無俗忌之詞, 不失其壽可也. 이 작품 역시 부귀와 공명과 신선을 모두 말
하고 있어, 어느 정도 속기를 벗어날 수 없다.

우미인虞美人
— 조달부를 보내며送趙達夫[1]

다른 사람보다 술잔을 늦게 내려놓지 말지니
부귀와 공명 누리며 오래오래 사소서.
가슴에 품은 책은 향기를 전해오고
그대가 곡수유상曲水流觴을 기록한 「난정서」蘭亭序 쓰는 것을 보는
구나.

묻노니 누가 나에게 어부와 나무꾼 자리를 주어
강호에서 한가한 날을 보내게 했나.
보아하니 그대는 하늘의 은혜 많이 받지만
나의 누각에는 봄바람이 불어오지 않을까 걱정이로다.

　一杯莫落他人後, 富貴功名壽. 胸中書傳有餘香, 看寫蘭亭小字
記流觴.[2]
　問誰分我漁樵席, 江海消閑日. 看君天上拜恩濃, 却怕畵樓無處
着春風.

注

1　趙達夫(조달부): 조충부趙充夫. 외삼촌을 따라 신주의 연산鉛山에서
　　살았다. 송 황실의 종친으로 호주湖州 통판, 임정臨汀과 가흥嘉興 지
　　주, 회동淮東 상평차염 제거, 복건 전운판관 등을 역임하였다.

2 蘭亭(난정): 동진 때 왕희지가 난정에서 곡수유상曲水流觴의 일을
  적은 「난정집 서문」蘭亭集序를 가리킨다.

해설

　호주 통판으로 가는 조달부를 보내며 격려하고 축원하였다. 상편
에서는 먼저 조달부에게 술을 권하면서, 부귀와 공명과 장수를 축원
하였다. 이어서 상대의 학식과 문재를 칭송하였다. 하편에서는 조달
부에 대비하여 자신의 한거에 대한 불만을 토로하였다. 말미의 2구
는 조정이 널리 은혜를 베풀어 조달부에 은덕을 베푸는 것처럼 자신
에게도 그 일부가 오기를 기대하였다. 조정의 은혜는 '봄바람'과 같이
사방에 불지만, 혹여나 자신에게는 미치지 않을까 염려하는 마음을
담았다. 직설적으로 조정의 힘이 미치지 않다고 하거나 자신이 바란
다고 말하지 않고, 완곡하고 함축적으로 그 뜻을 표현하여 여운을
남겼다.

우미인虞美人

밤 깊어 피곤하여 병풍 뒤에 기댄 여인
모연수에게 초상화 그려 달라 하였지.
비녀 꽂은 여인이 춤추다 잠시 멈춰 서 있으면 하얀 옷에 향기 나고
새 가사를 부르다 음률이 틀려도 웃으며 잔을 들어 따르네.

사경四更이라 산의 달빛 자리를 차게 파고드는데
노래하며 춤추며 세월을 재촉하네.
그녀에게 묻노니 어디가 가장 마음에 드는가?
대답하기를 "작은 매화꽃은 바람을 이기지 못하고 흔들려 떨어지네."

夜深困倚屛風後, 試請毛延壽.[1] 寶釵小立白翻香, 旋唱新詞猶
誤笑持觴.
四更山月寒侵席, 歌舞催時日. 問他何處最情濃? 却道"小梅搖
落不禁風."

注

1 毛延壽(모연수): 서한 원제 때 궁중의 화가. 갈홍葛洪의 『서경잡기』
西京雜記에서는 모연수가 뇌물을 받고 황제에게 올리는 미인도를 예
쁘게 그렸는데, 왕소군은 뇌물을 주지 않아 추하게 그려졌다고 하
였다.

가무를 담당하는 여인의 애환을 노래했다. 주인에게 추천되기 위해 중간 관리자에게 자신의 기예를 점검하는 대목을 선택하였기에 구체적이고 사실적인 삶이 생생하게 드러났다. 모연수와 같은 화가에게 청한다는 말은 그녀를 주인에게 추천하기 위해 훈련한다는 비유로 볼 수 있다. 여인은 비록 새 가사에 음률이 틀려도 웃음을 잃지 않고 잔을 따르며 애써 노력한다. 여인은 잠도 자지 않고 추운 새벽에도 연회에 나가거나 연습을 한다. 이렇게 보낸 세월에 어느 사이 나이도 들게 되었다. 사람들은 그녀에게 가장 애착을 가지는 대목이 무엇이냐고 묻는다. 그녀는 한창 때가 오기 전에 떨어지는 매화꽃이라고 했다. 이렇게 자신이 부르는 가사의 대목, 즉 하나의 이미지로 자신의 삶을 드러내어 깊은 여운을 남긴다. 노래로 자신의 삶을 드러낸 셈이다.

수조가두 水調歌頭
—신주 지주 정순거의 「자암」에 화운하여 和信守鄭舜擧蕉庵韻[1]

온갖 일 겪으며 백발이 되었으니
해와 달은 몇 번이나 지고 떴던가.
구절양장처럼 험하고 갈림길 많은 길을
늙은 나는 익숙하게 걸어왔지.
대숲과 나무 있는 앞 시내에 바람과 달
마을집 어르신들 닭과 술 내놓으며
서로 우연히 만나 웃는구나.
이 즐거움 누가 알랴
하늘 밖 아득히 날아가는 기러기 한 마리.

평생의 달고 쓴 맛
그대와 나
분명 같지 않으리.
옥당과 금마문
이런 좋은 곳엔 본래 시옹 詩翁이 있어야 하네.
"구름 낀 창문을 잘 닫아야 하리
그렇지 않으면 그림이
자취 없이 날아갈 테니까."
그대의 시는 더욱 '치절' 痴絶하니
진실로 고개지 顧愷之의 풍도가 있구나.

萬事到白髮,[2] 日月幾西東. 羊腸九折歧路,[3] 老我慣經從. 竹樹前溪風月, 鷄酒東家父老, 一笑偶相逢. 此樂竟誰覺, 天外有冥鴻.[4] 味平生, 公與我, 定無同. 玉堂金馬,[5] 自有佳處着詩翁. "好鎖雲煙窓戶, 怕入丹靑圖畵, 飛去了無蹤." 此語更凝絶, 眞有虎頭風.[6]

1 鄭舜擧(정순거): 정여해鄭汝諧. 절강 청전靑田 사람. 소흥 연간에 진사 급제. 양절 전운판관를 거쳐 1185년에 강서 전운사 겸 신주信州 지주로 부임했다. 이후 대리소경, 이부시랑 등을 역임했다. 신기질은 그를 "노인장 가슴에 병사가 백 만 명"老子胸中兵百萬이라고 평하였다. ○ 蔗庵(자암): 정순거의 거처. 상요성上饒城 밖의 산에 소재했다.

2 萬事(만사) 구: 왕안석의 「수대」愁臺에 나오는 "만사는 돌고 돌아 이제 백발이 되었고, 한 해는 쉽게 가을 국화에 이른다."萬事因循今白髮, 一年容易卽黃花.는 구절을 환기한다.

3 羊腸(양장) 구: 양주楊朱의 '다기망양'多岐亡羊 고사를 가리킨다. 전국시대 양주의 이웃 사람이 양을 잃어 찾다가 길이 갈라지고 그 길이 또 길로 이어져 찾지 못하고 돌아왔다. 인생의 길이 복잡함을 비유한다. 『열자』 「설부」說符 참조.

4 冥鴻(명홍): 하늘 위로 높이 나는 기러기. 양웅揚雄의 『법언』 「문명」問明에 나오는 "태평하면 나타나고 혼란하면 숨는다. 홍곡이 높은 하늘에 날아가니 주살을 쏘는 사람이 어찌 잡을 수 있나?"治則見, 亂則隱. 鴻飛冥冥, 弋人何纂焉?는 말을 환기한다.

5 玉堂金馬(옥당금마): 옥당전과 금마문. 한대의 궁전과 궁문 이름. 옥당은 당송 이후 한림원翰林院을 가리킨다. 금마문은 한 무제漢武帝가 미앙궁未央宮 앞의 금마문에 문인을 발탁하여 고문에 응하게 한 일에서, 뛰어난 문인들이 활동하는 장소를 가리키며, 후세에 한

림원을 가리킨다. 양웅 「해조」解嘲에 "금마문을 거쳐 옥당에 오르다"歷金馬, 上玉堂.는 말이 있다.

6 虎頭(호두): 동진의 화가 고개지顧愷之. 아명이 호두虎頭였다. '묘화통령'妙畫通靈 고사를 가리킨다. 고개지가 그림을 그려 앞 면을 봉하며 환현桓玄에게 보냈다. 사람들이 모두 보고 귀하게 여겼다. 환현이 틀을 열어 그림만 빼내고선 원래대로 봉하여 돌려주었다. 나중에 고개지가 그림을 열어보니 겉은 그대로인데 안의 그림이 없자 "신묘한 그림이 신령이 통했는지 변화하여 사라졌으니 마치 사람이 신선이 되어 하늘로 올라간 것 같구나."妙畫通靈, 變化而去, 如人之登仙矣.라고 하였다. 『속진양추』續晉陽秋 참조. 고개지는 당시 화절畫絶(그림에 뛰어남), 문절文絶(문장에 뛰어남), 치절癡絶(어리석음의 최고)이 있어 삼절三絶이라 불렸다.

해설

정순거와의 돈독한 우정을 그렸다. 상편은 정순거의 거처 자암蕉菴을 찾아가는 과정을 그렸다. '구절양장'은 자신이 그동안 걸어왔던 길을 의미하지만 자암蕉庵으로 가는 길이기도 하다. 중간의 어르신들의 순박한 민풍은 이곳을 다스리는 정순거의 치적을 칭송하는 뜻이 있다. 그에 비하면 자신은 하늘 밖의 기러기처럼 세력이 없는 존재로 형상화시켰다. 하편은 정순거와의 우정을 표현하였다. 인용된 세 구는 정순거가 지은 사구詞句로, 그의 작품들이 고개지의 그림과 같이 절묘함을 비유하였다. 고개지의 고사를 인용하여 정순거의 소탈함과 고아함을 말하였다. 1185년(46세) 신주의 대호에서 한거할 때 지었다.

천년조千年調

— 자암의 작은 누각을 '치언'이라 이름 붙였기에 이 사를 지어 조롱하다蔗庵小閣名曰卮言, 作此詞以嘲之[1]

술 담는 '치'卮가 사람을 향해
화기和氣를 품고 넘어지듯 절을 한다.
가장 중요한 건 '그래' '그래' 말하고 '옳소' '옳소' 대답하며
만사에 '좋소'라 말하는 것.
술 대롱 골계滑稽는 위에 앉아
술 부대 치이鴟夷를 마주하여 웃는다.
냉증이나 열병이나
사람에 따라 어느 약에나 들어가는
감초와 같구나.

젊을 때는 술 마시고 술주정하면서
사람의 뜻에 거슬리는 말 했었다.
이 화합의 도리를
요즘에야 비로소 깨달았다.
그러나 사람들의 말씨를 흉내내기는 하지만
아직 충분히 교묘하지 못하다.
저들을 보라
사람들의 비위를 잘 맞추는
구관조九官鳥들을.

卮酒向人時,[2] 和氣先傾倒. 最要然然可可,[3] 萬事稱好.[4] 滑稽坐
上,[5] 更對鴟夷笑. 寒與熱, 總隨人, 甘國老.[6]

少年使酒,[7] 出口人嫌拗.[8] 此箇和合道理, 近日方曉. 學人言語,
未曾十分巧. 看他們, 得人憐, 秦吉了.[9]

注

1 蕉庵(자암): 정순거鄭舜擧의 거처. 상요성上饒城 밖의 산에 소재했
   다. ○ 卮言(치언): 주견이 없이 제멋대로 하는 말. 후세에는 자신의
   말이나 저작을 가리킨다.

2 卮酒(치주): 치卮에 담긴 술. 치卮는 술잔의 일종으로, 술이 가득
   담기면 기울어지고, 비어지면 제대로 놓인다.

3 然然(연연): 그래, 그래. ○ 可可(가가): 옳아, 옳아.

4 萬事稱好(만사칭호): 만사에 모두 좋다고 말하다. 동한 말기 사마
   휘司馬徽는 인재를 감식하는 능력이 있었지만 권력자들이 해칠까
   두려워했다. 그래서 인물평을 요청받을 때마다 "좋소"라고만 말했
   다. 그의 처가 이를 비판하자 "그대가 말한 것도 또 좋소"라고 말했
   다. 『세설신어』 주석에서 인용한 「사마휘별전」 참조.

5 滑稽(골계): 원래 술을 따르는 기구로, 술 주머니인 치이鴟夷와 함께
   하나의 세트로 쉴새없이 술을 따른다는 의미로 쓰였다. 고대에는
   『사기』「골계열전」 이래 언변이 활달하고 유창한 사람을 가리킨다.

6 甘國老(감국로): 감초. 한방에 쓰이는 약초. 여러 약초의 독을 없애
   주고 서로 조화시켜주므로 '감국로'라 칭했다.

7 使酒(사주): 술을 마시고 제멋대로 행동하다. 술주정하다.

8 拗(요): 괴팍하다. 세속과 맞지 않다.

9 秦吉了(진길료): 구관조. 주로 중국의 남방에서 자란다. 앵무새보
   다 사람의 말 흉내를 더 잘 낸다. 백거이의 「진길료」에 "귀는 밝고

마음은 지혜롭고 혀를 잘 굴려, 새 소리며 사람 말이며 못 하는 게 없어라."耳聰心慧舌端巧, 鳥語人言無不通.는 구절이 있다.

해설

작은 누각을 '치언'(주견 없는 말)이라 이름 붙인 것을 보고, 그 이름에서 세상에 영합하고 교언영색巧言令色하는 무리를 신랄하게 비판하였다. 상편은 치鴟, 골계, 치이, 감초 등 네 가지에 관한 비유를 연달아 써가며 남에게 아부하는 사람의 추태를 풍자하고 조롱하였다. 하편은 자신으로 시선을 옮겨와, 젊어서부터 강직하여 세상에 영합하지 않아 영합의 방법을 배우겠다고 했지만, 사실은 이로써 남의 말만 따라 하는 진길료와 같은 비천한 무리를 격렬하게 비판하였다.

남가자南歌子
— 자암에 홀로 앉아獨坐蔗庵[1]

현담玄談으로 『참동계』에 들어가고
참선參禪으로 불이법문不二法門에 의지한다.
문틈으로 들어온 저녁 햇살에 날리는 먼지를 보면
비로소 깨닫는다, 인간 세상 분분하지 않은 곳 없음을.

병들었기에 봄이 온 지 먼저 알아서 웃고
한가하기에 게으름이 진솔한 본성임을 안다.
온갖 새들 지저귀며 사람을 어지럽히는데
술을 마시라는 제호提壺새 외에는 들을 게 없구나.

玄入參同契,[2] 禪依不二門.[3] 細看斜日隙中塵,[4] 始覺人間何處
不紛紛.
病笑春先到, 閑知懶是眞.[5] 百般啼鳥苦撩人. 除却提壺此外
不堪聞.[6]

注

1 蔗庵(자암): 강서 전운사江西轉運使인 정순거鄭舜擧의 거처. 상요성
  밖의 산에 소재한다.
2 玄(현): 도가 학설을 가리킨다. 위진 이래 『노자』, 『장자』, 『주역』 등
  삼현三玄에 기초한 현학玄學이 발달하였다. ○ 參同契(참동계): 『주역

참동계』周易參同契. 동한 위백양魏伯陽이 저술했다. 『주역』의 형식을 빌려 도가의 연단술을 논한 책. 일반적으로 도가 단경丹經의 시초로 본다.

3 不二門(불이문): 불이법문不二法門. 불교에 있는 팔만 사천 법문의 위에 있는 법문으로 직접 깨달음에 이를 수 있는 법문. 후세에 유일한 길이나 방법을 비유한다. 『유마힐경』維摩詰經에서 문수사리文殊師利가 유마힐에게 "무엇이 불이법문이오?"라 묻자 유마힐이 대답하지 않았다. 이에 문수사리가 "문자와 언어가 없는 지경에 이르렀으니, 이야말로 진실로 불이법문에 들었구나."乃至無有文字語言, 是眞入不二法門.라고 말했다. 여기서는 선종의 불립문자가 문수사리가 말한 '문자와 언어가 없는 지경'과 유사하다는 뜻으로 말하였다.

4 斜日隙中塵(사일극중진): 『경덕전등록』景德傳燈錄 권13에 있는 "빈틈으로 햇빛이 들어오면 잔 먼지가 어지럽다."虛隙日光, 纖埃擾擾.는 말을 환기한다.

5 懶是眞(란시진): 두보의 「한가하게 지음」漫成에 나오는 "요즈음 알게 된 아미산의 노인들, 나의 게으름이 진솔한 본성임을 알더라."近識峨眉老, 知余懶是真.란 구절을 이용하였다.

6 提壺(제호): 새 이름. '티후'提壺라는 음에서 만들어진 이름으로 보이지만, 한자의 뜻을 새기면 '술병을 든다'는 말이므로 술을 마신다는 뜻을 연상시켰다.

해설

봄이 온 때의 한가한 심경을 노래했다. 그 동기는 정순거의 자암에 혼자 앉아 있다가 먼지 속으로 비쳐 들어오는 햇빛을 보고 불경을 연상한 데서 시작하였다. 상편은 도가와 선종으로 수양하며 인간사의 분분함을 깨닫는 정신적 경지를 말했다. 그것은 세간의 모든 생활이 먼지와 같음을 비유하였다. 하편은 자신의 생활로 시선을 옮겨와, 정치 일선에 나가지 못하고 퇴직 상태로 있게 된 상황을 자위하였다. 말미 2구에서는 자신의 어쩔 수 없는 처지를 술로 위로하였다. 1186년(47세) 경 대호 한거 시기에 지었다.

행화천 杏花天

병들고 나서 절로 게을러진 봄날
그러나 별원別院에선 한바탕 생황에 노랫소리.
유리잔에 거미줄이 잔뜩 쳐져있으니
어찌 무희와 가녀를 부를 수 있으랴!

꾀꼬리와 나비는 얼마나 수심과 원망이 많은가?
어째서 꿈속에서 봄이 가는데도 아랑곳 하지 않느냐고.
버들개지도 내가 정이 없다고 비웃는지
일부러 옷에 달라붙고 얼굴에 달려드는구나.

病來自是於春懶. 但別院笙歌一片. 蛛絲網遍玻璨盞, 更問舞
裙歌扇!¹
有多少鶯愁蝶怨, 甚夢裏春歸不管. 楊花也笑人情淺, 故故沾衣
撲面.²

注
1 更問(갱문): 어찌 물을 수 있으랴.
2 故故(고고): 고의로. 일부러. 자주.

해설
봄을 대하는 나른한 마음을 노래했다. 상편에서는 병으로 인해 게

을러진 심리를 말하였다. 별원別院에서의 '생황에 노랫소리'와 대비하여 자신은 병들고 게을러져, 이제 술을 마시지 않거니와 무희와 가녀도 없다고 말하고 있다. 하편은 봄에 대한 원망을 표현했다. '꾀꼬리와 나비의 원망'은 상편에서 말한 무희와 가녀들의 원망으로 봄날을 추억하였다. 봄이 가버려도 아랑곳 하지 않은 것으로 청춘이 헛되이 지나갔음을 표명하였다. 말 2구에서는 자신의 무심함과 권태에 대해 버들개지마저 일부러 여기저기 달라붙으면서 다정함을 보이며 비웃는다고 하였다. 신기질의 이러한 심리는 어쩔 수 없이 한거하게 되고 병마저 든 상황에서 받은 커다란 심리적 부담에서 나왔을 것이다. 1186년(47세) 경 대호에서 한거할 때 지었다.

염노교念奴嬌

— 한남간이 술을 들고 '설루'에 와 지은 '눈을 보고'에 화답하며和韓
南澗載酒見過雪樓觀雪[1]

예전에 토원兎園에서 양왕梁王이 설경을 감상하듯
창연히 바라보니 모든 자취 끊어지고
산이란 산에 새 한 마리 날지 않는구나.
흰 띠와 은 술잔이 강가의 길에 흩어지고
오로지 남으로 뻗은 매화가지만 유달리 향기롭구나.
만사가 신기롭게도
청산은 하룻밤 사이에
나보다 먼저 머리가 하얗게 세어 나를 마주하고 있구나.
바위에 기댄 수천 그루 나무들
옥룡이 신선 궁궐로 날아오르는 듯하여라.

머리가 하얗게 센다고 아쉬워 마오.
차라리 학을 타고
달을 불러 술을 마시구려.
나는 시옹 그대와 함께 얼어붙은 벼루에 먹을 갈아
「유란」幽蘭의 새 곡을 써 보리다.
곧 내년이 되어
인간 세상 사람들이 땀을 흘리도록 더워지면
층층이 쌓인 깨끗한 얼음덩이를 가지도록 남겨두리라.

대나무는 무슨 일로
저물녘에 허리를 굽혀 절하고 있는가.

兎園舊賞,[2] 悵遺蹤,[3] 飛鳥千山都絶. 縞帶銀杯江上路,[4] 惟有南枝香別.[5] 萬事新奇, 靑山一夜,[6] 對我頭先白. 倚巖千樹, 玉龍飛上瓊闕.[7]

莫惜霧鬢雲鬟,[8] 試敎騎鶴, 去約尊前月. 自與詩翁磨凍硯, 看掃幽蘭新闋.[9] 便擬明年, 人間揮汗, 留取層冰潔. 此君何事,[10] 晩來曾爲腰折.

注

1 韓南澗(한남간): 한원길韓元吉 상서. 앞에서 자주 보인다. ○ 雪樓(설루): 대호에 있는 신기질의 누대 이름.

2 兎園(토원): 서한 초기 경제 때 양효왕梁孝王(?~BC. 144) 유무劉武가 축조한 정원으로 지금의 하남성 상구시商丘市 동쪽 소재. 동진 사혜련謝惠連의 「설부」雪賦에 "양왕이 기분이 울적하여 토원에 노닐었다. …잠시 후 가는 싸락눈이 흩어지고 많은 눈이 내렸다. 왕은 『위시』衛詩의 「북풍」北風을 노래하고, 『주아』周雅의 「남산」南山을 읊었다."는 구절이 있다.

3 悵遺(창유) 2구: 유종원柳宗元의 「강설」江雪을 환기한다. "산이란 산에는 새 한 마리 날지 않고, 모든 산길엔 사람 발자취도 보이지 않아. 외로운 배에 삿갓 쓰고 도롱이 입은 늙은이, 혼자서 낚시질 차가운 강에는 눈만 내리고."千山鳥飛絶, 萬徑人蹤滅. 孤舟蓑笠翁, 獨釣寒江雪.

4 縞帶(호대) 구: 한유韓愈의 「눈을 읊으며 장적에게」詠雪贈張籍의 "수레를 따라가며 흰 띠가 뒤집히고, 말을 쫓으며 은 술잔이 흩어진

다."隨車翻縞帶, 逐馬散銀杯.의 구절을 이용했다. ○ 縞帶(호대): 하얀 비단 띠. 수레의 바퀴 자국을 비유한다. ○ 銀杯(은배): 은 술잔. 눈에 찍힌 말 발자국을 비유한다.

5 南枝(남지): 남쪽으로 향해 뻗은 가지. 『백씨육첩』白氏六帖「매부」梅部에 보면, 대유령大庾嶺에는 매화가 많고 또 이곳을 경계로 기후가 크게 달라지는데, "능선에 피는 매화는 남쪽 가지에 꽃이 이미 질 때 북쪽 가지에선 이제 피어난다."大庾嶺上梅, 南枝落, 北枝開.고 할 정도라고 한다.

6 靑山(청산) 2구: 유우석劉禹錫의 시에 나오는 "눈 속의 높은 산은 머리가 먼저 하얗고, 바다 속 신선의 과일은 열매가 늦게 열린다." 雪裏高山頭白早, 海中仙果子生遲.는 말을 이용하였다.

7 玉龍(옥룡): 눈을 비유한다. 송대 장원張元의 「설시」雪詩에 "전투에 후퇴하는 옥룡 삼백 만, 흩어진 비늘과 부서진 껍질이 하늘 가득 날린다."戰退玉龍三百萬, 敗鱗殘甲滿空飛.는 구절이 있다.

8 霧鬢雲鬟(무빈운환): 안개 빛 머리카락과 구름 빛 쪽머리. 눈을 맞은 머리를 형용하였다.

9 掃(소): 치다. 붓으로 휘두르다. ○ 幽蘭(유란): 거문고 악곡 이름. 전국시대 송옥宋玉의 「풍부」風賦에 「유란」과 「백설」의 곡을 연주한다는 대목이 있다.

10 此君(차군): 대나무를 가리킨다. 동진의 왕휘지王徽之가 일찍이 빈 집에 들어가 잠시 거주한 적이 있었는데 사람을 시켜 대를 심게 하였다. 어떤 사람이 물었다. "잠시 사는데 왜 이렇게 번거러운 일을 하오?" 왕휘지가 한참 동안 휘파람 불고 읊조리더니 대를 가리키며 말했다. "어찌 이분이 없이 하루라도 살 수 있겠오?"王子猷嘗暫寄人空宅住, 便令種竹. 或問: "暫住何煩爾?" 王嘯詠良久, 直指竹曰: "何可一日無此君?"『세설신어』「임탄」任誕 참조. 여기서는 눈이 많이 와 대나무가

꺾일 정도라는 뜻.

눈 내린 날의 흥취를 묘사하였다. 상편은 주로 눈과 관련된 역대의
명구를 그러모아 하나의 설경을 구성하였다. 하편은 한남간과 더불어
술 마시고 시 지으며 탈속의 흥취를 쏟아내었다. 운용된 학과 달도
모두 하얀색이어서 눈의 이미지가 더욱 뚜렷하다. 말미에선 엄혹한
환경 속에 곧은 대나무가 허리를 굽힌다는 데서 일말의 세태 비판을
깃들였다.

임강선臨江仙

작은 보조개 사랑스러운데 몹시도 여위어
휘어진 고운 눈썹을 언제나 찡그리고 있구나.
기뻤던 일 생각하니 이 몸이 가엽구나.
베개에 이별의 눈물 얼룩지고
지분은 떨어지고 화장은 지워졌네.

아리따운 비췻빛 소매 기운이 전혀 없고
가냘픈 옥 생황 소리에 시름이 새로워라.
창가에 기대니 석양은 여전하네.
단풍든 붉은 낙엽 짙푸른 이끼
깊은 정원에 사람 자취 끊어졌구나.

小靨人憐都惡瘦,[1] 曲眉天與長顰.[2] 沉思歡事惜腰身. 枕添離別
淚, 粉落却深勻.
　翠袖盈盈渾力薄, 玉笙嫋嫋愁新. 夕陽依舊倚窓塵. 葉紅苔鬱
碧, 深院斷無人.

注

1 小靨(소엽): 뺨의 보조개.
2 曲眉(곡미): 휘어진 눈썹. 고운 눈썹. ○ 顰(빈): 눈썹을 찡그리다.

　이별의 수심에 찬 어린 여인을 그렸다. 상편은 미인의 모습을 그리는데 주력하였고, 하편은 여인의 고적함을 주로 묘사했다. 비록 '이별의 눈물'로 시름에 찬 여인을 그리고 있지만, 작자는 이러한 여인의 외모와 정서에서 미감을 찾고 있다. 여인의 모습을 외모, 심리, 주위 환경 등 세 방면에서 묘사하여 고독하게 기다리는 여인을 각화해내었다.

임강선臨江仙

새벽 꾀꼬리 울음 정다운데
빗장 닫힌 정원 안에 높은 나무 어둑하다.
작은 도랑에 봄물이 가늘게 흘러 소리 없구나.
우물가에 밤비소리 들렸더니
도르래에 이끼가 생겨 나 파랗다.

파란 풀로 우거진 금곡원金谷園 가는 길
오사란烏絲欄 종이 위에 「난정집 서문」 다시 쓴다.
남은 취기에 애써 일어나 운모 병풍을 도는데
바람과 이슬에 젖은 가지 하나
성긴 창살문으로 들어오는 흐드러진 꽃.

逗曉鶯啼聲昵昵,¹ 掩關高樹冥冥. 小渠春浪細無聲. 井牀聽夜
雨,² 出蘚轆轤靑.
　碧草旋荒金谷路,³ 烏絲重記蘭亭.⁴ 彊扶殘醉繞雲屛. 一枝風露
濕,⁵ 花重入疎櫺.

注

1　逗曉(두효): 하늘이 밝아오는 새벽. ○ 昵昵(닐닐): 친밀하다. 친하다.

2　井牀(정상): 우물 둘레에 설치한 난간.

3　金谷(금곡): 금곡원金谷園. 낙양의 서북에 소재. 금곡金谷은 원래 계

곡의 이름이었으나, 동진의 석숭石崇이 여기에 호화로운 정원을 만들어 금곡원金谷園이라 하였다. 석숭의 「금곡원 시 서문」金谷詩序에 이곳에 대한 서술이 자세하다. 여기서는 유람지를 가리킨다.

4 烏絲(오사): 오사란烏絲欄. 먹선으로 네모꼴 격자를 만든 종이. ○ 蘭亭(난정): 난정의 수계修禊를 가리킨다. 동진 목제穆帝 영화永和 9년(353년) 3월 3일, 왕희지, 사안, 손작 등 42명이 회계 난정蘭亭에 모여 계제禊祭를 올리고 술을 마시고 시를 지은 일을 가리킨다.

5 一枝(일지) 2구: 두보의 「봄밤의 비를 기뻐하다」春夜喜雨에 나오는 "새벽녘 붉게 젖은 곳 보리라, 금관성엔 꽃이 흐드러지겠지."曉看紅濕處, 花重錦官城.란 구절을 환기한다. ○ 疎櫺(소령): 창살이 성긴 창문.

해설

봄날의 정취를 묘사하였다. 상편은 봄날의 한가한 정원을 그렸다. 우거진 높은 나무에서 꾀꼬리 울고, 밤비가 내려 도랑에는 물이 불고 도르래도 이끼가 푸르다. 이끼가 끼었다는 말에서 사람이 없는 고적한 정원을 나타내었다. 하편은 사람들과 함께 유람하고, 유람에 대해 글을 쓰고, 실내에 들어와 술을 마신 일 끝에 보게 되는 봄꽃을 그렸다. 시각과 청각의 효과를 많이 사용하여 정원과 실내를 그렸으며, 적막한 가운데 불안감이 보이고 있어 즐거움과 쓸쓸함이 함께 있다.

임강선臨江仙

봄빛이 그대에게 백발을 더했으나
가기歌伎와 어울려도 무방하리라.
쪽진 머리 미인을 방에서 나오라 재촉하니
어깨에 늘어진 금루金縷 띠 좁은데
손톱을 적실만큼 가득 따른 술 향기 짙어라.

잠에서 일어난 원앙과 날아다니는 제비
문 앞 모래 따뜻하고 진흙이 질어라.
그림 새긴 누각에 사람은 술잔을 잡고
꽃 너머 달이 질 때까지 춤을 추고
버드나무에 바람이 잘 때까지 노래 부른다.

春色饒君白髮了,[1] 不妨倚綠偎紅.[2] 翠鬟催喚出房櫳.[3] 垂肩金縷
窄,[4] 蘸甲寶杯濃.[5]
睡起鴛鴦飛燕子, 門前沙暖泥融. 畫樓人把玉西東.[6] 舞低花外
月,[7] 唱徹柳邊風.

注

1 饒(요): 더하다. 보태다.
2 倚綠偎紅(의록외홍): 푸른 나무에 기대고 붉은 꽃을 가까이하다.
  기녀를 희롱 하다.

3 翠鬟(취환) 구: 황정견黃庭堅의 "가을 강은 말없이 흘러가고, 연꽃
은 마침맞게 붉어라. 주인이 손님을 공경하여, 방문을 나오라 재촉
하여 부르네."秋水無言度, 荷花稱意紅. 主人敬愛客, 催喚出房櫳.라는 구
절을 이용하였다. ○ 翠鬟(취환): 여인의 쪽진 머리. 미인을 비유한
다. ○ 房櫳(방롱): 창틀. 방.

4 金縷(금루): 금루의金縷衣. 노란 실.

5 蘸甲(잠갑): 술잔을 잡은 손톱이 술에 잠길 만큼 가득 따르다. 실컷
마신다는 뜻.

6 玉西東(옥서동): 玉東西옥동서. 압운 때문에 글자를 바꾸었다. 술잔
이름. 또는 술 이름.

7 舞低(무저) 2구: 안기도晏幾道의 「자고천」에 나오는 "춤은 달이 버
들 아래로 떨어져 누대에 비출 때까지 추고, 노래는 도화선이 바람
부치기를 그만 둘 때까지 하는구나."舞低楊柳樓心月, 歌盡桃花扇底風.
를 이용하였다.

해설

봄날의 행락을 노래하였다. 상편은 여인을 불러 술을 마시는 장면
을 그렸다. 첫머리 2구에서 봄이 되어 나이를 더하게 된 친구들의 백
발을 보고 여인들과 어울려도 좋다고 말하였다. 하편은 봄빛 속에서
춤과 노래를 새벽까지 부르며 즐거움을 추구하는 모습을 묘사했다.
퇴폐적인 면이 있어도 용속하게 느껴지지 않는 것은 언어와 표현이
비교적 고아하기 때문일 것이다.

임강선臨江仙

금곡원金谷園에 연기 없고 나무들 푸르러
가벼운 한기에 봄바람 불까 두려워라.
박산로엔 은은히 향기 피어오르고 훈롱薰籠이 훈훈해라.
봄빛 속 작은 누대에
빗소리 속 그윽한 꿈이 깊구나.

나루에서 헤어진 뒤 보낸 소식 언제 닿을까
비단 편지 겹겹이 원망을 담아 봉했지.
지난해 해당화 아래 만났으니
지금은 응당 그만큼 여위었으리
눈물을 참으며 떨어진 꽃을 찾는다.

金谷無煙宮樹綠,¹ 嫩寒生怕春風.² 博山微透暖薰籠.³ 小樓春色
裏, 幽夢雨聲中.
　別浦鯉魚何日到,⁴ 錦書封恨重重. 海棠花下去年逢. 也應隨分
瘦,⁵ 忍淚覓殘紅.⁶

注

1 金谷(금곡): 금곡원金谷園. 앞의 「임강선 ―새벽 꾀꼬리 울음 정다
　운데」 참조. ○ 無煙(무연): 연기가 피어나지 않다. 한식寒食 때임을
　환기한다.

2 嫩寒(눈한): 약한 추위.

3 博山(박산): 박산로博山爐. 향로의 표면에 여러 산이 겹쳐 있는 형
상으로 바다 가운데 있는 박산을 표현하였다. ○ 薰籠(훈롱): 의복
에 훈기를 쐬어주는 조롱 모양의 농자籠子.

4 別浦(별포): 이별의 나루터. ○ 鯉魚(이어): 잉어. 여기서는 편지.
채옹蔡邕의「장성 아래 샘에서 말에 물 먹이며」飮馬長城窟行에 "먼
곳에서 온 손님이, 나에게 쌍잉어 편지함을 주어서, 어린 종을 시켜
잉어를 갈랐더니, 뱃속에서 비단 편지 나왔지요."客從遠方來, 遺我雙
鯉魚. 呼兒烹鯉魚, 中有尺素書.에서 유래하였다.

5 隨分(수분): 관례대로 하다. 상응하다.

6 覓殘紅(멱잔홍): 떨어진 꽃을 줍다. 왕건王建의「궁사 일백 수」에
"나무 아래 여기저기 떨어진 꽃잎을 찾나니, 한 조각은 서쪽으로
날고 한 조각은 동으로 나는구나."樹頭樹底覓殘紅, 一片西飛一片東.는
구절이 있다.

해설

떨어져 있는 정인情人 사이의 마음을 표현하였다. 상편에서는 한식
무렵 초봄의 풍광과 규중의 모습을 그렸다. 초봄의 섬세한 계절 감각
이 빗소리 들으며 꾸는 꿈처럼 아득하다. 풍경은 모두 마음이 되었다.
하편에서는 멀리 있는 사람에 대한 그리움을 나타내었다. 여성 화자의
입장에서 볼 수도 있고, 남성 화자의 입장에서 상상한 것으로 볼 수도
있다. 또는 상편과 하편을 각각 남성 화자와 여성 화자의 모습을 쓴
것으로 볼 수도 있다. 정감은 상호 침투하므로 이러한 효과는 일부러
추구한 것이다. 신기질이 완약사婉約詞에도 뛰어났음을 잘 보여준다.

추노아 醜奴兒

— 취중에 어떤 사람이 시를 가지고 술을 권하기에 잠시 이를 사로
고쳐 쓰다醉中有歌此詩以勸酒者, 聊檃括之[1]

저녁이 되어 구름 엷어지고 가을 빛 약해지니
해는 지고 하늘 맑구나.
해는 지고 하늘 맑은데
대청 위 비껴 부는 바람에 화촉이 타오르네.

인간 세상의 한을 모두 불러오게 했으니
가사 하나하나 모두 구성지구나.
가사 하나하나 모두 구성져
서풍에 애 끊는 십사현十四絃.

晚來雲淡秋光薄, 落日晴天. 落日晴天, 堂上風斜畫燭煙.
從渠去買人間恨,[2] 字字都圓. 字字都圓, 腸斷西風十四絃.[3]

注

1 檃括(은괄): 원래의 시문을 바꿔 쓰다. 여기서는 시詩를 사詞로 고
   쳐 쓴다는 뜻.
2 從渠(종거): 그가 마음대로 하게 내버려두다. 渠(거)는 그 또는 그들
   이란 뜻으로, 여기서는 연주하고 노래하는 사람들을 가리킨다.
3 十四絃(십사현): 고대 악기 이름. 현이 열네 줄이기에 이름 붙여졌다.

　가을 날 연회 자리에서의 감회를 표현하였다. 상편은 술자리가 열리는 때와 장소를 나타냈다. 해가 지고 청명한 저녁 하늘이 펼쳐질 때 대청 위에 화촉이 밝게 타오른다. 하편은 노래하고 연주하는 장면을 그리고 음악소리를 묘사하였다. 악사와 가녀들은 '인간 세상의 한' 人間恨을 모두 다 불러들여온 듯하고, 가사는 글자 하나하나 모두 옥이 구르듯 구성지고 애절하다. 연회 자리의 모습과 정감을 생생하게 포착하였다. 신주 대호에서 한거할 때 지었다.

추노아 醜奴兒

평소에 술에 취하고 나면
노래와 춤으로 몸을 추슬렀지.
노래와 춤으로 몸을 추슬렀지.
누가 새 가사로 그녀를 불렀던가.

갈림길에서 남들은 우는 나를 웃지만
웃어도 어찌 알랴.
웃어도 어찌 알랴
밝은 달 아래 누대는 비고 제비만 나는 걸.

尋常中酒扶頭後,¹ 歌舞支持. 歌舞支持, 誰把新詞喚住伊.²
臨岐也有旁人笑,³ 笑已爭知.⁴ 笑已爭知, 明月樓空燕子飛.

注

1 中酒(중주): 술에 취하다. 술병이 나다. ○ 扶頭(부두): 머리를 손으로 받치다. 술을 많이 마시다. 해장술을 마시다. 술 취한 모양. 술 취해 쓰러지다.
2 伊(이): 너. 그 사람. 그녀
3 臨岐(임기): 갈림길에 이르다. 이별하다.
4 爭知(쟁지): 어찌 알겠는가?

　정인과의 만남과 이별을 그렸다. 상편에선 가무하는 사람과의 즐거운 시간을 그렸다. 자신의 숙취를 풀어주는 사람은 가무하는 사람밖에 없다. 나는 새 가사를 지어서 그녀에게 부르라고 시키고, 그녀는 새 가사의 노래로 나를 불러 세웠다. 하편에서는 이별의 정경을 그렸다. 헤어질 때 자신은 눈물을 흘려 남들의 웃음을 샀지만, 남들이 웃어도 자신은 진지한 마음에 의식하지도 못하였다. 마지막 구는 이별 후의 애상감을 이미지로 만들어 보였다.

일전매—剪梅
— 달이 없는 중추절 中秋無月

기억하노니 중추절에 총생한 단계丹桂를 대하고 있었던 일
술잔에 꽃이 있고
술잔에 달이 있었지.
오늘 밤 누대 위 술잔은 그대로인데
구름이 사창紗窓을 적시고
비가 사창을 적신다.

바람 타고 올라가 조물주에 물으려하나
길은 통하기 어렵고
편지도 전하기 어렵구나.
대청 가득 오로지 촛불만 붉고
술잔도 조용하고
노래도 조용하다.

憶對中秋丹桂叢.¹ 花在杯中, 月在杯中. 今宵樓上一尊同. 雲濕
紗窓, 雨濕紗窓.
渾欲乘風問化工.² 路也難通, 信也難通. 滿堂惟有燭花紅. 杯且
從容,³ 歌且從容.

1 丹桂(단계): 단계. 붉은 계수나무. 달을 비유한다.

2 渾(혼): 온통. ○ 化工(화공): 만물을 만든 주체. 고대인들은 이를 조화造花, 조물造物, 천지, 하늘 등의 말로 표현하였다.

3 從容(종용): 차분하다. 조용하다.

해설

중추절에 달이 떠오르기를 기다렸으나 뜨지 않은 아쉬움을 표현하였다. 예전과 지금과의 대비 속에 비 오는 중추절에 달구경도 못하고 차분히 보내게 된 상황을 나타내었다. 하편에서 작자가 "조물주에 물으려하는" 것이 무엇인지 명시되지 않았으나, 왜 기다리는 사람들의 바람을 저버리느냐는 원망일 것이다. 신주 대호에서 한거할 때 지었다.

일전매—剪梅

기억하나니 이런 밤에 함께 향을 살랐지
사람은 회랑에 있고
달도 회랑에 있었지.
그러나 지금은 홀로 황혼을 견디며
걸으면서도 생각하고
앉아서도 생각하네.

부쳐온 편지는 모두 두세 줄
애간장 천 갈래 끊어지고
애간장 만 갈래 끊어진다.
기러기야, 신선이 사는 곳은 어디더냐?
바쁘게 왔다가
바쁘게 가는구나.

記得同燒此夜香, 人在回廊, 月在回廊. 而今獨自睚昏黃,¹ 行也
思量, 坐也思量.

　錦字都來三兩行,² 千斷人腸, 萬斷人腸. 雁兒何處是仙鄉? 來也
恓惶,³ 去也恓惶.

注

1 睚(애): 捱(애)와 같다. 막다. 견디다. ○ 昏黃(혼황): 황혼.

2 錦字(금자): 비단 위에 쓰거나 수놓은 글자. 편지. ○ 都來(도래):
  합계.
3 恓惶(서황): 바쁘고 불안한 모양.

  이별의 시름을 표현하였다. 상편은 예전과 지금의 대비 속에 헤어
진 이후의 처연한 마음을 나타내었다. 함께 향을 사르는 행위는 남녀
가 특히 칠월 칠석 같은 날에 보름달을 향해 맹세를 한 일을 가리키는
것으로 보인다. 그러나 지금은 홀로 있으며 생각하고 있다. 하편은
이별의 고통을 표현하였다. 짧은 편지에 마음은 더욱 시름 깊다. 말미
3구는 여기저기를 다니는 기러기에게 이별이 없는 이상향이 어디 있
느냐고 물어보지만, 기러기가 아직도 찾지 못해 바쁘게 다니는 모습에
서 그러한 곳이 없음을 안타까워하였다. 통속적인 언어로 반복하여
정감을 드러내는 방식은 '고시십구수' 이래 이어진 전통으로, 사의 형
식으로도 잘 완성하였다.

강신자江神子
― 다른 사람에 화운하며和人韻

매화는 매화대로 버들은 버들대로 아름다움을 다투는데
깊은 산속
누구를 위해 치장했나?
봄 옷 입으려 하지만
여전히 동풍이 두려워라.
사람들은 어느 곳인들 답청 나가지 않으랴?
여자 친구들 불러 나갔다가
준마 탄 남자를 알게 되었네.

제 집은 문이 겹겹으로 있지요.
기억하고 있어요, 처음 만난 곳은
누각의 동쪽이었죠.
다음날 다시 왔지만
비바람에 꽃들이 어둡게 시들어 갔지요.
안타깝게도 떠가는 구름은 봄이 가는 걸 아랑곳 않으니
치마 띠 느슨해지고
구름 같은 머릿단도 성기어졌어요.

梅梅柳柳鬪纖穠.¹ 亂山中, 爲誰容? 試着春衫, 依舊怯東風. 何
處踏靑人未去?² 呼女伴, 認驕驄.³

兒家門戶幾重重.⁴ 記相逢, 畵樓東. 明日重來, 風雨暗殘紅. 可惜行雲春不管,⁵ 裙帶褪, 鬢雲鬆.

注

1 纖穠(섬농): 여윔과 살찜. 매화가 화사하고 버들이 가늘어지면서 서로 아름다움을 다투다.

2 踏靑(답청): 봄날 교외에 나가 산보하며 유람하다.

3 驕驄(교총): 준마.

4 兒家(아가): 젊은 여인이 자신의 집을 가리키는 칭호. 내 집.

5 行雲(행운): 지나가는 구름. 송옥의 「고당부」高唐賦에 나오는 무산 선녀를 환기한다. 여기서는 답청 나간 여인을 비유한다.

해설

청춘 남녀의 봄날의 만남과 이별을 그렸다. 상편은 산으로 답청나간 장면을 묘사했다. 여자 친구들과 준마 탄 남자들이 답청하던 중 만난다. 하편은 만남과 헤어짐을 묘사했다. 깊은 규중에 사는 여성 화자는 누각의 동쪽에서 만났다. 만남의 구체적인 모습과 즐거움은 쓰지 않았지만 미루어 짐작할 수 있다. 다음날에도 만났지만 벌써 봄은 가고 있었다. 구름은 봄을 상관하지 않고 지나가버리듯, 사람은 여인의 마음을 상관 않고 떠났다. 그 속의 사연은 말하지 않았지만 미루어 짐작할 수 있다. 그로부터 여인은 야위고 젊은 모습이 나이를 먹게 되었다. 사람의 만남부터 헤어짐을 봄의 도래부터 소멸까지 연결하여 묘사했다. 특정한 사람에 대한 기록이 아니라 '봄의 원망'이라는 보편적인 상황을 그렸다는 점에서 전통 제재를 사용했음을 알 수 있다.

강신자江神子

— 다른 사람에 화운하며和人韻

구름과 석양에 하늘은 흐렸다 개이니
저녁 산 환하고
작은 시내는 가로 놓여 있다.
가지 위에 지저귀는 꾀꼬리야
애 끊는 소리 내지 마라.
다만 청산 아래 산길만이
도처에 봄이 와서
다닐 만하구나.

그 당시 오색 붓으로 「무성부」蕪城賦를 지었지.
평생을 뒤돌아보니
내 마음 어찌 감당할 수 있으랴.
뗏목을 타고 은하수에 갔다가
돌아오는 길에 엄군평嚴君平에게 물어보았지.
꽃 아래 밤이 깊어 추위가 심한데
모름지기 바라는 건 모든 걸 다 잊고
술에 취해 옥산玉山처럼 쓰러지는 것.

臘雲殘日弄陰晴. 晚山明, 小溪橫. 枝上綿蠻,[1] 休作斷腸聲. 但
是靑山山下路, 春到處, 總堪行.

當年綵筆賦蕪城.² 憶平生, 若爲情?³ 試把靈槎,⁴ 歸路問君平.
花底夜深寒較甚, 須挱却,⁵ 玉山傾.⁶

注

1 綿蠻(면만): 의성어. 새가 우는 소리. 『시경』「면만」에 "지저귀는 꾀
  꼬리, 언덕 한편에 앉았네."綿蠻黃鳥, 止于丘隅란 구절이 있다.

2 賦蕪城(부무성):「무성부」蕪城賦를 짓다.「무성부」는 남조 유송 시
  대 포조鮑照가 지은 부 작품이다. 원래 무성은 양주揚州의 광릉성廣
  陵城으로, 서한 오왕吳王 유비劉濞가 축조한 이후 반란을 일으켰으
  나 멸망한 곳이다. 그 후 남조 유송 때 경릉왕 유탄劉誕이 이곳을
  거점으로 반란을 일으키다 패하여 죽었으며 이에 따라 성도 황폐해
  졌다. 여기서는 신기질이 젊었을 때 나라를 위한 포부로 지은 작품
  을 가리킨다.

3 若爲情(약위정): 어떠한 마음인가? 이러한 마음을 어찌 감당할 수
  있으랴?

4 試把(시파) 2구: 고대에는 은하수가 바다로 통한다고 생각했으므
  로, 바다에서 뗏목을 타고 은하수에 간 일을 가리킨다. 바닷가에
  사는 사람이 매년 팔월이면 뗏목을 타고 은하수에 갔는데, 어느 곳
  에 이르니 직녀가 방안에서 베를 짜고 있고, 남자가 물가에서 소에
  게 물을 먹이고 있었다. 바닷가에서 온 사람이 이곳이 어느 곳인지
  묻자 남자는 "촉군의 엄군평嚴君平을 찾아가면 알 수 있을 것이오."
  라고 하였다. 이 사람이 나중에 촉에 가서 물으니 엄군평이 "어느
  해 어느 날 객성客星이 견우성을 침범했는데 그대 말을 듣고 계산해
  보니 바로 그대가 은하수에 간 날이오."라고 하였다. 장화張華의 『박
  물지』博物志 참조.

5 挱却(변각): 차라리 바란다. 달게 바란다.

6 玉山傾(옥산경): 옥산이 무너지다. 혜강嵇康이 술 취한 모습을 가리
  킨다. 『세설신어』「용지」容止에 "혜강의 사람됨은 늠름한 소나무가
  홀로 서 있는 듯하고, 취하였을 때는 우르르 옥산이 무너지는 것같
  다."嵇叔夜之爲人也, 巖巖若孤松之獨立, 其醉也, 傀俄若玉山之將崩.고 하
  였다.

은거하는 마음을 노래하였다. 상편은 봄 산을 거닐며 본 풍광을 그
렸다. 하편은 산행에서 느낀 감회를 썼다. 젊은 시절 뛰어난 글을 쓰
고, 군사를 이끌고 황제를 만났지만 지금은 술로써 스스로 위로하는
처지를 그렸다. 은하수에 간 일은 황궁에 간 일을 비유하고, 엄군평에
묻는 것은 궁중의 어지러운 사태와 자신의 길흉에 대해 의혹을 풀고자
한 일을 가리킨다. 상하편 사이의 단절이 심한 가운데, 하편에서 짧은
편폭 속에 자신의 소년, 청년, 현재를 압축시켜 표현하였다. 신주 대호
에서 한거할 때 지었다.

강신자江神子
—다른 사람에 화운하며 和人韻

저녁 무렵 날씨 개었으나 배꽃엔 아직 빗방울 맺혀있다.
달빛 흐릿한데
눈물이 이리저리 흩어진다.
화려한 누각에 향기 짙고
깊은 정원은 퉁소의 봉황 울음 가두었구나.
사람들이 봄의 뜻을 안다고 할 수 없으니
홀로
꽃 주위를 거닌다.

어젯밤 술이라는 병사로 시름이란 성을 무너뜨렸지.
아주 미친 듯
거꾸로 감정이 북받쳐 올라왔지.
가슴 속 불평 모두 쏟아 부었지만
아직 남아있구나.
오히려 주옥같은 시를 품평하려고
취한 가운데
원고가 들어있는 비단 주머니 기울여본다.

梨花着雨晚來晴.[1] 月朧明, 淚縱橫. 繡閣香濃, 深鎖鳳簫聲. 未必人知春意思, 還獨自, 繞花行.

酒兵昨夜壓愁城.[2] 太狂生,[3] 轉關情. 寫盡胸中, 磈磊未全平.[4]
却與平章珠玉價,[5] 看醉裏, 錦囊傾.[6]

注

1 梨花(이화) 구: 백거이白居易의 「장한가」長恨歌에 "옥 같은 얼굴 쓸
   쓸한데 눈물을 종횡으로 뿌리니, 가지에 핀 배꽃이 봄비에 젖은
   듯하여라."玉容寂寞淚闌干, 梨花一枝春帶雨.는 구절이 있다.

2 酒兵(주병): 술을 가리킨다. 『남사』南史 「진훤전」陳喧傳에 "술은 병
   사와 같다. 병사는 천 일 동안 쓰지 않을 수 있지만, 하루라도 갖추
   어 두지 않으면 안 된다. 술은 천 일 동안 마시지 않을 수 있지만,
   한 번 마시면 취하지 않으면 안 된다."酒猶兵也, 兵可千日而不用, 不可
   一日而不備, 酒可千日而不飲, 不可一飲而不醉.는 말이 있다.

3 太狂生(태광생): 크게 미치다. 生(생)은 어조사로 뜻이 없다.

4 胸中磈磊(흉중외뢰): 가슴에 맺힌 불평한 기운. 『세설신어』「임탄」
   任誕에 "완적은 흉중에 울결이 있어 술을 마셔 없애야 한다."阮籍胸
   中磊塊, 故須酒澆之.는 말이 있다.

5 平章(평장): 품평하다. 논하다.

6 錦囊(금낭): 비단 주머니. 당대 이하李賀의 전고를 가리킨다. 이하
   는 통상 나귀를 타고 다니면서 시상이 떠오르면 바로 써서 따라오
   는 시종의 비단 주머니에 넣곤 하였다. 저녁에 돌아오면 시가 완성
   되었다. 『신당서』「이하전」 참조.

해설

봄날의 원망과 감회를 표현하였다. 상편은 봄밤의 고적함을 그렸
다. 배꽃에 묻은 빗방울과 얼굴에 묻은 눈물을 중첩시켜 심중의 슬픔
을 나타냈다. 이어서 깊은 규중의 적막함과 무료함을 나타냈다. 하편

은 술과 시로 시름을 풀어보려고 하였다. 먼저 술로 시름을 없애려고 했지만, 술을 마시니 오히려 술 때문에 시름이 더 미친 듯 일어났고, 미진한 마음의 울결을 시로 지어서 마저 해소하려고 하였다. 신주 대호에서 한거할 때 지었다.

강신자江神子
―박산 가는 길에 왕씨 집 벽에 적다博山道中書王氏壁[1]

개울 가득 소나무와 대나무 제멋대로 기울어져 있고
인가가 있어도
구름에 가려져 있구나.
눈 내린 후 성긴 매화꽃
때로 두세 송이 보이는구나.
도화원 가는 시냇가 길과 비교해도
풍경이 좋아
차이가 없어라.

주점에 술이 있어 당장 사네.
저녁 추위를
어떻게 견디나.
취기 속에 총총히
말을 타고 수레를 따른다.
백발에 주름진 얼굴 나는 늙었으니
오직 이곳에서
생을 마칠 만하구나.

一川松竹任橫斜, 有人家, 被雲遮. 雪後疎梅, 時見兩三花. 比
着桃源溪上路,[2] 風景好, 不爭多.[3]

旗亭有酒徑須賒,⁴ 晚寒些, 怎禁他. 醉裏匆匆, 歸騎自隨車. 白
髮蒼顔吾老矣, 只此地, 是生涯.

注

1 博山(박산): 신주信州의 영풍永豐(지금의 上饒市 廣豐縣)에 있는 산. 고
  대에는 통원봉通元峰이라 했으나, 모양이 여산 향로봉과 비슷해서
  개명했다. 박산사博山寺와 우암雨巖 등 명소가 있다.
2 桃源(도원): 도연명이 묘사한 도화원.
3 不爭多(불쟁다): 차이가 없다. 비슷하다.
4 賒(사): 외상으로 사다. 여기서는 사다.

해설

　겨울날 박산 가는 길의 풍광과 감회를 표현하였다. 상편은 연도의
아름다운 풍광을 묘사했고, 하편은 술을 마시고 말을 타고 가며 산수
에서 위안을 받는 모습을 그렸다. 한가한 감회 속에 뜻을 잃고 실의에
잠긴 마음이 나타나 있다. 신기질은 박산을 제목으로 하는 작품이 모
두 14수나 된다. 신주 대호에서 한거할 때 지었다.

추노아醜奴兒
— 박산 가는 도중에 벽에 적다書博山道中壁[1]

안개 낀 풀밭, 이슬 맺힌 보리, 황량한 못 가 버들
비에 씻긴 맑은 하늘에 햇살이 비친다.
비에 씻긴 맑은 하늘에 햇살이 비치니
한 가지 봄바람에 푸른빛은 여러 가지.

제호새, 뻐꾹새, 두견새 날아가니
만 가지 한에 천 가지 정
만 가지 한에 천 가지 정
저마다 무료해서 저마다 운다.

煙蕪露麥荒池柳, 洗雨烘晴.[2] 洗雨烘晴, 一樣春風幾樣靑.
提壺脫袴催歸去,[3] 萬恨千情. 萬恨千情, 各自無聊各自鳴.

注

1 博山(박산): 신주에 있는 산. 바로 앞의 작품 참조.

2 烘晴(홍청): 햇빛이 하늘을 비추다.

3 提壺脫袴催歸(제호탈고최귀): 제호, 탈고, 최귀. 모두 새 이름으로,
제호새, 뻐꾹새, 두견새에 각각 해당한다. 제호는 술을 마시라는 뜻
이고, 脫袴(탈고)는 뻐꾹새에 대한 방언으로 바지를 벗고 일하라는
뜻이고, 최귀는 고향으로 돌아가라고 재촉한다는 뜻이다.

　박산 가는 길에 본 자연의 생기 찬 모습을 그렸다. 상편은 봄날의
맑게 갠 날씨 속의 풀, 보리, 버들로 다양한 푸름을 나타내었다. 하편
은 수많은 새들의 저마다 다른 성정과 울음으로 대자연의 생기를 나타
내었다. 새들의 울음소리를 하나하나 의미로 풀어내면서 은거하며 궁
경하라는 뜻을 암시한다. 시각과 청각을 동원하여 봄의 푸른 화면을
명쾌하게 그려내었다.

추노아醜奴兒
— 박산 가는 도중에 벽에 적다書博山道中壁

젊을 때는 시름의 맛을 몰라
누대에 오르기 좋아했지.
누대에 오르기 좋아하여
새로 지은 가사로 억지로 '시름'을 말했지.

온갖 시름 다 맛본 지금은
말하려다 그만두네.
말하려다 그만두고
오히려 "날씨 시원한 좋은 가을이구나!"라 말하네.

少年不識愁滋味, 愛上層樓. 愛上層樓, 爲賦新詞强說愁.[1]
而今識盡愁滋味, 欲說還休. 欲說還休, 却道"天涼好箇秋!"[2]

注

1 强說愁(강설수): 시름이 없는 데도 억지로 시름을 말하다.
2 天涼(천량): 날씨가 시원하다.

해설

　세상의 물정을 겪은 감개를 말했다. 그 초점은 '시름'이란 말이 주는 어감의 차이를 예전과 지금을 대비하여 나타내었다. 예전에는 시사詩詞의 작품에서 사람들이 '시름'이란 말을 흔히 말하기에, 자신도 실감하지 못한 채 일부러 멋있게 보이려고 썼지만, 정작 온갖 '시름'을 겪은 지금은 그 말을 하자니 온갖 감회가 일어 조심스럽다. 시름이 있어도 시름을 말하지 않고 오히려 다른 말을 하는 데에서 가장 깊은 시름을 말하였다. 신주 대호에서 한거할 때 지었다.

추노아醜奴兒

내 인생의 어려움을 알기에 하늘에 호소하지 않고
홀로 높은 누대에 기대노라.
홀로 높은 누대에 기대어
인간 세상에 이보다 더한 시름 있다고 믿지 않노라.

그대는 마침 내가 잠들 때 왔으니
그대 잠시 돌아가오.
그대 잠시 돌아가
서풍에게 말하여 마음대로 가을이 오라고 하오.

此生自斷天休問,¹ 獨倚危樓. 獨倚危樓, 不信人間別有愁.
君來正是眠時節,² 君且歸休.³ 君且歸休, 說與西風一任秋.

注

1 此生(차생) 구: 두보의 「곡강」曲江에 "나의 생이 힘듦을 아니 하늘
  에 호소하지 않을 터, 다행히 두곡에는 뽕나무와 삼밭이 있어."自斷
  此生休問天, 杜曲幸有桑麻田.라는 구절을 이용하였다. 斷(단)은 판단하
  다. 알다.

2 君來(군래) 2구: 『송서』「도잠전」의 말을 이용하였다. "귀하거나 천
  하거나 가리지 않고 사람이 와 술이 있으면 곧 차렸다. 도연명이
  먼저 취하면 곧 객에게 말하였다. '내가 취하여 자려고 하니 그대는

가도 좋소.'"貴賤造之者, 有酒輒設, 潛若先醉, 便語客: "我醉欲眠, 卿可去."

3 休(휴): 어조사. 뜻이 없다.

해설

자신의 운명과 대결하는 결연한 뜻을 나타내었다. 상편은 높은 누대에 올라 자신의 운명을 하늘에 묻지 않겠다는 기백과 호기를 말하였다. 하편은 도연명과 같이 예의를 따지지 않는 소탈한 풍도로 사람을 대하며, 서풍을 향해 세월이 아무리 자신을 쇠약하게 만든다 해도 맞서나가겠다는 뜻을 나타냈다. 자신의 모든 노력이 현실의 벽에 부딪쳐 이루어지지 못하는 것을 보고, 억울하고 고독하고 뜻을 이루지 못한 불평을 말하였다. 비록 편폭이 짧으나 담담한 어조 속에 극단의 분노와 자조가 깃들어 있다. 신주 대호에서 한거할 때 지었다.

추노아근 醜奴兒近

— 박산 가는 도중에 이청조 체를 본받아 博山道中效李易安體[1]

수많은 봉우리 위로 구름이 일어나더니
삽시간에 지나가는 소나기.
다시 먼 숲에 석양이 비끼니
그림인들 어찌 이 풍경과 같으랴!
푸른 깃발 펄럭이는 주막
산 저쪽에는 또 다른 인가가 있구나.
다만 산수의 풍광 속에서
아무 일 없이 여름을 보낸다.

낮술에서 깨어나니
창으로 보이는 솔숲과 문으로 보이는 대숲이
무척이나 시원하구나.
들새가 날아오니
또 다른 한가함 있어라.
오히려 흰 갈매기에게
사람을 보고 내려오지 않는다고 탓한다.
예전의 맹약이 아직 있는데
요즘 와서
설마 마음이 변한 건 아니겠지?

千峰雲起, 驟雨一霎兒價.[2] 更遠樹斜陽, 風景怎生圖畫![3] 靑旗
賣酒,[4] 山那畔別有人間. 只消山水光中, 無事過這一夏.

午醉醒時, 松窓竹戶, 萬千瀟灑. 野鳥飛來, 又是一般閑暇. 却
怪白鷗, 覷著人欲下未下. 舊盟都在,[5] 新來莫是, 別有說話?

1 李易安(이이안): 남북송 교체기에 활동한 이청조李淸照. 호가 이안
   거사易安居士이다. 풍격은 완약하고 청려하며, 쉬운 언어로 청신한
   작품을 만드는데 뛰어났다.

2 一霎兒價(일삽아가): 잠시. 價(가)는 어조사. 이청조 「행향자」行香
   子에 "잠시 맑더니 잠시 비오고 잠시 바람 분다."一霎兒晴, 霎兒雨,
   霎兒風.는 표현이 있다.

3 怎生(즘생): 어떻게. 송대 구어이다.

4 靑旗(청기): 청색의 주기酒旗.

5 舊盟(구맹): 예전의 맹약.「수조가두 一대호를 내 무척 사랑하나니」
   를 가리킨다.

해설

박산으로 가는 도중의 그윽한 풍광과 산수에 노니는 즐거움을 썼
다. 상편은 박산으로 가는 도중의 청신한 풍광을 그렸고, 하편은 풍광
속에 거니는 한적한 심정을 나타냈다. 갈매기조차 자신을 벗지 않는
다는 말미의 다섯 구로 고적감을 나타냈다. 이청조李淸照는 신기질의
고향 사람으로, 간결한 묘사와 구어의 사용으로 이루어진 청신한 풍격
이 특징적인데, 신기질 역시 이를 잘 흡수하면서, 동시에 충담沖澹하고
고원高遠한 풍격도 함께 섞여 넣었다. 1187년(48세) 경 신주 대호에서
한거할 때 지었다.

청평악淸平樂
— 박산 가는 도중에 보이는 대로博山道中卽事

버들 옆으로 말을 달리니
이슬에 옷이 젖어 무겁구나.
모래톱에서 고기를 엿보다 자는 백로의 그림자 움직이니
분명 꿈속에서 물고기나 새우를 보았나 보다.

강 가득 떠오른 옅은 달과 성긴 별들
빨래하는 여인의 그림자 아리땁구나.
행인을 등지고 웃으며 돌아가니
문 앞에서 들리는 아이 우는 소리.

柳邊飛鞚,[1] 露濕征衣重. 宿鷺窺沙孤影動, 應有魚蝦入夢.
一川淡月疎星, 浣紗人影娉婷.[2] 笑背行人歸去, 門前稚子啼聲.

注

1 飛鞚(비공): 나르는 고삐. 달리는 말을 형용한다.
2 娉婷(빙정): 여성의 얼굴이나 자태가 아리따운 모양.

해설

여로 중에 보이는 밤의 정경을 묘사하였다. 첫 2구는 말을 타고 가
는 모습이며, 이하 6구는 말에서 본 풍광이다. 상편은 물가의 백로를

섬세하고 생생하게 묘사하였다. 하편은 빨래하는 여인에 초점을 맞추었다. 여인의 웃음소리와 아이의 우는 소리가 강가의 풍경을 배경으로 뚜렷하게 각화되어 순식간에 농촌의 모습이 살아나왔다.

청평악清平樂
— 박산의 왕씨 암자에서 홀로 자며獨宿博山王氏庵[1]

굶주린 쥐는 침상을 맴돌고
춤추는 박쥐는 등불을 흔든다.
지붕 위 솔바람 불고 빗방울 거센데
창문 사이 문풍지는 저 홀로 중얼거린다.

평생 동안 떠돈 변경과 강남
돌아오니 흰 머리에 주름진 얼굴.
가을 밤 베 이불 아래 꿈에서 깨어나니
아직도 만리강산 눈앞에 보이는 듯.

繞床饑鼠, 蝙蝠翻燈舞. 屋上松風吹急雨, 破紙窗間自語.
平生塞北江南,[2] 歸來華髮蒼顔. 布被秋宵夢覺, 眼前萬里江山.

注

1 王氏庵(왕씨암): 왕씨 집안의 작은 초가집.
2 塞北(새북): 국경의 북쪽. 신기질이 남송으로 내려오기 전에 일찍
  이 계리計吏를 따라 두 차례 연산燕山에 다녀온 적이 있기에, 여기에
  서 그의 발이 닿은 가장 북쪽을 가리킨다.

해설

　여로에서 하루 밤 묵으며 일어난 감개를 썼다. 상편은 왕씨의 암자

에서 묵을 때의 정경으로, 간략한 필묵으로 비바람 치는 밤의 고적한 모습을 그렸다. 하편은 꿈에서 깨어난 뒤 느끼는 평생의 감개를 묘사하였다. 누옥의 잠 속에서도 천하를 생각하고 만리강산을 꿈꾸는 모습에서 장대한 뜻을 실현하지 못하는 비분이 배어 나온다. 1187년(48세)경 신주 대호에서 한거할 때 지었다.

자고천鷓鴣天

― 박산사에서 짓다博山寺作¹

장안으로 향하는 길로 가지 않고
오히려 절이 나를 맞이하도록 번거롭게 했구나.
무미無味 속에 맛을 느끼며 내 즐거움 구하고
재주가 있고 없음 사이에서 내 생을 보낸다.

차라리 내 자신이 되지
어찌 공경대부에게 아부하여 이름을 얻으랴.
인간 세상 두루 다니다가 돌아와 밭을 가네.
솔 한 그루 대 한 그루가 나의 참된 친구요
산새와 산꽃이 나의 좋은 형제로다.

不向長安路上行,² 却敎山寺厭逢迎.³ 味無味處求吾樂,⁴ 材不材
間過此生.⁵

寧作我,⁶ 豈其卿.⁷ 人間走遍却歸耕. 一松一竹眞朋友, 山鳥山
花好弟兄.

注

1 博山寺(박산사): 신주信州(지금의 강서 상요)의 박산에 소재한 사찰.
  원래 이름은 능인사能仁寺였다. 오대 때 천태 소 국사天台韶國師가
  창건했다. 남송 때 오본 선사悟本禪師가 칙명을 받들어 본당을 열

때 신기질이 기문記文을 썼다.

2 長安路(장안로): 장안 가는 길. 공명을 구하는 길을 비유한다.

3 厭逢迎(염봉영): 맞이하는데 염증이 나다. 자신이 절에 자주 들렀음을 가리킨다.

4 味無味(미무미): 맛있음과 맛없음 사이에서 인생의 즐거움을 찾다. 『노자』에 "행하지 않음을 행하는 것으로 여기고, 일이 없음을 일로 여기고, 맛없는 것에서 맛을 느낀다."爲無爲, 事無事, 味無味.는 말이 있다.

5 材不材間(재불재간): 재주가 있고 없음 사이. 『장자』「산목」山木에서 산길을 가던 장자가 보니, 어떤 나무는 목재로 삼으려고 베어졌고, 친구 집에 가니 주인이 울지 않는 기러기를 잡아 대접하였다. 이를 보고 제자에게 재주 있음과 없음 사이에 처하라고 하였다.

6 寧作我(영작아): 차라리 아부하지 않는 자신이 되다. 동진 때 은호殷浩가 환온桓溫에게 한 말이다. 환온은 젊어서부터 은호와 이름이 높았지만 항상 경쟁심을 갖고 있었다. 환온이 은호에게 "경은 나와 비교하여 어떻다고 생각하오?"卿何如我?라 물었다. 이에 은호가 다음과 같이 대답하였다. "나는 나 자신으로 살아온 지 오래되었으니, 차라리 나 자신이 되겠소."我與我周旋久, 寧作我. 『세설신어』「품조」品藻 참조.

7 豈其卿(기기경): 어찌 공경에게 영합하여 허명을 구하랴. 양웅揚雄의 『법언』法言「문신」問神에서 "곡구谷口의 정자진鄭子眞(정박)은 자신의 뜻을 굽히지 않고 산속에서 밭 갈고 살며 장안에 이름을 떨쳤다. 어찌 공경에게 아부하여 이름을 얻었겠는가, 어찌 공경에게 아부하여 이름을 얻었겠는가!"谷口鄭子眞, 不屈其志而耕乎巖石之下, 名震于京師. 豈其卿, 豈其卿!고 칭송하였다.

은거에 대한 의지를 나타내었다. 벼슬길을 찾아 가는 장안과 대비되는 산사는 '무미 속에 맛을 찾는 곳'味無味處이고, '재주가 있고 없음 사이'材不材間에서 살 수 있게 한다. 상편이 이러한 원칙에 대한 천명이라면, 하편은 조금 더 구체적으로 개진하여 '돌아와 밭가는 일'歸耕이 가장 낫다고 말한다. 비록 은거에 대한 지향과 선언이지만 세상에 대한 비판이 함께 깃들어 있다.

점강순點絳唇

— 박산사에 머물다가 광풍주인의 몸이 불편하단 말을 듣고 돌아가다.
당시 봄 강물이 불어 다리가 끊어졌다留博山寺, 聞光風主人微恙而歸,
時春漲斷橋[1]

우릉우릉 가벼운 우레 소리 일더니
빗소리는 봄의 보호를 받지 못하네.
매화꽃이 이처럼 많이 떨어져
담장으로 모두 날아갔구나.

봄 강물도 무정하여
계곡의 남쪽으로 가는 길을 끊어놓았네.
누구에게 하소연하랴?
편지를 부치고 뜻을 전하려 해도
어디로 해야 할지 아는 사람 없구나.

隱隱輕雷,[2] 雨聲不受春回護.[3] 落梅如許,[4] 吹盡牆邊去.
春水無情, 礙斷溪南路. 憑誰訴? 寄聲傳語, 沒箇人知處.

注

1 光風主人(광풍주인): 미상. ○ 微恙(미양): 약간 아프다. 몸이 조금
  불편하다.
2 隱隱(은은): 의성어. 수레바퀴가 구르거나 천둥이 치는 소리.

3 回護(회호): 막다. 보호하다. 피하다.

4 如許(여허): 이처럼 많다.

이른 봄의 정취를 썼다. 비바람에 매화꽃이 모두 떨어지고 물이 불어 다리가 끊어진 두 가지 일에 대해, 이를 어디에 하소연해야 하느냐고 물었다. 대자연이 벌인 일이라 그 연유를 따질 수 없다는 선적禪的 의미를 담았다. 동시에 광풍주인에게 갈 수 없는 안타까움을 나타냈다.

점강순點絳脣

죽은 뒤의 허명虛名은
예부터 생전의 술 한 잔과 바꾸지 않는다 했으니
짚신을 신어도 스스로 즐거워하며
장안의 저자를 걷지 않는다네.

대숲 밖으로 승려가 돌아가며
종소리 울리는 절을 가리키네.
외기러기 날아오르니
화가의 손으로
송강의 물줄기를 가위로 잘라 온 듯해라.

身後虛名,¹ 古來不換生前醉. 靑鞋自喜,² 不踏長安市.³
竹外僧歸, 路指霜鐘寺.⁴ 孤鴻起, 丹靑手裏,⁵ 剪破松江水.

注

1 身後(신후) 2구: 서진 장한張翰의 전고를 가리킨다. 어떤 사람이 장
  한에게 "그대는 한때를 제 편한 대로 살면서 어찌하여 죽은 이후의
  명성은 생각하지 않으시오?"라 하였다. 이에 장한이 답하여 말했다.
  "죽은 뒤에 명성이 있다 해도 한때의 술 한 잔보다 못하다오."使我有
  身後名, 不如卽時一杯酒. 『진서』「장한전」 참조.
2 靑鞋(청혜): 芒鞋(망혜). 짚신을 가리킨다.

3 長安市(장안시): 장안의 시장. 여기서는 남송의 도성 임안臨安.

4 霜鐘寺(상종사): 서리에 종 울리는 절. 장계張繼의 「풍교에서 밤에 배를 대며」楓橋夜泊의 의상을 채용하였다. "달 기울고 까마귀 울어, 하늘 가득 서리 날리는데, 강가 단풍과 고깃배 불빛 마주 한 채 시름에 잠드네. 고소성 밖의 한산사, 한밤중 종소리가 객선까지 들려오네."月落烏啼霜滿天, 江楓漁火對愁眠. 姑蘇城外寒山寺, 夜半鐘聲到客船.

5 丹靑(단청) 2구: 두보의 「장난으로 산수화에 쓴 노래」戲題畵山水圖歌의 의경을 이용하였다. "어찌하면 병주의 날카로운 가위를 가져와, 오송의 강물을 반 자락 잘라 갈 수 있을까!"焉得幷州快剪刀, 剪取吳淞半江水!

해설

　명성보다 자족을 선택하는 뜻을 나타내고 은거의 즐거움과 풍광의 아름다움을 표현하였다. 상편은 명성보다 자족이 나음을 생전과 사후를 대비하고 짚신과 장안을 대비하는 수법으로 강조하였다. 하편은 대숲 밖의 승려와 외기러기의 모습에서 마치 화가가 그림을 잘라서 가져온 듯하다고 했다. 원래 두보는 화가가 송강을 잘라와 그림에 옮겨놓았다고 했는데, 신기질은 거꾸로 화가가 그림을 가져와 여기에 놓았다고 말했다. 풍광의 아름다움을 극도로 예찬한 셈이다.

염노교念奴嬌
— 주돈유 체를 본받아 우암을 읊으며賦雨巖, 效朱希眞體[1]

요즘에 와서야 어디에
나의 시름이 있고
어디에 나의 즐거움이 있는지 알게 되었네.
천 년을 위한 한 점 처량한 뜻에
홀로 드넓은 서풍에 기대노라.
대숲 옆에서 샘을 찾고
구름 속에서 나무를 심으니
진정으로 '한가한 객'이라 부를 수 있으리.
그러나 내 마음이 한가한 것은
언덕과 골짜기 때문이 아니네.

지난날이 모두 틀리고
지금이 옳다는 말 그만 하고
다만 맑은 술잔을 들 뿐이라.
취하면 내가 누군지 모르니
달도 아니요, 구름도 아니요, 학도 아니라네.
솔가지에 이슬 차갑고
계수나무 잎에 바람이 불어
술에 취했다가 다시 깨어나네.

북창 아래 베개 높이 베고 누웠으니
우는 새야 잠든 나를 깨우지 말아라.

近來何處, 有吾愁, 何處還知吾樂. 一點淒凉千古意,[2] 獨倚西
風寥郭. 並竹尋泉, 和雲種樹, 喚做眞閑客. 此心閑處, 未應長藉
丘壑.

休說往事皆非,[3] 而今云是, 且把淸尊酌. 醉裏不知誰是我, 非月
非雲非鶴. 露冷松梢, 風高桂子, 醉了還醒却. 北窓高臥,[4] 莫敎啼
鳥驚著.

注

1 雨巖(우암): 박산에 소재한 바위. ○ 朱希眞(주희진): 주돈유朱敦儒.
  남북송 교체기에 활동한 사인詞人. 남도 후에는 우국의 정을 기탁한
  작품도 있지만 임천林泉을 다니며 천명을 즐거워한 작품도 많다.
  그 사풍은 충담沖澹과 청원淸遠으로 요약된다.

2 千古意(천고의): 천 년 동안을 위하여 염려하다.

3 休說(휴설) 2구: 도연명의 「귀거래사」歸去來辭에 나오는 "진실로 길
  을 잃었으나 아지 멀리 가지 않았으니, 지금이 옳고 지난날이 틀렸
  음을 깨닫겠노라."實迷途其未遠, 覺今是而昨非.는 구절의 뜻을 사용하
  였다.

4 北窓高臥(북창고와): 북창 아래 베개 높이 베다. 도연명의 「아들
  도엄 등에게 주는 글」與子儼等疏에 다음 표현이 있다. "나는 항상
  말하기를 '오뉴월에 북창 아래에 누워 있을 때 시원한 바람이 불어
  오면 내가 바로 복희씨 이전 시대의 사람인 듯하다'고 하였다."常言
  '五六月中, 北窓下臥, 遇涼風暫至, 自謂是羲皇上人.'

은거 중의 한적함과 깨달음을 노래했다. 부제에서 말하는 우암雨巖 그 자체를 노래한 것이 아니라 우암을 향해 자신의 깨달음을 호소하는 형식이라 할 수 있다. 상편은 한가한 정취와 깨달음을 나타냈다. 시름과 즐거움이 없는 정신적 경계 속에서도 인간 세상을 위한 쓸쓸한 뜻은 남아있지만, 자신이 '한가한 객'이 된 것은 산수와 노닐어서가 아니라 스스로 노력하여 정신적으로 깨쳤기 때문이다. 하편은 술과 잠으로 세상과 자신을 모두 잊는 경지를 유지하려고 하였다. 이는 그만큼 작자가 견디기 힘든 억압을 가지고 있음을 반대로 말해준다. 신기질의 작품 속에 흔히 보이는 울분이나 격정이, 낙천적이고 충담冲淡한 주돈유 체를 따라가면서 평담해졌지만, 여전히 일말의 원망이 서려있다.

수룡음水龍吟

— 우암에 쓰다. 바위는 요즘 그린 관음보살을 닮았다. 바위 안에 있는 샘물이 솟아나오면서 비바람 소리를 낸다題雨巖. 巖類今所畵觀音補陀. 巖中有泉飛出, 如風雨聲[1]

관세음보살이 허공을 날아왔으니
푸른 바위가 어디에서 날아왔는지 누가 아는가?
만 개나 되는 벌집이
구멍을 뚫은 듯 또 막은 듯하여
영롱한 창문 같구나.
천 년 동안 자란 종유석이
늘어진 채 아직 떨어지지 않고
삐쭉빼쭉 고드름을 만들었구나.
거센 파도 소리 멀어져 가고
낙화는 향기로우니
사람들은 혹여나
도화원으로 가는 길인가 여긴다.

어떤 사람은 말하기를 봄 우레 같은 소리는
서리 튼 용이 누워서 내는 숨소리라 한다.
그렇지 않으면 분명
동정의 들에서 연주하는 음악소리 같으니
상수湘水의 여신女神이 오갔을 거라 한다.

내 생각으로는 오래된 큰 소나무가

그늘진 골짜기에서 거꾸로 자라

비바람 속에서 노래하는 것이리라.

끝내 아득하여 알 수 없지만

다만 백발의 내가

처음 이곳을 발견한 개산조開山祖로다.

補陀大士虛空,[2] 翠巖誰記飛來處? 蜂房萬點, 似穿如礙, 玲瓏窓戶. 石髓千年,[3] 已垂未落, 嶙峋冰柱.[4] 有怒濤聲遠,[5] 落花香在, 人疑是, 桃源路.

又說春雷鼻息, 是臥龍彎環如許.[6] 不然應是: 洞庭張樂,[7] 湘靈來去.[8] 我意長松, 倒生陰壑, 細吟風雨. 竟茫茫未曉, 只應白髮, 是開山祖.[9]

注

1 類(류): 닮다. ○ 觀音(관음): 관세음보살. ○ 補陀(보타): 인도의 보타낙가산補陀落伽山. 관세음보살이 설법한 곳.

2 補陀大士(보타대사): 보타산의 대사. 곧 관세음보살. ○ 虛空(허공): 하늘을 날다. 虛(허)가 동사로 쓰였다.

3 石髓(석수): 종유석.

4 嶙峋(인순): 가파르고 높은 모양. 가파르게 삐쭉빼쭉 솟은 바위.

5 怒濤聲(노도성): 거센 파도 소리. 부제에서 말한, 우암 안에 솟구쳐 나오는 샘물이 비바람 소리를 내는 것을 가리킨다.

6 彎環(만환): 고리처럼 굽이지다. 여기서는 서리 틀다.

7 洞庭張樂(동정장악): 동정의 들에서 음악을 연주하다. 『장자』「천운」天運에 "임금이 함지의 음악을 동정의 들에서 연주하였다"帝張咸

池之樂於洞庭之野.는 말이 있다.

8 湘靈(상령): 상비湘妃. 요 임금의 딸. 『초사』「원유」遠遊에 "상수의
   여신이 슬을 타게 하여"使湘靈鼓瑟兮라는 말이 있다.

9 開山祖(개산조): 불교에서 말하는 사찰을 창건하거나 창업한 승려
   를 가리킨다. 여기서는 자신이 처음 발견한 사람이란 뜻으로 사용
   하였다.

해설

박산에 있는 우암을 탐승하고 지었다. 상편은 우암의 외형부터 시
작하여 동굴의 안을 묘사하였다. 하편은 우암 안에 흐르는 샘물 소리
를 와룡의 숨소리, 동정의 음악 연주, 노송에 들이치는 비바람 소리
등 세 가지로 상상을 펼쳤다. 비유가 적절하고 상상이 풍부하며 신기
하고 유현한 경계를 펼쳐, 독자들도 마치 함께 탐승하는 듯하다.

산귀요山鬼謠

— 우암에 바위가 있는데 모양이 무척 괴이하여 「이소」「구가」에서 이름을 취하여 '산귀'라 하였다. 「모어아」로 지었으나 지금 「산귀요」로 이름을 바꾼다雨巖有石, 狀怪甚, 取離騷九歌, 名曰山鬼, 因賦摸魚兒, 改今名[1]

묻노니 어느 해에 이 산은 여기 왔는가?
서풍에 해 지는데 그대는 말이 없구나.
그대 보아하니 복희씨 이전의 것인 듯
그래서 바로 '태초'라 이름을 붙여주마.
시내를 거슬러 올라가는 길은
생각건대 예나 지금이나 이곳엔 홍진이 이르지 못하리라.
이 술잔을 들어 누구에게 권할까?
우습구나, 내가 취해 그댈 부르건만
우뚝 서 있기만 하고
산새가 술잔을 엎지르고 날아가네.

기억해야 하리니
어젯밤 용추龍湫에서 비바람이 몰아치고
문 앞에 석랑石浪이 춤을 추던 것을.
사경에 '산귀'山鬼가 등불을 불어 끄고 휘파람 불어
세간의 아녀자들을 놀라 자빠지게 했지.
희미한 곳에서
나를 위로하네, 지팡이에 짚신 신고 유람에 노고가 많으시다고.

서로 정신으로 통하고 마음을 허락했으니.

만 리 멀리 그대와 손잡고

봉황을 채찍질하여 날아가며

내 「원유」_{遠遊}편을 읊으리라.

問何年此山來此? 西風落日無語. 看君似是羲皇上,[2] 直作太初
名汝.[3] 溪上路, 算只有紅塵不到今猶古. 一杯誰擧? 笑我醉呼君,
崔嵬未起,[4] 山鳥覆杯去.

　須記取: 昨夜龍湫風雨.[5] 門前石浪掀舞.[6] 四更山鬼吹燈嘯,[7] 驚
倒世間兒女. 依約處,[8] 還問我淸遊杖履公良苦. 神交心許. 待萬里
携君, 鞭笞鸞鳳, 誦我遠遊賦.[9]

注

1　離騷九歌(이소구가):「이소」와「구가」. 전국시대 초나라 굴원이 지
　은 작품. ○ 山鬼(산귀):「구가」11수 가운데 하나. 산속에 사는 어
　린 여신을 노래한 내용이다.

2　君(군): 괴석을 가리킨다. ○ 羲皇上(희황상): 복희씨 이전의 존재.
　도연명의「아들 도엄 등에게 주는 글」與子儼等疏에 다음과 같은 구
　절이 있다. "나는 항상 말하기를 '오뉴월에 북창 아래에 누워 있을
　때 시원한 바람이 불어오면 내가 바로 복희씨 이전 시대의 사람인
　듯하다'고 하였다."常言'五六月中, 北窓下臥, 遇涼風暫至, 自謂是羲皇上人.'

3　太初(태초): 천지가 아직 나누어지기 전 원기가 하나로 뭉쳐 있을
　때. 『열자』「원서」元瑞에서는 혼돈의 상태를 기氣가 나타나지 않은
　태역太易, 기가 일어나기 시작하는 태초太初, 형상이 만들어지기 시
　작하는 태시太始, 질료가 만들어지기 시작하는 태소太素의 순서로
　설명하였다.

4 崔嵬(최외): 산이 높고 큰 모양. 여기서는 괴석을 가리킨다.

5 龍湫(용추): 용담龍潭. 위에는 폭포가 있고 아래는 담이 있는 것을 가리킨다.

6 [원주] "석랑은 암자 밖에 있는 거석이다. 길이 삼십여 장 된다."石浪, 庵外巨石也, 長三十餘丈.

7 山鬼吹燈(산귀취등): 산귀가 등불을 불어 끄다. 두보의 「공안으로 이사하며, 산속의 객관에서」移居公安山館의 "산 귀가 입김을 불어 등불을 끄고, 부엌 사람이 밤새도록 하는 얘기 들리더라."山鬼吹燈滅, 廚人語夜闌.는 구절을 환기한다.

8 依約(의약): 隱約(은약). 희미한 모양.

9 遠遊(원유): 굴원이 지은 『초사』의 한 편. 여기서는 신기질의 작품을 가리킨다.

해설

　우암에 있는 괴석 '산귀'를 노래하였다. '산귀'라는 이름은 굴원의 「구가」 중의 「산귀」에서 가져왔으나, 신기질이 만든 형상은 굴원이 창조한 젊고 아리땁고 연모하는 '산귀'와는 다르다. 신기질은 괴석을 의인화시켜, 서로 마음이 통하고 자신을 알아주는 지기知己로 여겨 자유롭게 비행하는 대상으로 등장시켰다. 상편에서는 괴석의 유래와 풍모를 그리고, 하편에서는 괴석의 초월적인 능력을 묘사하였다. 말미에서 함께 창공을 비행하는 것으로 마무리 지었다. 자연에 대한 친밀감을 표현함과 동시에 굴원과 같이 자신의 정회를 신유神遊로 기탁하는 낭만적인 작품이다.

생사자生查子
— 홀로 우암에서 노닐며獨遊雨巖

시냇물에 내 그림자를 비치며 가니
하늘도 맑은 시냇물에 잠겨 있구나.
하늘에는 구름이 흘러가고
사람은 구름 속을 걸어간다.

소리 높여 부르는 나의 노래 누가 화답하랴?
빈 골짜기에 절로 맑은 소리 일어
화답하는 것은 귀신도 아니요 신선도 아닌
한 줄기 복사꽃 흐르는 물소리로다.

溪邊照影行, 天在淸溪底. 天上有行雲, 人在行雲裏.
高歌誰和余?[1] 空谷淸音起.[2] 非鬼亦非仙, 一曲桃花水.[3]

注

1 和余(화여): 나의 노래에 창화하다.
2 淸音(청음): 맑은 소리. 계곡에 흐르는 물소리를 가리킨다. 좌사左思의 「은사를 부름」招隱에 "산수에는 맑은 소리가 있다"山水有淸音는 구절이 있다.
3 桃花水(도화수): 왕유王維의 「도원의 노래」桃源行를 환기한다. "당시에는 산속 깊이 들어간 일만 생각나는데, 푸른 시내 몇 번 건너

구름 낀 숲에 이르렀네. 봄이 되매 어디나 복사꽃 뜬 물이 흐르니, 도화원이 어디인지 찾을 수 없어라."當時只記入山深, 青溪幾度到雲林. 春來遍是桃花水, 不辨仙源何處尋.

해설

　산수의 아름다움을 노래했다. 상편은 물에 비친 모습을 통해 자연 속에서 자연의 일부로 살아가는 심정을 청신하게 묘사했다. 하편은 자신의 노랫소리에 화답하는 맑은 물소리를 통해 고결한 심정을 나타냈다. 비유가 밝고 아름다우며, 청신하고 공령空靈하나 부제에 붙은 '홀로'獨에서 보듯 고적감이 감돈다.

접련화蝶戀花
― 달빛 아래 우암의 석랑에 취하여 쓰다月下醉書雨巖石浪[1]

밭 아홉 마지기에 기른 향기로운 난초 허리에 찼어라.
빈 골짜기에 사람 없어
스스로 어여쁜 미모를 원망하네.
슬瑟로 연주하는 천 년의 옛 가락
붉은 현 끊은 것은 지음이 없기 때문.

시나브로 세월 흘러 나 홀로 늙어가네.
물이 들어찬 모래톱
어디에 향기로운 꽃이 있는가?
굴원을 부르는 노래 아직 끝나지 않았는데
석룡石龍은 춤을 그치고 솔바람 속에 새벽이 밝아오네.

　九畹芳菲蘭佩好.[2] 空谷無人, 自怨蛾眉巧.[3] 寶瑟泠泠千古調.[4]
朱絲絃斷知音少.
　冉冉年華吾自老.[5] 水滿汀洲, 何處尋芳草? 喚起湘纍歌未了.[6]
石龍舞罷松風曉.[7]

注

1 雨巖(우암): 신주 영풍현의 박산에 소재한 바위. ○ 石浪(석랑): 바
　위 이름. 길이 삼십여 장 된다.
2 九畹(구원): 아홉 마지기. 1원畹은 12무畝. 굴원의 「이소」離騷에 "나

는 아홉 마지기 밭에 난초를 재배하고, 또 혜초도 들 가득히 심었네."余既滋蘭之九畹兮, 又樹蕙之百畝.라는 구절이 있다. ○ 蘭佩(난패): 난초를 차다.

3 蛾眉巧(아미교): 아미가 아름답다. 여인이 예쁘고 곱다. 굴원의 「이소」에 "뭇 여자들이 나의 미모를 질투하여, 내가 음란하다고 헐뜯고 참언하네."衆女嫉余之蛾眉兮, 謠諑謂余以善淫.를 환기한다.

4 泠泠(영령): 찌렁찌렁. 맑고 높은 소리를 나타내는 의성어.

5 冉冉(염염): 시나브로. 굴원의 「이소」離騷에 "노년이 시나브로 다가오니, 아름다운 이름 세우지 못할까 염려하네."老冉冉其將至兮, 恐脩名之不立.란 말이 있다.

6 湘纍(상루): 굴원이 상수에 몸을 던져 죽은 일을 가리킨다. 양웅揚雄의 「반이소」反離騷에 "삼가 초 땅의 상수에 죽었음을 애도하니"欽弔楚之湘纍라는 말이 있다. 죄가 없는데 죽는 것을 루纍라고 하는데, 굴원은 상수에서 죽었으므로 상루湘纍라고 하였다.

7 石龍(석룡): 석랑石浪을 가리킨다.

해설

굴원의 「이소」離騷 가락을 가져와 자신의 고결함과 비분을 나타내었다. 상편은 고결한 언행으로 사람들의 배척을 받아 빈 골짜기에 지내게 된 처지를 그렸다. 연주하던 슬도 들어주는 사람이 없어 현을 끊었다고 하는 데서 분노가 드러난다. 하편은 노년이 된 탄식과 동지를 구하지 못한 슬픔에 새벽이 될 때까지 굴원의 노래를 부르는 심정을 썼다. 부제에서 보듯 취중에 쓴 격정이 묻어있으며, 석룡(즉 석랑)마저 자신의 격분에 공감하고 함께 춤을 추었으나, 취기가 깨어난 새벽이 되니 어느새 현실로 돌아온 슬픔을 나타냈다. 굴원이 쓴 어휘와 비흥의 방법으로 자신의 깊은 울분을 풀어내었다.

접련화蝶戀花

－앞의 운을 사용하여 전송하며用前韻, 送人行

천진난만한 자태는 절로 좋은데
이마에 아황 칠하기 배우던
예전엔 특히 예뻤지.
벌과 나비 어쩔 수 없이 꽃의 유혹에 빠지고
서원西園에 사람 떠나니 봄바람 잦아들어라.

봄이 이미 무정하더니 가을이 또 늙어가네.
어느 누가 시름을 자제할 수 있으랴
천 리 멀리까지 들풀이 푸르러라.
오늘 밤 노란 국화 머리에 꽂아달라 청하니
서리 내리는 내일 새벽에 애간장 끊어지리.

意態憨生元自好.¹ 學畵鴉兒,² 舊日遍他巧. 蜂蝶不禁花引調,³
西園人去春風少.

春已無情秋又老. 誰管閑愁, 千里靑靑草.⁴ 今夜倩簪黃菊了. 斷
腸明日霜天曉.

注

1 意態(의태): 표정이나 태도. ○ 憨生(감생): 천진난만하다. 순진하
고 귀엽다. 生(생)은 조사. 우세남虞世南의 시에 "아황 바르는 걸 흉

내 내 이마에 반쯤 칠하고, 늘어진 어깨 긴 소매 너무나 천진난만해
라."學畫鴉黃半未成, 垂肩嚲袖太憨生.는 구절이 있다.

2 鴉兒(아아): 아황鴉黃. 여인이 이마에 칠하는 노란 분.

3 引調(인조): 꾀다. 유혹하다.

4 千里(천리) 구: 동한 말기 고시古詩에 나오는 "파릇파릇한 강가의
풀, 아득히 먼 길 나간 사람을 그리워합니다."青青河邊草, 緜緜思遠道.
를 환기한다. 여기서 풀은 수심이 많음을 상징한다.

해설

가희歌姬를 보내며 지은 사詞이다. 상편에서는 이전의 천진한 모습
부터 만남과 이별의 경과를 간결하게 서술했다. 하편에서는 헤어진
후의 그리움을 예상하며 오늘 밤이 아닌 내일 떠나기를 바랐다. '봄이
이미 무정하더니 가을이 또 늙어가네'는 흐르는 세월을 비유하면서,
다른 한편 봄은 가희를 가리키고 가을은 자신을 가리킨다고 할 수도
있다. 말미에서는 떠난 후의 애절함을 나타내 송별의 깊은 정을 드러
냈다.

정풍파定風波

— 약 이름을 사용하여 무원 마순중에게 우암으로 놀러 오라 부르다. 마순중은 의술에 뛰어나다用藥名招婺源馬荀仲遊雨巖. 馬善醫[1]

산길에 바람 부니 초목이 향기로운데
비 온 뒤 서늘한 기운 걸상에 스며든다.
천석고황은 내 이미 심한데
병이 잦아
풍월 때문에 시 쓰는 일 조심해야 하리.

늘상 산간山簡이 취하자고 청해도 저버리고
홀로 있으니
그대가 양웅揚雄처럼 『태현경』 쓰느라 바쁜 줄 알겠네.
천하에 뜻을 두었으나 일찍부터 몸이 한가한 걸 깨닫노니
누가 나와 짝하랴?
오직 송죽松竹과 함께 쓸쓸함을 나눌 뿐이노라.

山路風來草木香.[2] 雨餘涼意到胡床.[3] 泉石膏肓吾已甚,[4] 多病,
提防風月費篇章.[5]
孤負尋常山簡醉,[6] 獨自, 故應知子草玄忙.[7] 湖海早知身汗漫,[8]
誰伴? 只甘松竹共凄涼.[9]

1 馬荀仲(마순중): 미상.

2 木香(목향): 약 이름.

3 雨餘涼(우여량): 약 이름. 우여량禹餘糧과 음이 같다. ○ 胡床(호상): 접이식 걸상.

4 泉石膏肓(천석고황): 산수에 대한 지극한 사랑. 이 말 속에 약 이름 석고石膏가 들어 있다. 당대 전유암田遊巖이 기산箕山에 들어가 허유사許由祠 옆에 지내면서 '유동린'由東鄰이라 호를 지었다. 고종高宗이 숭산에 갔을 때 직접 그 문에 찾아가니 전유암이 야인의 복장으로 맞이하였다. 고종이 하산하기를 권하자 답하여 말하길 "소신은 이른바 샘물과 바위가 고황에 들도록 좋아하고, 안개와 노을이 고질이 된 사람이옵니다."臣所謂泉石膏肓, 煙霞痼疾者.라고 하였다. 『신당서』「전유암전」참조.

5 提防風月(제방풍월): 여기에 약 이름 방풍防風이 들어 있다.

6 山簡醉(산간취): 서진의 산간山簡이 취하다. 산간은 죽림칠현의 한 사람인 산도山濤의 아들이다. 309년(영가 3) 그가 진남장군鎭南將軍으로 양양에 진주할 때 어떤 일도 관여하지 않고 하루 종일 술을 마시고 놀았다. 당시 부호인 습씨習氏에게 아름다운 정원이 있었는데 매번 그곳에 갈 때마다 취하여 돌아왔다. 『세설신어』「임탄」任誕 참조. 이 구절에 약 이름 상산常山이 들어 있다.

7 知子(지자): 약 이름 치자梔子와 음이 같다. ○ 草玄(초현): 양웅이 『태현경』太玄經을 쓰다.

8 湖海早知(호해조지): 湖海(호해)는 천하에 뜻을 두다. 약 이름 해조海藻가 들어 있다. ○ 汗漫(한만): 광대무변한 모양.

9 只甘松竹(지감송죽): 약 이름 감송甘松이 들어 있다.

　약 이름을 사용하여 친구를 부른 약명사藥名詞이다. 시에도 이러한 체제가 있지만 사에서는 북송 진아陳亞가 처음 만들었다. 각 구에 약 이름이 들어가면서 전체가 하나의 통일된 정감이나 의경을 창출해야 하기 때문에 난이도가 높다. 여기에서는 목향, 우여량, 석고, 방풍, 상산, 치자, 해조, 감송 등 모두 8개의 약 이름이 들어갔다. 그러면서도 자신의 정황을 쓰고, 친구의 안부를 묻고, 찾아오기를 부른 뜻이 잘 나타나 있다. 마순중이 저술에 바빠 산간과 같은 자신이 불러도 오지 않았던 점도 알 수 있다. 이러한 사詞를 받고 누가 찾아오지 않으랴.

정풍파定風波
— 다시 앞의 작품에 화운하고, 약 이름을 사용하여再和前韻, 藥名

기운 달 높고 차가운 강가의 산마을
청록색 하늘 아래 선방禪房을 마주한다.
백발이 쓸쓸해도 마음은 무쇠 같은데
바람과 달
그대와 더불어 자세히 품평해보세.

예전에 평생 동안 공죽 지팡이 짚고
여기저기 오가면서
오히려 모래톱의 갈매기가 사람의 바쁜 모습을 비웃는 게 부끄러웠지.
마침 절묘한 시문 많으니
누가 지었는가
은 갈고리 같은 초서로 쓰니 저녁 하늘 서늘하다.

仄月高寒水石鄕.¹ 倚空靑碧對禪房.² 白髮自憐心似鐵,³ 風月,
使君子細與平章.⁴
　平昔生涯筇竹杖,⁵ 來往, 却慚沙鳥笑人忙.⁶ 便好滕留黃絹句,⁷
誰賦, 銀鉤小草晩天涼.⁸

注
　1 仄月(측월): 달빛이 비스듬히 비치다. 또는 기운 달. ○ 寒水石(한

수석): 약 이름.

2 空靑(공청): 약 이름.

3 髮自(발자): 반하半夏. 약이름. ○ 憐心(연심): 蓮心(연심, 즉 연밥)과 통하며, 약으로 쓰인다.

4 使君子(사군자): 약 이름. 君(군)은 의사인 친구 마순중을 가리킨다. ○ 平章(평장): 품평하다.

5 筇竹杖(공죽장): 공죽筇竹으로 만든 지팡이. 공죽은 사천성에서 많이 나는 마디가 길고 속이 찬 대나무이다.

6 慚沙(참사): 蠶沙(잠사)와 통하며, 약 이름이다.

7 賸留(잉류): 남기다. ○ 黃絹句(황견구): 삼국시대 조조曹操와 양수楊修가 조아비曹娥碑의 뒷면에 적힌 '黃絹幼婦, 外孫齏臼'(황견유부, 외손제구) 8자를 보았다. 조조가 보고는 무슨 뜻인지 몰랐는데 양수는 안다고 하였다. 조조는 잠시 말하지 말라고 하고 생각하면서 30리를 지나서야 비로소 그 뜻을 알았다. 황견黃絹은 색사色絲로 이를 합치면 절絶 자가 되고, 유부幼婦는 소녀少女로 곧 묘妙 자가 된다. 외손外孫은 딸女의 자식子으로 이를 합치면 호好 자가 되고, 제구齏臼는 음식을 담는 그릇으로 매운 것辛을 담으니受 두 글자를 합치면 사辭 자가 된다. 이들을 조합하면 '절묘호사絶妙好辭, 곧 아주 훌륭한 문장이란 말이 된다. 『세설신어』「첩오」捷悟 참조. ○ 留黃(류황)은 硫黃(유황)과 통하며 약 이름이다.

8 銀鉤(은구): 은 갈고리. 초서 서체를 비유한다. 서진의 색정素靖은 초서에 뛰어났는데 초서 명칭이 '은 갈고리'와 '전갈 꼬리'銀鉤蠆尾였다. 『서원』書苑 참조.

해설

바로 앞의 사와 마찬가지로 약 이름을 이용하여 마순중에게 준 사이다. 상편은 산마을의 풍광을 그리고, 하편은 기심機心을 버리고 시작에 몰두하는 생활을 서술했다. 작품에는 한수석寒水石, 공청空青, 발자髮自(즉 半夏), 연밥憐心(즉 蓮心), 사군자使君子, 공죽笻竹, 참사慚沙(즉 蠶沙), 유황留黃(즉 硫黃), 소초小草(즉 遠志) 등 모두 9가지 약 이름이 들어 있다. 신기질은 경전 구절이나 약 이름 등 제한된 조건 아래 사를 쓰는 능력도 탁월했다.

만강홍滿江紅

— 남암에서 놀며, 범곽지에 화운하다遊南巖, 和范廓之韻[1]

웃으면서 홍애洪崖의 어깨를 치며
"천 길 비췻빛 바위를 누가 깎았나?" 묻노라.
서풍과 흰 새는 여전하고
북촌 마을과 남곽 마을도 예 그대로라.
바른 듯 기운 듯 절간 집은 낡았고
사라지듯 다시 피어나는 안개는 옅다.
깨닫노니 인간 만사는 가을 되어
모두 나뭇잎처럼 떨어지는 것.

말술을 가져오라 하여
그대와 함께 마시노라.
산림에 살아가는 선비가
그윽한 경치를 찾자고 약속하네.
또 재삼부탁하노니 그대는 은거하여
북산北山의 원숭이와 학을 저버리지 말기를 바라네.
벼슬은 사람들이 꿈속에서 찾도록 내버려 둘 것이니
물고기가 아니니 어찌 물고기의 즐거움을 알겠는가.
마침 날아가는 새를 보느라 오히려 사람에게는
고개 돌려 틀리게 대답하네.

笑拍洪崖,² 問“千丈翠巖誰削?” 依舊是西風白鳥, 北村南郭. 似整復斜僧屋亂, 欲吞還吐林煙薄. 覺人間萬事到秋來, 都搖落.

呼斗酒, 同君酌. 更小隱,³ 尋幽約. 且丁寧休負, 北山猿鶴.⁴ 有鹿從渠求鹿夢,⁵ 非魚定未知魚樂?⁶ 正仰看飛鳥却膺人,⁷ 回頭錯.

注

1 南巖(남암): 노가암盧家巖이라고도 한다. 상요현 서남 십 리에 소재. 주희朱熹가 공부한 곳. 수백 명이 들어갈 정도로 넓다. 신기질은 한남간, 주희, 범곽지와 함께 자주 이곳에서 놀았다. ○ 范廓之(범곽지): 범개范開. 신기질을 따르며 사詞를 배웠다. 1188년 『가헌사 갑집』稼軒詞甲集을 편집하고 서문을 썼다. 그 밖의 사적은 미상.

2 洪崖(홍애): 전설에 나오는 신선. 황제黃帝 때 음악을 담당했던 신하 영윤伶倫이 신선이 되었을 때의 이름이다. 곽박郭璞의 「유선시」에 “왼쪽으로 부구공의 소매를 잡고, 오른쪽으로 홍애의 어깨를 두드린다.”左挹浮丘袖, 右拍洪崖肩.는 구절이 있다.

3 小隱(소은): 산림에 은거하다. 동진의 왕강거王康琚의 「반초은시」反招隱詩에 “소은은 구릉이나 숲에 숨고, 대은은 조정이나 저자에 숨네.”小隱隱陵藪, 大隱隱朝市.란 구절이 있다.

4 北山(북산) 구: 공치규孔稚珪의 「북산이문」北山移文에 나오는 “혜초 휘장이 비자 밤 학이 원망하고, 산에 은거하는 사람이 떠나자 새벽 원숭이가 놀란다.”蕙帳空兮夜鶴怨, 山人去兮曉猿驚.는 뜻을 가리킨다.

5 有鹿(유록) 구: 사슴을 잡아 덮어둔 초록몽蕉鹿夢 고사를 가리킨다. 정나라 나무꾼이 사슴을 잡고 나서 남이 볼까 감추고 땔나무로 덮었다. 그는 너무 기뻐하다가 그만 숨긴 곳을 잊어버려, 이를 꿈이라 여기며 사람들에게 이야기했다. 옆에 가던 사람이 그 말을 듣고 사슴을 찾아내 집에 돌아가서는 아내에게 그 나무꾼은 진실로 진실한

꿈을 꾸는 사람이라고 말했다. 아내는 남편이 진짜 사슴을 가져왔기에 "당신이야말로 나무꾼이 사슴 잡는 꿈을 꾼 것이죠."라고 말했다. 이에 남편은 "내가 그의 꿈으로 해서 사슴을 얻었으니 그의 꿈이 내 꿈인지 어떻게 알겠는가?"라고 말했다. 『열자』「주목왕」 참조.

6 非魚(비어) 구: 『장자』「추수」秋水에 나오는 장자와 혜자의 대화를 가리킨다. "장자와 혜자가 호수濠水의 다리 위에서 노닐고 있었다. 장자가 말했다. '백어白魚가 나와 한가히 노닐고 있구나, 이것이 곧 물고기의 즐거움이라.' 혜자가 말했다. '그대는 물고기가 아닌데 어찌 물고기의 즐거움을 아는가?' 장자가 말했다. '그대는 내가 아닌데 어찌 내가 물고기의 즐거움을 모른다고 생각하는가? …나는 호수濠水의 다리 위에서 물고기의 즐거움을 알았네.'"莊子與惠子遊於濠梁之上. 莊子曰: "儵魚出遊從容, 是魚之樂也." 惠子曰: "子非魚, 安知魚之樂?" 莊子曰: "子非我, 安知我不知魚之樂? …我知之濠上也."

7 正仰看(정앙간) 2구: 두보의 시 「한가하게 지음」漫成에서 "얼굴을 들어 날아가는 새를 보느라, 고개 돌려 사람에게 응대를 잘 하지 못하네."仰面貪看鳥, 回頭錯應人.란 구절을 환기한다.

해설

범곽지와 남암에서 유람하며 은거의 뜻을 말했다. 상편은 남암의 풍광을 묘사했다. 하편은 범곽지의 출사出仕에 대해 은거가 더 낫지 않느냐는 뜻을 나타내었다. '원숭이가 놀라고 학이 원망하지 않도록' 산중에 있기를 바라고, 벼슬이란 사슴을 잡아 땔나무로 덮어둔 꿈과 같다고 말하며, 자신의 은거야말로 물고기의 즐거움과 같아서 당사자가 아니면 모를 것이라 말했다.

만강홍滿江紅
─ 범곽지의 '눈'에 화답하며 和廓之雪[1]

하늘의 옥가루
필경 인간 세상엔 정이 없는 듯
다시 또 옥룡을 타고 돌아가니
온갖 꽃들이 떨어진다.
구름이 흩어지자 숲의 나뭇가지 끝으로 먼 산이 보이더니
달이 집 모서리에 오자 누각이 뚜렷이 나뉘는구나.
기억하노니 젊었을 때 준마 타고 명견 한자로韓子盧를 몰며
날쌘 토끼 동곽준東郭逡을 쫓았지.

눈에 얼어 죽은 기러기를 읊고
굶주린 까치를 조롱했지.
나는 이미 늙었지만
즐거웠던 일은 어제 같다.
땅 가득 깔린 옥가루를 마주하며
그대와 술잔을 주고받노라.
가장 좋아하는 건 분분히 날려 원근이 없어지고
눈발이 걷힌 후 천지가 드넓게 보이는 것.
양고주羊羔酒를 마시고 나서 다시 차를 끓이니
학을 타고 양주揚州 위를 나는 것 같구나.

天上飛瓊,[2] 畢竟向人間情薄. 還又跨玉龍歸去,[3] 萬花搖落. 雲破林梢添遠岫, 月臨屋角分層閣. 記少年駿馬走韓盧,[4] 掀東郭.

吟凍雁, 嘲饑鵲. 人已老, 歡猶昨. 對瓊瑤滿地, 與君酬酢.[5] 最愛霏霏迷遠近,[6] 却收擾擾還寥廓. 待羔兒酒罷又烹茶,[7] 揚州鶴.[8]

注

1 廓之(곽지): 범곽지范廓之. 즉 범개范開. 바로 앞의 사 참조.

2 飛瓊(비경): 날리는 옥가루. 눈을 가리킨다.

3 玉龍(옥룡): 눈을 비유한다. 송대 장원張元의 「설시」雪詩에 "전투에 후퇴하는 옥룡 삼백 만, 흩어진 비늘과 부서진 껍질이 하늘 가득 날린다."戰退玉龍三百萬, 敗鱗殘甲滿空飛.는 구절이 있다.

4 韓盧(한로): 한자로韓子盧. 전국시대 한나라의 빠른 개. ○ 東郭(동곽): 동곽준東郭逡. 동곽산東郭山의 토끼. 민첩한 토끼. 『전국책』「제책」齊策에 다음과 같은 우화가 있다. 제나라가 위나라를 토벌하려고 하자 순우곤이 제나라 왕에게 말했다. "한자로는 천하에서 지극히 빠른 개이고, 동곽준은 해내에서 지극히 민첩한 토끼입니다. 한자로가 동곽준을 쫓으면서 산을 세 번이나 돌고 산을 다섯 번이나 넘었습니다. 토끼는 온 힘을 다해 앞에서 달리고 개는 피로를 무릅쓰고 뒤에서 쫓았습니다. 개와 토끼 둘 다 힘이 다 떨어졌을 때, 각자 자기가 있는 곳에서 죽었습니다. 밭의 농부가 이를 보고 수거하면서 조금의 힘도 들이지 않고 이익을 얻었습니다. 지금 제나라와 위나라가 장기간 대치하고 있으면서 병사들은 피곤하고 백성들은 피폐합니다. 소신은 강대한 진나라와 초나라가 뒤에서 기다리며 농부의 이익을 가질까 두렵습니다."齊欲伐魏. 淳于髡謂齊王曰: "韓子盧者, 天下之疾犬也. 東郭逡者, 海內之狡兔也. 韓子盧逐東郭逡, 環山者三, 騰山者五, 騰山者五, 兔極於前, 犬廢於後, 犬兔俱罷, 各死其處. 今齊魏久相持, 以

頓其兵, 弊其衆, 臣恐強秦大楚承其後, 有田父之功."

5 酬酢(수작): 주인과 손님이 서로 술을 돌리다. 응대하다.

6 霏霏(비비): 눈이나 비가 무성히 내리는 모양.

7 羔兒酒(고아주): 양고주羊羔酒. 양술. 『본초강목』本草綱目에는 북송 선화 연간에 화성전和成殿에서 양고주羊羔酒를 담은 방법을 싣고 있다. 찹쌀과 양고기를 누룩과 함께 빚었다.

8 揚州鶴(양주학): 남조 양나라 은운殷芸의 『소설』小說에 나오는 이야기를 가리킨다. 여러 사람이 각자 자신의 뜻을 말하는데, 어떤 이는 양주 자사가 되고 싶다 하고, 어떤 사람은 큰 재물을 가지고 싶다고 하고, 어떤 사람은 학을 타고 하늘로 날아가고 싶다고 했다. 그때 또 다른 한 사람이 "허리에 십만 관을 차고 학을 타고 양주에 내려가 세 가지를 다 가지고 싶소"라고 했다.

해설

눈 오는 날의 감흥을 노래했다. 상편은 눈이 내리는 설경을 그리고 젊을 때의 설중 사냥을 추억하였다. 하편은 범곽지와 대작하는 지금의 감개를 주로 묘사하였다. 말미에선 이러한 생활의 즐거움이 인간 세상의 부귀영화를 이룬 것과 다름없음을 말하였다. 청신한 언어로 고원한 의경을 만들어내었다.

염노교念奴嬌

— 백모란을 읊으며, 범곽지에 화운하다賦白牡丹, 和范廓之韻[1]

꽃을 마주하니 무엇과 같은가?
마치 오나라 궁중의 총희들이
비췻빛 치마와 붉은 저고리 입고 진陣을 친 듯하구나.
웃을 듯 말 듯 부끄러워 말이 없으니
오로지 경국지색의 교태.
비췻빛 잎은 풍류가 있고
상아 표찰에 이름 있으니
예전에 감상했던 꽃들을 어찌 돌아볼 만하랴.
하늘의 향기가 이슬을 물들였으니
새벽에 이슬에 젖은 옷을 누가 정리해 주었나?

가장 좋아하는 건 농옥弄玉과 단소團酥
그중 한 송이는
일찍이 양주에서 시인이 노래하였지.
자연스럽고 부귀한 기품의 꽃을 사람들 모르는 가운데
제비가 날아오고 봄이 다 가려 하는구나.
가장 생각나는 건 그 당시
침향전의 북쪽 난간
봄바람에 무한한 시름 날려 보낸 일.
취중에 묻지 말게
밤이 깊어 꽃은 잠들고 향기는 차가워졌느냐고.

對花何似? 似吳宮初敎,² 翠圍紅陣. 欲笑還愁羞不語, 惟有傾
城嬌韻. 翠蓋風流, 牙籤名字,³ 舊賞那堪省. 天香染露, 曉來衣潤
誰整?

最愛弄玉團酥,⁴ 就中一朵,⁵ 曾入揚州詠. 華屋金盤人未醒,⁶ 燕
子飛來春盡. 最憶當年, 沉香亭北,⁷ 無限春風恨. 醉中休問, 夜深
花睡香冷.⁸

注

1 范廓之(범곽지): 범개范開. 신기질의 문인으로 『가헌사 갑집』稼軒詞
甲集을 편집하고 서문을 썼다.

2 似吳宮(사오궁) 2구: 춘추 시대 말기 손무孫武가 오왕 합려를 위해
궁중의 미녀를 훈련시킨 일을 가리킨다. 손무는 미녀 180명을 두
부대로 나누어 왕희와 총희 두 사람을 각 부대의 대장으로 시켜
엄격하게 훈련시켰다.

3 牙籤(아첨): 모란의 품종을 적은 표찰. 높은 신분임을 비유한다.

4 弄玉團酥(농옥단소): 농옥과 단소. 백모란의 두 가지 품종 이름.

5 就中(취중) 2구: 당대 말기 최애崔涯가 양주 기녀 단단端端을 대상
으로 시를 지어 그 이름을 크게 떨친 일을 가리킨다. "누런 월따말
을 찾아 수놓인 안장을 놓고, 선화방으로 단단을 취하러 가리. 요즈
음 양주에선 온통 자랑하는데, 한 송이 걸어 다니는 백모란이 있다
고."覓得黃驃被繡鞍, 善和坊裏取端端. 揚州近日渾成詫, 一朵能行白牡丹.
『운계우의』雲溪友議「사옹씨」辭雍氏 참조.

6 華屋金盤(화옥금반): 소식蘇軾이 해당화를 노래한 구절 "자연스러
움과 부귀함은 천성의 자태에서 나오니, 금쟁반에 담아 화려한 집으
로 옮길 필요 없어라."自然富貴出天姿, 不待金盤遷華屋.를 이용하였다.

7 沉香亭(침향정) 2구: 천보 연간에 침향정에 모란이 무성히 피었을

때 현종이 말했다. "좋은 꽃을 완상하고 양귀비를 마주하고 있는데 어찌 예전의 음악을 쓰겠느냐!" 이백을 불러 「청평조사」淸平調詞 3장을 진헌하라고 하였다. 그중 제3수는 다음과 같다. "모란과 경국지색이 서로 즐거워 하니, 언제나 군왕께서 웃으며 바라보시네. 봄바람에 실어 무한한 시름을 풀어 날리니, 침향전 북쪽 난간에 기대어 있구나."名花傾國兩相歡, 常得君王帶笑看. 解釋春風無限恨, 沉香亭北倚闌干.

8 夜深花睡(야심화수): 소식의 「해당」海棠에 나오는 "다만 밤 깊어 꽃이 잠들어 버릴까봐, 일부러 촛불 높이 들어 붉은 화장 비추네."只恐夜深花睡去, 故燒高燭照紅粧.란 구절을 이용하였다.

해설

모란을 노래한 영물사詠物詞이다. 시종 미녀와 백모란의 이미지를 중첩시켜 그 이미지를 심화시켰다. 오나라의 총희들, 경국지색, 단단, 양귀비 등의 미녀들 이미지에 형상과 색과 향기를 어울렸다. 뿐만 아니라 '화려한 집 황금 쟁반에 오르지 않아 사람들 모르는데'와 같이 회재불우의 의미도 곁들였다. 말미에서 밤에도 촛불을 들고 백모란을 보러가는 작자의 사랑과 애호를 나타냈다.

오야제鳥夜啼
─산행을 범곽지와 약속했으나 오지 않고山行, 約范廓之不至

강가에서 산간山簡처럼 취하여 쓰러졌지
밝은 달빛 속
기억하나니 어젯밤 돌아오는 길 아이들이 나를 보고 웃었지.

시내가 돌아가며
산길이 끊기고
두세 그루 소나무.
사랑스러운 풍광에 시인만 빠졌구나.

江頭醉倒山公.¹ 月明中. 記得昨宵歸路笑兒童.
溪欲轉, 山已斷, 兩三松. 一段可憐風月欠詩翁.²

注

1 江頭(강두) 3구: 서진西晉 때 산간山簡이 양양에 주둔하고 있을 때
  자주 습가지習家池에 가서 술에 취한 일을 가리킨다. 당시 양양의
  아이들이 동요를 지었다. "저녁이면 수레에 거꾸로 실려 돌아오니,
  고주망태가 되어 아무것도 모르네. 준마는 탈 수 있다고 해도, 흰
  두건은 거꾸로 썼네."日夕倒載歸, 茗苧無所知. 復能乘駿馬, 倒著白接籬.
  『진서』「산간전」 참조.
2 可憐(가련): 사랑스럽다.

　범곽지와의 즐거운 만남을 그렸다. 상편은 어젯밤에 술에 취하여
인사불성한 모습에 아이들까지 웃어대던 일을 그렸고, 하편은 오늘
산행에서 오지 않는 범곽지를 아쉬워하였다. 글자가 적은 간결한 형식
속에 범곽지에 대한 마음을 담았다.

오야제烏夜啼

― 범곽지의 화답을 받고, 앞의 운을 다시 사용하여廓之見和, 復用前韻

사람들은 내가 그대보다 못하다고 말하지.
언제나 술에 취해 있거니와
더구나 평생 천하에 뜻 둔 건 아이들도 알고 있다네.

천 척의 덩굴
구름처럼 어지러이
큰 소나무를 감고있네.
온몸이 감긴 모습 이 늙은이 같아 스스로 웃노라.

人言我不如公. 酒杯中.¹ 更把平生湖海問兒童.²
千尺蔓, 雲葉亂,³ 繫長松. 却笑一身纏繞似衰翁.

注

1 酒杯中(주배중): 술에 중독되다.
2 平生湖海(평생호해): 평생 천하를 바로 잡는데 뜻을 두다. 동한 말기 여포의 모사인 허사許汜가 논하기를, 진등은 "천하를 바로 잡는데 뜻을 둔 강호의 선비로 호기를 없애지 못했다."湖海之士, 豪氣不除.고 하였다. 『삼국지』「진등전」참조.
3 雲葉(운엽): 구름.

비교의 눈으로 자신의 모습을 되돌아보았다. 사람들이 자신이 범곽
지보다 못하다는 말에서 자신을 돌아보니 비록 호기는 있지만, 온몸이
덩굴에 감겨있는 늙은 소나무 같았다. 여러 가지 근심만 있지 실제로
는 기상이 없는 존재가 되었음을 자조하였다. 스스로 자조하지만 그
속에는 일말의 불평이 깃들어 있다.

정풍파定風波

― 갈원에서 크게 취하여 돌아오니, 집안사람이 과음을 경계하므로,
이에 벽에 쓰다大醉歸自葛園, 家人有痛飲之戒, 故書於壁[1]

어젯밤 산간山簡이 술에 취해 수레에 거꾸로 실려 돌아왔으니
아이들도 고주망태 된 나를 보고 웃었으리라.
해장술을 마셔도 도무지 깨어나지 않으니
묻지 말게나
내 정신은 아직도 갈가계葛家溪에 있다네.

고금의 취향 가는 길을 찾아보니
비로소 알겠나니
온유향溫柔鄉의 동쪽, 백운향白雲鄉의 서쪽이라.
일어나 푸른 창 높은 곳 바라보니
주계酒戒가 쓰여 있으니
유령劉伶에겐 원래 술을 금한 어진 아내 있었다네.

昨夜山公倒載歸,[2] 兒童應笑醉如泥. 試與扶頭渾未醒,[3] 休問,
夢魂猶在葛家溪.[4]
　欲覓醉鄉今古路,[5] 知處: 溫柔東畔白雲西.[6] 起向綠窓高處看,
題遍; 劉伶元自有賢妻.[7]

注

1 葛園(갈원): 미상. 갈계葛溪에 연해 있는 정원으로 보인다. ○ 家人

(가인): 집안사람.

2 昨夜(작야) 2구: 서진의 산간山簡의 고사를 가리킨다. 앞의 「오야제
—강가에서 산간처럼 취하여 쓰러졌지」 참조.

3 扶頭(부두): 해장술.

4 葛家溪(갈가계): 갈계葛溪. 신주信州 상요현 영산靈山에서 발원하여
당현當縣과 익양현弋陽縣을 지난다.

5 醉鄕(취향): 술에 취한 뒤 고향에 들어가는 것과 같은 정신적인 경
계. 당대 초기 왕적王績의 「취향기」醉鄕記에 "완적과 도연명 등 십여
명이 함께 취향에서 노닐었다."阮嗣宗, 陶淵明等十數人, 并遊於醉鄕.는
말이 있다.

6 溫柔(온유): 온유향溫柔鄕. 부드러운 여인과 함께 있는 정신적 경계.
『조비연외전』趙飛燕外傳에서 서한 때 성제가 조비연趙飛燕의 동생 조
합덕趙合德을 가리켜 온유향이라 하였다. ○ 白雲(백운): 백운향白雲
鄕. 신선이 사는 곳. 『조비연외전』에서 성제는 부인 니嬺에게 "나는
온유향에서 늙어 죽겠소. 결코 한 무제처럼 신선이 산다는 백운향은
찾지 않겠소."吾老是鄕矣. 不能效武皇帝求白雲鄕也.라고 말했다.

7 劉伶(유령) 구: 서진 때 유령의 고사를 가리킨다. 유령이 술을 하도
많이 마시자 부인이 울면서 섭생을 위해 끊으라고 사정하였다. 이
에 유령이 귀신에게 맹서를 하고 끊겠다며 제사를 지내기 위해 술
과 고기를 사오라고 하였다. 부인이 술과 고기를 사오자 유령이 축
문을 읽고 나서 마시고 먹고 대취했다. 『세설신어』「임탄」任誕 참조.

해설

음주의 즐거움과 과음에 대한 경계를 해학적인 필치로 썼다. 상편
은 자신의 취태를 회상하여 서술했고, 하편은 이에 대한 주론酒論을
펼쳤다. 시인이 추구하는 주향酒鄕은 여색이 있는 온유향도 아니고,

신선을 추구하는 백운향도 아니라고 구분 짓는 부분이 해학적이다. 말미의 '유령에겐 원래 술을 금한 어진 아내 있었다네'는 자신의 아내가 술을 마시지 마라는 글을 벽에 써둔 일을 가리킨다. 술을 좋아한 신기질은 작품 속에 적지 않게 주연에 대한 묘사를 했을 뿐만 아니라 별도로 술에 대한 사를 쓰기도 하였다.

자고천鷓鴣天
─ 추시를 치러 가는 범곽지를 보내며送廓之秋試[1]

새로 지은 흰색 저마 도포 약간 차가운데
붓글씨 쓰는 소리 봄누에 뽕잎 먹는 소리인 듯 회랑을 울리리라.
내년 봄 강물이 불어날 때 용문龍門을 뛰어오를 준비 했으니
달 속의 향기로운 계화를 먼저 꺾으리로다.

붕새가 북해에서 날아오르고
봉황이 산의 동쪽 기슭에서 운다.
다시 책과 검을 들고 먼 길 가게나.
내년 오늘에는 이미 청운 위 높이 올라
돌아보며 웃으리라, 세상의 거인舉人들이 과거 준비로 분주한 모양을.

白苧新袍入嫩涼,[2] 春蠶食葉響廻廊.[3] 禹門已準桃花浪,[4] 月殿先
收桂子香.[5]
　鵬北海,[6] 鳳朝陽,[7] 又携書劍路茫茫. 明年此日靑雲上, 却笑人
間擧子忙.[8]

注

1 秋試(추시): 가을에 치르는 향시鄕試. 추위秋闈라고도 부른다. 일반
　적으로 음력 팔월에 거행한다. 합격자는 거인舉人이라 부르며, 향시
　합격자는 다음해 봄에 수도의 예부 공원에서 회시會試를 보게 된다.

2 白苧新袍(백저신포): 흰 저마로 만든 도포. 송대 거자擧子들은 모두
저마포를 입었다. ○ 嫩涼(눈량): 약간 쌀쌀하다.

3 春蠶(춘잠) 구: 과거 시험장에서 붓글씨 쓰는 소리를 형용하였다.
구양수歐陽修의 시에 "조용한 것은 병사들이 입에 함매를 물고 있는
듯하고, 붓글씨 쓰는 소리는 봄누에가 뽕잎을 갉아먹는 소리와 같
다."無嘩戰士銜枚勇, 下筆春蠶食葉聲.는 말이 있다.

4 禹門(우문) 구: 『삼진기』三秦記의 말을 가리킨다. "하진은 용문이라
고 하는데, 복사꽃 필 때 봄 강물이 불면 강과 바다의 물고기들이
용문 아래 모여 뛰어서 거슬러 오른다. 뛰어오른 놈은 용이 되며,
오르지 못하면 이마가 석벽에 맞아 아가미가 찢어진다."河津一名龍
門, 桃花浪起, 江海魚集龍門下, 躍而上之, 躍過者化龍, 否則點額暴腮. ○ 禹
門(우문): 용문. 고대에는 어약용문魚躍龍門이란 말로 과거에 합격
한 것을 뜻하며, 과거를 등용문登龍門이라 비유하였다.

5 月殿(월전) 구: 과거에 급제하여 관리가 되는 것을 비유한다. 송대
에 각 주州의 향시 합격자 발표는 계화꽃이 필 때 하므로 급제자를
절계折桂라고 했다.

6 鵬(붕): 붕새. ○ 北海(북해): 북방의 큰 바다.『장자』「소요유」에 북
명北溟의 곤鯤이 붕새가 되어 날아가는 비유가 있다. 여기서는 붕정
만리鵬程萬里의 뜻으로 원대한 전도를 비유한다.

7 鳳朝陽(봉조양): 봉황이 산의 동쪽 기슭에서 운다.『시경』「권아」卷
阿의 "봉황이 우네, 저 높은 언덕에서. 오동이 자라네, 저 산의 동쪽
기슭에서."鳳凰鳴兮, 于彼高岡. 梧桐生矣, 于彼朝陽.라는 구절에서 유래
했다. 후세에 명봉조양鳴鳳朝陽은 어진 인재가 때를 만나 일어나는
것을 비유했다.

8 擧子(거자): 과거 시험 응시자.

    범곽지가 과거에 합격하여 원대한 뜻을 펴기를 기원하였다. 상편은 추시 보러 가는 범곽지를 보내며 어약용문魚躍龍門과 월궁절계月宮折桂 의 이미지로 추시에서 합격하기를 기대하였다. 하편은 장대한 뜻을 펼치기를 기원하며 다시 한 번 격려하였다. 1186년(47세) 대호에서 한 거할 때 지었다.

자고천鷓鴣天
— 아호사 가는 도중에鵝湖寺道中¹

한바탕 맑은 바람에 전각 그림자 서늘한데
졸졸 흐르는 물소리 회랑을 울린다.
천 그루 높은 나무에 구룩구룩 자고새 울음소리
십 리 계곡 바람에 벼 이삭 향기롭다.

소나기를 맞으며
석양이 지기 전에
동산 좁은 길 돌아드니 아득히 멀구나.
지루한 길 가는데 오히려 행인들이 웃으며 말하길
숲속에 묻혀 사는데 어찌 그리 바쁘오!

一榻淸風殿影涼,² 涓涓流水響回廊. 千章雲木鉤輈叫,³ 十里溪
風䆃穧香.⁴

衝急雨, 趁斜陽, 山園細路轉微茫. 倦途却被行人笑: 只爲林泉
有底忙!⁵

注

1 鵝湖寺(아호사): 신주信州 연산현鉛山縣 남쪽에 위치한 절. 송대 주
  희와 육구연이 학문을 논한 곳으로 유명하다. 근처에 있는 아호鵝湖
  는 동진 때 공씨龔氏가 산에서 거위를 키웠기에 붙은 이름이다.

2 一榻淸風(일탑청풍): 일진의 맑은 바람. 소식의 시에 "일진의 바람이 천금에 값한다"淸風一榻抵千金는 말이 있다.

3 千章(천장): 천 그루. ○ 雲木(운목): 높이 솟은 나무. ○ 鉤輈(구주): 의성어. 자고새가 우는 소리를 형용했다.

4 穮稏(파아): 벼 이름.

5 有底(유저): 많이 있다. 심하다.

해설

아호사를 둘러보고 돌아오는 도중의 정취를 그렸다. 상편은 아호사에서의 한가한 심정을 나타내었다. 전각에서 시원한 바람을 쐬고, 회랑에서 물소리 듣고, 자고새 울음 듣고, 벼 향기 맡는다. 하편은 아호사에서 돌아오는 도중의 정경을 묘사했다. 먼저 해 지기 전에 바쁘게 가는 모습을 그린 후, 행인들이 한가하게 묻는 장면으로 마무리했다. 작자의 분주함과 행인의 한가함이 대비되어 아취를 자아낸다. 1186년(47세) 대호에서 한거할 때 지었다.

자고천鷓鴣天

— 아호에서 놀며, 취하여 술집 벽에 쓰다遊鵝湖, 醉書酒家壁¹

봄이 온 들판에 냉이꽃 피고
새로 간 밭에는 비 온 뒤 까치 떼 내려앉는다.
다감한 백발 늙은이 봄이 되니 춘흥을 이기지 못해
저물녘 술집의 푸른 깃발 아래 외상술 마신다.

한가한 마음에
소소한 일상
외양간 서쪽에 뽕과 마가 자란다.
남색 치마 흰 저고리 어느 집 여인인지
누에 잠 틈타서 친정집 간다.

春入平原薺菜花,² 新耕雨後落群鴉. 多情白髮春無奈, 晚日青
帘酒易賒.³
閑意態, 細生涯,⁴ 牛欄西畔有桑麻. 青裙縞袂誰家女,⁵ 去趁蠶
生看外家.⁶

注

1 鵝湖(아호): 신주 연산현에 있는 호수. 신기질은 대호 한거 시기에
　이곳에 자주 갔다.
2 薺菜(제채): 냉이. 봄에 하얀 꽃이 핀다.

3 靑帘(청렴): 곤청색 주기酒旗. ○ 賒(사): 외상으로 사다.

4 細生涯(세생애): 평범한 농가의 생활을 가리킨다.

5 靑裙縞袂(청군호메): 곤청색 치마에 하얀 저고리.

6 趁蠶生(진잠생): 누에가 나오기 전의 한가한 시간. ○ 外家(외가): 여인의 친정집.

해설

　강남의 한가한 이른 봄날을 노래했다. 상편은 들판의 봄빛과 한가한 정취를 서술했다. 냉이꽃 피고 까치가 내려앉는 짙은 봄빛 속에 비록 백발이라 해도 춘심을 어찌 할 수 없어 술을 마시는 자신을 그렸다. 하편은 소박한 농가의 풍경을 간결하면서 인상적으로 묘사했다. 말미에서 친정집 가는 여인을 포착함으로써 한적한 풍경에 갑자기 활기를 일으킨다. 간략한 필치로 봄날을 그렸다.

자고천鷓鴣天

— 아호에서 돌아온 후, 병석에서 일어나 짓다鵝湖歸, 病起作

승검초와 새삼 덩굴은 천 길 푸른 나무를 감으며 자랐고
비 지나간 동호東湖에는 물결이 불어났다.
청산이 좋아서 산 것은 잘 한 일이지만
돌아와 백발이 늘어난 게 한스럽구나.

화촉을 밝히고
금술잔에 술 마시며
주인은 춤추고 손님들 노래한다.
취중에 오로지 즐거움이 적은 걸 한하는데
내일 아침 술이 깨면 어찌하랴!

翠木千尋上薜蘿,¹ 東湖經雨又增波.² 只因買得靑山好, 却恨歸
來白髮多.
　明畫燭, 洗金荷,³ 主人起舞客齊歌. 醉中只恨歡娛少, 無奈明朝
酒醒何!

注

1　千尋(천심): 천 길. 1심尋은 8척. ○ 薜蘿(벽라): 승검초와 새삼 덩
　굴. 모두 야생 덩굴식물로 산야의 수목이나 집의 담벽을 타고 올라
　가며 자란다.

2 東湖(동호): 아호鵝湖. 연산현의 동쪽에 있기에 붙은 이름이다. 대
  호帶湖를 가리킨다는 설도 있다.
3 金荷(금하): 황금빛 연잎 모양으로 만든 술잔.

해설

  은거생활을 술로 달래는 심경을 나타냈다. 상편은 아호의 산과 호
수를 그리고, 비를 맞은 후 돌아와 병에 걸린 일을 서술했다. 하편은
병에서 일어난 뒤의 술자리를 묘사하였다. 말구는 내일 아침 술이 깨
어 병이 도져도 밤새 술을 마시며 지내자는 말로, 낙관적인 정신을
보이지만 동시에 일말의 고적감도 보인다.

자고천鷓鴣天

— 아호에서 돌아온 후, 병석에서 일어나 짓다鵝湖歸, 病起作

시냇가 초당 삿자리 서늘하니 가을이 오려 하고
물가에 조각구름 저녁 되어 걷히네.
서로 기댄 붉은 연꽃 마치 취한 듯하고
말 없는 흰 새는 시름에 잠긴 듯해라.

허공에 대고 불평불만의 소리를 내다가
그만두고 은퇴해서 쉬고 있으니
언덕 하나 골짜기 하나도 풍류가 있어라.
근력이 얼마나 쇠약해졌는지 모르겠으나
다만 요즘엔 누대에 오르기가 게을러졌구나.

枕簟溪堂冷欲秋,[1] 斷雲依水晚來收. 紅蓮相倚渾如醉, 白鳥無
言定自愁.

書咄咄,[2] 且休休,[3] 一丘一壑也風流.[4] 不知筋力衰多少, 但覺新
來嬾上樓.

注

1 枕簟(침점): 베개와 삿자리. 침구. ○ 溪堂(계당): 시내 옆에 세운
  초당.
2 咄咄(돌돌): 괴이하게 여기며 내는 감탄사. 『진서』晉書「은호전」殷

浩傳에 은호가 환온桓溫에게 폐직당한 후 원망의 말은 하지 않고 종일 공중에 '돌돌괴사'咄咄怪事 넉 자를 썼다고 한다. 일반적으로 불만이나 분노를 나타내는 모습이다.

3 休休(휴휴): 은거하다. 은퇴하다. 당대 말기 사공도司空圖가 중조산 中條山에 은거하면서 휴휴정休休亭을 지었다. 그가 쓴「휴휴정기」休休 亭記에서 "재주를 헤아려보니 첫째 응당 은퇴해야 하고, 분수를 헤아려보니 둘째 응당 은퇴해야 하고, 늙고 귀먹었으니 셋째 응당 은퇴해야 한다."量才一宜休, 揣分二宜休, 耄而聵, 三宜休.라는 말이 있다.

4 風流(풍류): 풍모가 시원스럽고 자유롭다.

해설

초가을 풍광을 돌아보며 은거의 고민을 말하였다. 봄에 아호에서 돌아와 병에 걸리고 계절이 바뀌었다. 상편은 서경 부분으로 초가을 저녁의 붉은 연꽃과 흰 새를 빌려 '취하고'如醉 '시름에 잠긴'自愁 자신의 심정을 기탁하였다. 하편은 서정 부분으로 현실에 대한 불만과 은거의 갈등 속에서 쇠약해진 자신에 대해 비통한 마음을 표현하였다. 겉으로는 한적한 은거를 말하는 듯하지만, 은호와 사공도의 전고에서 알 수 있듯 누르기 어려운 울분이 가슴 밑바닥에 한데 섞여 꿈틀거린다.

자고천鷓鴣天
—아호에서 돌아온 후, 병석에서 일어나 짓다鵝湖歸, 病起作

일부러 봄을 찾아 나섰다가 시들해져 돌아오느니
발길 가는 대로 걷다가 두세 잔 마시는 게 어떠랴?
산의 풍광 좋아지는 곳에서 걷기 싫어지고
시 다 짓지 못했는데 비가 빨리 짓길 재촉한다.

죽장을 짚고
짚신 신고 나서니
붉고 하얗게 들꽃이 피었구나.
한식이라 근친 가는 어느 집 여인인지
웃으며 말하는 소리가 뽕나무 숲 사이로 들려온다.

着意尋春嫩便回,¹ 何如信步兩三杯?² 山才好處行還倦, 詩未成
時雨早催.³

携竹杖, 更芒鞋, 朱朱粉粉野蒿開.⁴ 誰家寒食歸寧女,⁵ 笑語柔
桑陌上來.

> **注**
>
> 1 嫩(눈): 懶(나)와 같다. 나태하다. 의욕이 없다. 정취가 없다.
> 2 信步(신보): 발길 가는 대로 걷다.
> 3 詩未成(시미성) 구: 두보 시의 "머리 위 검은 조각구름, 비가 올

듯해 시 짓기를 재촉하네."片雲頭上黑, 應是雨催詩.란 구절을 이용하
였다.

4 朱朱粉粉(주주분분): 붉은 꽃과 하얀 꽃. ○ 蒿(호): 쑥. 여기서는 들
꽃.

5 歸寧(귀녕): 친정 나들이. 시집 간 여인이 부모님을 뵈러 친정에
가는 일.

해설

　봄날의 한적한 농촌의 정취를 노래했다. 상편은 병이 나은 작자의
봄놀이를 그렸다. 봄을 일부러 찾기보다는 스스럼없이 술을 마시며
흥이 나는 대로 다니고, 풍광이 좋은 곳에 이르면 다리를 쉬고, 비가
오려 하면 시를 마저 짓는 등 상황에 따라 자연스럽고 한가하게 대하
는 심정을 읊었다. 하편은 농가의 풍광을 그렸다. 들꽃이 핀 길에서
듣는 친정 가는 여인의 즐거운 웃음소리에서 봄의 생기가 살아나온다.
이러한 필치는 「자고천 ―봄이 온 들판에 냉이꽃 피고」와 유사하다.

만강홍滿江紅

— 병중에 유산보 교수의 방문을 받은 후, 병석에서 일어나 그에게
부치다病中兪山甫教授訪別, 病起寄之[1]

괴목 안궤에 부들방석
좁은 방에 그대 병문안 왔던 일 기억하네.
더구나 밤비에 총총히 떠났으니
술 한 잔 나누고 남북으로 헤어졌네.
"세상일로 그대 머리 세지 않도록 하고
오래 살려면 잘 자고 잘 드시게."
그 말이 가장 잊을 수 없고 또 돈후하여
천금에 값하는구나.

서쪽 산길
동쪽 바위 길.
손잡고 거닐던 곳
지금은 옛 자취 되었네.
다시 오기 바라거니와
예전의 약속 해처럼 뚜렷하다네.
봉래산은 풍랑을 격해 있어 갈 수 없다고 믿지 말게
붕새는 하늘 덮는 날개로 태풍을 타고 오를 수 있다네.
매화를 바라보며 밤새 그리워하는데
그대 소식 아직 없구나.

曲几團蒲,² 記方丈君來問疾.³ 更夜雨匆匆別去, 一杯南北. "萬
事莫侵閑鬢髮, 百年正要佳眠食." 最難忘此語重殷勤, 千金直.⁴
　西崦路,⁵ 東巖石. 携手處, 今塵迹. 望重來猶有, 舊盟如日. 莫信
蓬萊風浪隔,⁶ 垂天自有扶搖力.⁷ 對梅花一夜苦相思,⁸ 無消息.

注

1 俞山甫(유산보): 미상. ○ 教授(교수): 송대의 학관學官 명칭.

2 曲几(곡궤): 굽은 나무로 만든 안궤. 고대에는 천성의 나무결을 가
진 괴목으로 궤를 만드는 경우가 많았다. ○ 團蒲(단포): 포단蒲團.
왕골로 짜 만든 방석.

3 方丈(방장): 좁은 거실. 사방이 1장丈 크기의 작은 방이란 뜻을 취
했다.

4 直(직): 値(치)와 같다. 값하다. 값이 나가다.

5 西崦(서엄): 서쪽의 산.

6 蓬萊(봉래): 동해의 삼신산 가운데 하나. 서불徐市이 진시황에게 상
서를 올려 말하기를, 동해 바다에 봉래蓬萊, 방장方丈, 영주瀛洲 등
삼신산三神山이 있는데 거기에 신선이 거주한다고 하였다. 『사기』
「봉선서」封禪書 참조.

7 垂天(수천) 구: 『장자』「소요유」에 나오는 대붕의 비상을 가리킨다.
"붕새의 등은 몇 천 리가 되는지 모른다. 붕새가 힘차게 날아오르
면, 그 날개는 마치 하늘을 뒤덮은 구름과 같다. …붕새가 남해 바
다로 옮겨갈 때는, 바닷물 삼천 리를 치고, 태풍을 타고 위로 구만
리를 날아오른다."鵬之背, 不知其幾千里也. 怒而飛, 其翼若垂天之雲. …鵬
之徙於南冥也, 水擊三千里, 搏扶搖而上者九萬里.

8 對梅花(대매화) 2구: 노동盧仝의 「유소사」有所思에 나오는 "밤새 그
리움에 매화가 피어나, 홀연히 창 앞에 그대인 듯 나타났네."相思一

夜梅花發, 忽到窓前疑是君.란 구절을 환기한다.

해설

병 문안 왔다가 떠난 친구를 그리워하였다. 상편은 친구의 방문과 떠남을 그렸다. 친구가 떠나며 남긴 평범한 말에서 큰 위안을 받은 모습이 인상적이다. 하편은 방문에 대한 답으로 다시 만나길 바라며 소식이 오기를 기다렸다. 정황으로 볼 때 두 사람은 이전에 자주 만났 으나, 최근에는 유산보가 바빠 만나기 어려운 상황에서 일부러 찾아왔 음을 알 수 있다. 두 사람 사이의 깊은 우의가 잘 드러나 있다.

자고천鷓鴣天

— 중양절 연석에서 짓다重九席上作[1]

희마대戲馬臺 앞 가을 기러기 날 때

음악과 가무에 유유劉裕 깃발 나부꼈지.

알아야 하리, 노란 국화가 청고하기 때문에

사령운謝靈運과 사조謝朓 시에 들어가지 않은 것을.

탁주를 기울이고

동쪽 울타리를 돌며

오로지 도연명만이 마음으로 맺어졌구나.

내일 아침 중양절은 온통 맑고 깨끗할 터이니

술잔 앞에 국화꽃 한 가지를 올려놓아야 하리라.

戲馬臺前秋雁飛,[2] 管絃歌舞更旌旗. 要知黃菊淸高處, 不入當
年二謝詩.[3]

傾白酒, 繞東籬, 只於陶令有心期.[4] 明朝九日渾瀟灑, 莫使尊前
欠一枝.

注

1 重九(중구): 구월 구일. 중양절.

2 戲馬臺(희마대): 팽성彭城(강소 서주시) 성남에 소재. 일찍이 항우가
  진나라를 멸망시키고 서초패왕이 되어 팽성을 도읍지로 하였을 때,

성남의 남산에 축대를 쌓고 누대를 올려 말을 부리는 것을 관람하였다고 한다. 남조 유송의 무제 유유劉裕 역시 팽성 사람으로 희마대와 관련된 일이 많다. 특히 송공宋公으로 봉해진 후 중양절에 희마대에서 군신들에게 연회를 베풀었다. ○ 秋雁飛(추안비): 이교李嶠의 「분음의 노래」汾陰行에 "보지 못하는가, 지금도 분수 강가에선, 오로지 해마다 가을 기러기만 나는 것을."不見只今汾水上, 唯有年年秋雁飛.이란 구절이 있다.

3 二謝(이사): 사령운謝靈運과 사조謝朓. 두 사람의 시詩에 국화가 나오지 않는다.

4 陶令(도령): 도연명. 팽택령彭澤令을 지냈기 때문에 도령이라 했다. ○ 心期(심기): 마음으로 허락하다. 마음으로 맺다. 도연명과 국화의 관계를 가리킨다.

해설

중양절을 맞이하여 국화의 청고함을 노래했다. 상편은 유유劉裕가 중양절에 신하들을 모아놓고 주연을 베풀었지만 국화를 노래하지 않았고, 사령운과 사조도 국화를 노래하지 않은 점을 지적하였다. 하편은 이에 비해 오직 도연명만이 국화를 좋아했다고 하였다. 국화를 통해 도연명을 기념하고 자신의 기질을 확인하였다. 대호 은거 시기 초기에 지은 것으로 보인다.

자고천鷓鴣天

— 중양절에 연석에서 다시 짓다重九席上再賦

무슨 시름 있다고 눈썹을 찡그리랴?
늙은이 마음엔 슬퍼할 감정도 없다네.
인생 백 년이 꽃 그림자처럼 금방 지나가는 걸
만사를 오래보아 온 이 늙은이가 알고 있지.

'시냇물에 머리를 베다'가
대숲에서 바둑을 두지만
술친구 찾기도 싫고 시 짓기도 귀찮아라.
근력이 매우 강건해졌다고 자랑하지만
다만 작년 병에서 일어났을 때와 비교해서 그럴 뿐이지.

有甚閑愁可皺眉? 老懷無緒自傷悲. 百年旋逐花陰轉,¹ 萬事長
看鬢髮知.

溪上枕,² 竹間棋, 怕尋酒伴嫩吟詩. 十分筋力誇强健, 只比年時
病起時.³

注

1 旋(선): 점점.
2 溪上枕(계상침): 시냇물에 머리를 베다. 은거생활을 하다. '수석침
류'漱石枕流를 가리킨다. 동진의 손초孫楚가 젊어서 은거하려고 왕

제王濟에게 "돌을 베고 시냇물로 양치하다"枕石漱流고 말해야 하는 것을 잘못하여 "돌로 양치하고 시냇물을 베다"漱石枕流라고 말하였다. 왕제가 "시냇물은 벨 수 있지만 돌로 양치할 수 있겠소?"流可枕, 石可漱乎?라고 물었다. 그러자 손초가 "시냇물을 베는 것은 귀를 씻기 위함이요, 돌로 양치하는 것은 이를 갈기 위함이오."所以枕流, 欲洗其耳. 所以漱石, 欲礪其齒.라 대답했다. 『세설신어』「배조」排調 참조.

3 年時(연시): 작년.

> **해설**

중양절을 맞이하여 노년의 감회를 말하였다. 자신의 쇠약해진 상태와 무료한 생활에서 노년의 두려움怕과 귀찮음嬾을 말했지만, 다른 한편으로 작년과 비해 늘어난 근력을 자랑하며 심리적인 균형을 잡는다.

자고천鷓鴣天

― 바둑에 져서 그 벌로 '매우'라는 제목으로 짓다敗棋, 罰賦梅雨[1]

어두컴컴한 구름 흩어지지 않고

강남의 가는 비에 노란 매실 익어가네.

동편에 해가 나서 개는 듯하더니 흐려져서

거세게 비 퍼붓고 갑자기 우레까지 울린다.

주춧돌에 물방울 맺히고

물가 누대도 습기가 차서

비단옷을 말리느라고 박산로의 향불이 재가 되었네.

때맞춰 매실로 '간이 맞는 국'을 만드는 재상의 능력을 알았으니

'그대를 단비로 삼겠다'는 발탁 소식 들려오리.

漠漠輕陰撥不開,[2] 江南細雨熟黃梅. 有情無意東邊日,[3] 已怒重
驚忽地雷.

雲柱礎,[4] 水樓臺, 羅衣費盡博山灰.[5] 當時一識和羹味,[6] 便道爲
霖消息來.[7]

注

1 梅雨(매우): 매실이 익어서 떨어질 때에 내리는 장마라는 뜻으로,
장강 중하류에서는 일반적으로 6월 중순부터 7월 상순까지에 해당
한다. 남조 양 원제梁元帝의 『찬요』纂要에 "매실이 익을 때 내리는

비를 매우라 한다"梅熟而雨曰梅雨고 하였다.

2 漠漠(막막): 어두컴컴한 모양.

3 有情(유정) 구: 유우석劉禹錫의 「죽지사」竹枝詞에 "동쪽에선 해 떴는
데 서쪽에서 비가 오니, 흐리다고 하지만 도리어 갠 곳도 있구나."
東邊日出西邊雨, 道是無晴卻有晴.를 환기한다. 유우석 시의 청晴, 개다
은 정情과 음이 같으므로, 출구는 "무정하다 하지만 도리어 정이
있구나"로 해석될 수 있다.

4 雲柱礎(운주초): 주춧돌에 습기가 차는 현상을 가리킨다. 육전陸佃
의 『비아』埤雅에 "장강과 상수 그리고 절강 지역에선 매실이 노랗게
익을 때 주춧돌이 모두 물방울이 맺히는데, 증기가 모여 비가 내린
다."江湘二浙, 梅欲黃時, 柱礎皆汗, 蒸鬱成雨.라는 말이 있다.

5 博山(박산): 박산로. 여기서는 옷을 훈향하는데 쓰이는 화로를 가
리킨다.

6 和羹(화갱): 여러 가지 맛으로 간을 맞춘 국. 매실을 가리킨다.
비유적으로 임금을 보좌하는 재상의 직무를 가리킨다. 『상서』「열
명」說命에 "간이 맞는 국을 만드는 데는 오직 소금과 매실이 있다."
若作和羹, 爾惟鹽梅.고 하였다.

7 爲霖(위림): 장마비가 내리다. 필요할 때 흡족하게 내리는 비를 가
리킨다. 『상서』「열명」說命에서 은나라 무정武丁이 부열傅說에게
"만약 큰 가뭄이 들면 너를 단비로 삼겠다."若歲大旱, 用汝作霖雨.라
말했다.

해설

매우를 노래하였다. 상편은 매우가 내리는 절기와 상황을 묘사하였
고, 하편은 매우가 내리는 계절의 특징을 묘사했다. 말미의 2구는 의
미로는 뛰어난 능력에 재상과 같은 높은 관직에 임명되리라는 덕담을

하면서, 다른 한편으로 각각 '매'梅 자와 '우'雨 자를 만들어내어 부제에
서 말한 과제도 완수하였다.

자고천鷓鴣天

— 원계에 매화가 보이지 않다元溪不見梅[1]

천 길 얼음 계곡엔 백 보 전부터 우레 소리 들리고
인가의 사립문은 모두가 물가를 향해 열렸네.
어지러운 구름은 밥 짓는 연기를 이끌어 가고
들판의 강물은 한가로이 햇빛을 데리고 흘러오는구나.

깊은 계곡을 지나
높은 언덕을 넘어
동쪽 숲 나무는 언제 심었는지 물어보노라.
대나무가 많아 흔들리는 모습 아름답지만
풍경을 꾸미는데 오히려 매화가 없어 아쉬워라.

千丈冰溪百步雷. 柴門都向水邊開. 亂雲騰帶炊煙去, 野水閑
將日影來.
穿窈窕,[2] 過崔嵬, 東林試問幾時栽.[3] 動搖意態雖多竹, 點綴風
流却欠梅.

注

1 元溪(원계): 미상.
2 窈窕(요조): 깊고 깊숙한 모양. 곽박郭璞의 「강부」江賦에 "물속의 길
  이 사방으로 통해 있어, 깊고 그윽하여 굽이굽이 돌아간다."潛逵傍

通, 幽岫窈窕.는 말이 있다.

3 東林(동림): 두보의 「아우 두점이 초당을 살피러 돌아가기에 잠시
이 시를 보이다」舍弟占歸草堂檢校聊示此詩에 나오는 "동쪽 숲에 대나
무 그림자 성기니, 섣달에 다시 대나무를 심어야하리."東林竹影薄,
臘月更須移.란 말을 이용하였다.

원계의 풍광을 묘사하였다. 상편은 원계를 찾아가며 본 모습을 구
체적으로 그렸다. 하편은 원계의 빼어난 모습을 그리면서 경관에서
부족한 점을 제시하였다. 그것은 곧 부제에서 말하는 "원계에 보이지
않는 매화"로, 풍광과 조경의 미적 관점에서 볼 때 사이사이 매화가
있었다면 더욱 빼어날 것이라고 말하였다.

자고천鷓鴣天

— 마을집을 장난삼아 읊다戱題村舍

닭 오리 떼 저녁에도 거두지 않고

뽕과 마는 지붕보다 높이 자랐다.

불가不可함이 없는 이곳 생활을 나는 부러워하고

그밖엔 바랄 것 없으니 배부르면 그만이네.

새로 심은 버드나무

예전의 모래톱

작년엔 시내가 저쪽으로 흘렀었지.

주인이 말하길 여기서 아들 딸 낳아

여余씨 집에 시집보내거나 주周씨 집에서 며느리 맞는단다.

鷄鴨成群晚未收, 桑麻長過屋山頭. 有何不可吾方羨, 要底都無
飽便休.¹

新柳樹, 舊沙洲, 去年溪打那邊流. 自言此地生兒女, 不嫁余家
卽聘周.²

注

1 飽便休(포변휴): 배부르면 그만이다. 북송의 태의太醫 손방孫昉은
  호를 사휴거사四休居士라 했는데, 황정견黃庭堅이 그 이유를 물으니
  그 중에 "거친 국과 밥 먹어도 배부르면 그만이다"粗羹淡飯飽卽休는

말을 했다. 황정견「사휴거사시 서문」四休居士詩序 참조. ○ 底(저):
무엇.

2 余(여): 여씨余氏. ○ 周(주): 주씨周氏.

해설

    소박하고 단순한 농가의 생활을 그렸다. 안정되고 변화 없는 환경
속에서 자연의 일부가 되어 살아가는 농촌 사람들의 모습이 선명하게
그려졌다. 하편은 비록 시내가 바뀌는 자연의 변화가 있다고 하더라도
오히려 여씨와 주씨 사이에서 친인척을 갖는 사람의 삶은 변화가 없음
을 강조하였다. 이는 곧 풍파 잦는 관료 현장에서 밀려난 작자가 과욕
없이 살아가는 농촌을 대비시켜 안정되고 조용하게 생활하는 일상을
그리워하는 심리를 담고 있다.

청평악清平樂

— 시골에 살며村居

초가집 처마 나지막하고
시냇가에 풀이 푸르다.
취해서 말하는 오 땅 사투리 다정도 한데
어느 집 백발 할배와 할매인가.

큰 아이는 시내 동쪽에서 콩밭을 매고
가운데 놈은 마침 닭장을 짜고 있다.
제일 좋아하는 개구쟁이 막내
시냇가에 누워 연밥을 벗기는구나.

茅簷低小, 溪上靑靑草. 醉裏吳音相媚好,¹ 白髮誰家翁媼?²
大兒鋤豆溪東. 中兒正織鷄籠. 最喜小兒亡賴,³ 溪頭臥剝蓮蓬.

注

1 吳音(오음): 오 지방 사투리. 신주信州는 오 지방에 속한다. ○ 相媚
  好(상미호): 서로 즐거워하다.
2 翁媼(옹온): 노옹과 할미.
3 亡賴(망뢰): 원뜻은 무료하다. 여기서는 개구쟁이.

　경쾌한 필치로 농촌 생활을 소묘하였다. 상편은 시냇가의 작은 초
가에서 사는 시골 노부부의 모습을 포착하였다. 두 사람은 백발이면서
도 서로 사이좋게 오 땅 사투리로 농담을 한다. 하편은 그 집안의 세
아들의 모습을 그렸다. 눈에 보이고 들리는 대로 자연스럽게 소재를
구성했는데도 청신하고 생동적이다.

청평악清平樂
―동산을 둘러보고 보이는 대로 쓰다檢校山園, 書所見[1]

구름에 잇닿은 솔숲과 대숲
만사가 이제부터 풍족하여라.
지팡이 짚고 동쪽 이웃에 가 제사 고기 나누어주고
술주자엔 이제 막 익은 백주가 있다.

서풍에 배와 대추가 여물어가는 동산
아이들이 몰래 장대로 서리하러 왔구나.
사람 보내 아이들 내쫓지 말게
이 늙은이 한가히 바라보고 싶구나.

連雲松竹, 萬事從今足. 拄杖東家分社肉,[2] 白酒床頭初熟.[3]
西風梨棗山園, 兒童偸把長竿. 莫遣旁人驚去, 老夫靜處閑看.

注

1 檢校(검교): 조사하다. 여기서는 돌아보며 감상하다. ○ 山園(산원):
   집안의 동산. 신기질의 대호 저택은 영산靈山의 기슭에 있기 때문에
   산원山園이라 하였다.
2 分社肉(분사육): 토지신에 제사 올린 고기를 나누다. 봄과 가을 두
   차례의 사일社日에 토지신에 제사지내고, 제사가 끝나고서 희생물
   을 각 집에서 나누어 복을 빌었다.

3 床(상): 술 빚을 때 사용하는 술주자.

해설

　전원 생활의 즐거움을 그렸다. 상편은 이웃과 고기를 나누고 익어
가는 술을 바라보는 흡족한 마음을 표현하였다. 하편은 배와 대추를
따라온 아이들을 내버려두고 바라보는 한가한 마음을 노래했다. 이는
두보의 「다시 오랑에게 보임」又呈吳郞에서 "집 앞의 대추를 서쪽 이웃
이 따더라도 내버려두게"堂前撲棗任西鄰라고 한 마음과 비슷하다. 다만
두보가 곤궁한 이웃에게 인정을 베풀었다면 신기질은 아이들의 천진
한 모습을 지켜보고자 했다.

청평악清平樂
－동산을 둘러보다 보이는 대로 쓰다檢校山園, 書所見

벼랑 아래 높이 자란 대숲
대숲 속에 빙옥 같은 매화가 숨어 있구나.
맑은 시내 따라 삼백 구비 돌아가는 길
황혼 속 눈 내린 집엔 향기가 가득해라.

성긴 울타리 옆 행인들이 말을 매었는데
가지가 꺾여도 높은 가지는 아직 남았구나.
봄바람에 몇 송이 남겨둔 것은
여리고 고운 봄이 더디게 오기 때문.

斷崖修竹,¹ 竹裏藏冰玉.² 路轉淸溪三百曲, 香滿黃昏雪屋.
行人繫馬疎籬. 折殘猶有高枝. 留得東風數點, 只緣嬌嫩春遲.³

注

1 修竹(수죽): 높은 대나무.
2 冰玉(빙옥): 맑은 얼음과 깨끗한 옥. 매화를 가리킨다.
3 只緣(지연): 다만 ~ 때문이다.

해설

  초봄의 매화를 노래하였다. 상편은 매화의 향기와 색을 묘사하였다. 또 매화를 얼음과 옥이라 하면서 벼랑 아래 깊은 대숲에 숨어있는 것으로 표현하였다. 하편은 울타리 옆에 있는 매화를 근경으로 묘사하였다. 나무 높이 있는 매화는 손이 닿지 않아 아직 남아있는데, 나무 아래의 매화는 행인이 말을 매거나 꺾어 작자의 아끼는 마음과 대비시켰다. 말미에서 늦게 오는 봄을 기다리는 심정을 나타내었다. 매화의 '얼음처럼 맑고 옥처럼 깨끗한'冰淸玉潔 특성과 매화를 보는 마음이 잘 그려졌다.

만강홍滿江紅

— 징초되어 가는 신주 지주 정순거를 보내며 送信守鄭舜擧被김[1]

평생 천하에 뜻을 두었으니
창대 같은 수염이 부끄럽지 않구나.
듣자하니 군왕이 특히나
태평을 위해 좋은 방책 구한다더라.
그대는 홀로 십만 병사를 거느릴 수 있으니
장안이 바로 하늘 서북쪽에 있다네.
봉황이 조서를 물고 하늘에서 내려와
급히 오라고 재촉하네.

수레와 말이 길에 오르니
아이들이 울고
비바람이 어둡게 불어
깃발이 젖는다.
들녘의 매화와 한길의 버들에
봄바람 소식이 보이는구나.
담소하러 자암蕉庵으로 갈 것 없으니
지금 소나무와 대나무도 광채를 잃었다네.
인간 세상에 누가 이별의 시름 달래주려나
오직 잔 속의 술뿐이네.

湖海平生,² 算不負蒼髯如戟.³ 聞道是君王着意,⁴ 太平長策.⁵ 此老自當兵十萬,⁶ 長安正在天西北. 便鳳凰飛詔下天來,⁷ 催歸急. 車馬路, 兒童泣. 風雨暗, 旌旗濕. 看野梅官柳, 東風消息. 莫向蔗庵追語笑,⁸ 只今松竹無顏色. 問人間誰管別離愁, 杯中物.⁹

注

1 信守(신수): 신주의 지주知州. ○ 鄭舜擧(정순거): 정여해鄭汝諧. 절강 청전靑田 사람. 소흥 연간에 진사 급제. 양절 전운판관을 거쳐 1185년에 강서 전운사 겸 신주信州 지주로 부임했다. 이후 대리소경, 이부시랑 등을 역임했다.

2 湖海(호해): 호해지사湖海之士. 집안에 미련을 두지 않고 천하를 바로잡는데 뜻을 둔 사람.

3 蒼髯如戟(창염여극): 수염이 창과 같이 뻣뻣하다. 위엄 있는 용모를 형용하였다.

4 着意(착의): 관심을 두다. 마음을 쓰다.

5 長策(장책): 양책良策. 좋은 계책.

6 此老(차로): 이 늙은이. 정순거에 대한 존칭. ○ 自當兵十萬(자당병십만): 십만 병사와 맞서다. 북송 초기 범중엄范仲淹이 변방에 군사를 거느리고 진주하자 거란이 감히 침범하지 못하고 "가슴 속에 갑옷 입은 병사가 수만 명 있다"胸中自有甲兵數萬며 경계하였다. 『동도사략』東都事略「범중엄전」참조.

7 鳳凰飛詔(봉황비조): '봉황함조'鳳凰銜詔를 가리킨다. 조서에 대한 미칭. 후조後趙의 석호石虎는 조서를 오색지에 써서 목각 봉황에 물려 반포한데서 유래했다.

8 蔗庵(자암): 정순거의 거처. 상요성上饒城 밖의 산에 소재했다.

9 杯中物(배중물): 술잔 속의 물건. 곧 술을 가리킨다. 도연명의 「아

이를 꾸짖으며」責子에 "천운이 이와 같으니, 잔 속의 것을 마실 수밖에." 天運苟如此, 且進杯中物. 란 말이 있다.

조정에 징초되어 떠나는 정순거를 보내며 지은 송별사이다. 상편은 신주 태수의 지략과 포부를 칭송하고 조정의 부름을 축하하였다. 하편은 친구의 치적을 기리고 앞날을 축원하면서 석별의 정을 나타냈다. 신기질이 관직에서 내쳐져 신주에 한거할 때, 부임했던 신주 태수가 일 년여 기간 만에 다시 조정으로 들어가는 모습을 보고, 친구의 승진과 자신의 변화 없는 처지에 깊은 감회를 나타내었다. 1186년(47세) 겨울 대호에 한거할 때 지었다.

동선가洞仙歌

— 홍매紅梅

얼음 같은 자태에 옥 같은 뼈
원래 청량한 모습이거늘
이번에 누굴 위해 짙은 화장으로 고쳤나?
초가집 대나무 울타리에서
만나자는 기약을 여러 차례 어겨서
그 사람의 책망을 받았기에
얼굴 가득 붉은 빛이 살짝 돌았나 보다.

수양공주壽陽公主 화장거울 속에 있었으니
응당 총애를 받아
섬섬옥수로 다시 화장했기에 기이한 향기가 있구나.
아마도 봄이 아직 오지 않았는데
눈 속에서 먼저 피었으니
매화의 풍류를
뭇 꽃들에게 말해준들 알지 못하리라.
더구나 설사 북방 사람들이 이 꽃을 모른다 해도
품격을 보면
살구꽃으로 대하기 어려우리라.

冰姿玉骨,¹ 自是淸涼[態]. 此度濃粧爲誰改. 向竹籬茅舍, 幾誤
佳期, 招伊怪, 滿臉顏紅微帶.

壽陽粧鑑裏,² 應是承恩, 纖手重勻異香在.³ 怕等閑春未到, 雪
裏先開, 風流瞥,⁴ 說與群芳不解. 更總做北人未識伊,⁵ 據品調難
作, 杏花看待.

注

1 冰姿玉骨(빙자옥골) 2구: 얼음같이 맑고 투명한 모습에 옥으로 된
   뼈. 소식의 「동선가」에 "얼음 피부에 옥 뼈, 절로 시원하고 땀이
   나지 않았지."冰肌玉骨, 自淸涼無汗.란 구절을 이용하였다. 淸涼(청량)
   다음에는 원래 글자 하나가 탈락되어 있었으나 등광명鄧廣銘이 '態'
   (태) 자를 추측하여 보충하였다.

2 壽陽(수양) 구: 송 무제宋武帝의 딸 수양공주壽陽公主가 인일人日에
   함장전 처마 아래 누워 있는데 매화가 공주의 이마에 떨어졌다. 꽃잎
   이 다섯으로, 털어도 떨어지지 않았다. 황후가 그대로 두라고 하여
   얼마간 보았는데, 사흘이 지나 씻으니 비로소 떨어졌다. 궁녀들이 이
   를 기이하게 여겨 다투어 흉내 내었는데, 이를 매화장梅花粧이라 하
   였다. 『태평어람』太平御覽에서 인용한 『잡행오서』雜行五書 참조.

3 重勻(중균): 다시 바르다.

4 瞥(살): 어찌.

5 總做(총주) 3구: 홍매는 원래 영남嶺南에서 자라다가 나중에 소주蘇
   州 일대로 번져 나갔다. 그 격조는 매화이지만 꽃잎이 분홍색이어
   서 사람들이 살구꽃으로 혼동하는 경우가 많았다. 왕안석王安石의
   「홍매」에서도 "북방 사람들은 이를 알지 못해, 온전히 살구꽃이라
   알고 보네."北人初未識, 渾作杏花看.라 하였다. ○ 總做(총주): 설사 ~
   일지라도.

　홍매를 노래한 영물사詠物詞이다. 상편에선 백매白梅와 비교하여 분
홍빛 홍매를 의인화의 수법으로 형상화하였고, 하편에선 홍매의 향기
와 품격을 묘사하였다. 말미에선 수양공주의 전고로 뭇 꽃들보다 뛰어
남을 그리며, 북방 사람도 그 품격을 보고 살구꽃으로 여기지 않는다
고 칭송하였다. 쉽고 청신한 언어로 홍매의 모습과 특징을 경쾌하게
노래하였다.

동선가洞仙歌

— 기사촌에서 샘을 찾다가 주씨천을 찾았기에, 이에 짓다訪泉於奇師
村, 得周氏泉, 爲賦[1]

만 개의 골짜기에 폭포가 날아 떨어지고
천 개의 바위와 빼어남을 다투며
평생 샘을 즐기는 사람을 이제야 맞이하는구나.
탄식하나니 가벼운 적삼에 짧은 모자 쓴 나는
홍진에 얼마나 오래 있었는가.
그래도 스스로 즐거워하나니
예전과 같이 창랑에 머리를 씻는구나.

인생은 즐기며 살아야 할 것이니
죽은 뒤의 헛된 명예가
어찌 생전의 술 한 잔만 하겠는가.
곧 여기에 초막을 짓고
도연명을 본받아
손수 문 앞에 다섯 그루 버들을 심으리.
잠시 돌아가며 다시 오겠다고 어른들과 약속하니
묻기를 이러한 청산에
정말 다시 올 거냐고.

飛流萬壑,² 共千巖爭秀. 孤負平生弄泉手.³ 歎輕衫短帽, 幾許紅塵; 還自喜, 濯髮滄浪依舊.⁴

人生行樂耳, 身後虛名,⁵ 何似生前一杯酒. 便此地結吾廬, 待學淵明,⁶ 更手種門前五柳. 且歸去父老約重來; 問如此靑山, 定重來否?⁷

注

1 奇師村(기사촌): 강서 상요시 연산현鉛山縣 소재. 나중에 신기질이 '期思'(기사)로 이름을 바꾸었다. ○ 周氏泉(주씨천): 신기질이 나중에 표주박 같다고 하여 표천瓢泉이라 이름을 바꾸었다. 2차 파직 후 이곳으로 이사했다.

2 飛流(비류) 2구: 동진의 고개지顧愷之의 말을 이용하였다. 고개지가 회계에서 돌아오자 어떤 사람이 그곳의 산천은 얼마나 아름답냐고 물었다. 고개지가 대답했다. "산이란 산은 모두 빼어남을 겨루고, 골짜기마다 물줄기들이 다투어 흘러가더이다. 무성한 초목이 그 위에 마치 구름처럼 덮여 있더이다."千巖競秀, 萬壑爭流, 草木蒙籠其上, 若雲興霞蔚. 『세설신어』「언어」참조.

3 孤負(고부): 辜負(고부)와 같다. 저버리다. 샘이 사람을 저버렸다는 말은 이제야 이렇게 좋은 샘을 알게 되었다는 아쉬움을 우회적으로 표현한 것이다. ○ 弄泉手(농천수): 유명한 샘물을 감상하러 다니는 사람.

4 濯髮(탁발) 2구: "창랑의 강물이 맑으면 내 갓끈을 씻고, 창랑의 강물이 탁하면 내 발을 씻으리라."滄浪之水淸兮, 可以濯我纓. 滄浪之水濁兮, 可以濯我足.는 뜻을 가리킨다. 『맹자』「이루」離婁와 『초사』「어부」漁父 참조.

5 身後(신후) 2구: 서진의 장한張翰의 전고를 가리킨다. 어떤 사람이

장한에게 "그대는 한때를 제 편한 대로 살면서 어찌하여 죽은 이후의 명성을 생각하지 않으시오?"라 하였다. 이에 장한이 답하여 말했다. "죽은 뒤에 명성이 있다 해도 한때의 술 한 잔보다 못하다오."使我有身後名, 不如卽時一杯酒. 『진서』「장한전」 참조.

6 待學(대학) 2구: 동진의 도연명은 자신의 집 앞에 다섯 그루 버드나무를 심었으며, 스스로를 '오류선생'五柳先生이라 하였다. 이를 자전적 수필 「오류선생전」에 기록하였다.

7 定(정): 결국. 도대체. 필경.

해설

주씨천은 나중에 '표천'이라 이름 붙인 곳으로, 처음 이곳을 찾은 감흥을 기록하였다. 신기질은 나중에 2차 파직 때 이곳에 은거하며 백여 편의 사를 쓰면서 그중 주씨천(표천)에 대한 작품도 십여 수가 될 정도로 이곳을 아끼고 좋아하였다. 풍경을 대하며 감흥이 가는 대로 자연스럽게 묘사하였고 어휘들이 감정을 선명하게 반영하고 있다. 처음 이곳을 방문했을 때의 느낌이 잘 드러나 있다.

수룡음 水龍吟

— 반원의 임자엄이 청한 사직이 허락되매, 집정의 글 가운데 있는 말을 취해서 당호를 '고풍'이라 짓고, 나에게 사를 지어달라고 하였다. 이에 「수룡음」을 짓는다. 향림은 호부시랑 상공이 연로하여 은퇴한 후 거주한 곳으로, 고종황제가 어필로 이름을 내린 곳이기에, 반원과 나란히 언급한다盤園任帥子嚴,¹ 掛冠得請, 取執政書中語,² 以'高風'名其堂, 來索詞. 爲賦水龍吟. 蘜林, 侍郞向公告老所居,³ 高宗皇帝御書所賜名也, 與盤園相並云

천 길 벼랑 위 소나무 한 그루
그 소나무 위에 관복을 걸어놓고 물러났구나.
평생 한가함 좋아했으니
응당 물러나야하리
공명이란 진실로 고달픈 것.
아배兒輩들을 손가락질하며 웃나니
"꿈에 취한 자들아
너희들을 놀라게 했다고 나무라지 말라."
황금이 얼마나 남았느냐 물으며
가까운 사람들이
논밭을 사라고 말하려 하자
그대는 물리치고 떠나갔지.

감탄하노니 향림蘜林의 옛 은거지가
송죽松竹 속에 있는 선생의 집과 마주하고 있구나.

꽃 한 송이 풀 한 포기

술 한 잔에 노래 한 수

지팡이와 짚신 차림으로 풍류를 즐기네.

아지랑이와 먼지가

높은 곳에 올라 내려다보니

이처럼 창연하구나.

아쉬운 건 당시 낙양의 「구로도」九老圖에

이처럼 빼어난 반원盤園의 길을

그려 넣지 않은 것.

斷崖千丈孤松, 掛冠更在松高處.[4] 平生袖手, 故應休矣, 功名良
苦. 笑指兒曹: "人間醉夢, 莫嗔驚汝." 問黃金餘幾,[5] 旁人欲說, 田
園計, 君推去.

歎息蔗林舊隱, 對先生竹窓松戶. 一花一草, 一觴一詠,[6] 風流杖
屨.[7] 野馬塵埃,[8] 扶搖下視, 蒼然如許. 恨當年九老,[9] 圖中忘却, 畫
盤園路.

注

1 盤園(반원): 임자엄任子嚴의 거처. 향림蔗林에서 1리 정도 떨어져
   있다. ○ 任帥子嚴(임수자엄): 임조任詔. 명문 출신으로 어려서부터
   이름이 났다. 호남 전운사를 역임하였다. 상자인向子諲의 뜻을 따르
   고자 사직을 청하였으나 처음에 받아들여지지 않다가 2년 후 이루
   어졌다.

2 執政(집정): 주필대周必大를 가리킨다.

3 侍郎向公(시랑상공): 상자인向子諲(1085~1152)을 가리킨다. 임강臨

江 사람. 경기전운부사, 담주 지주 등을 거쳐 소흥 연간 초에 호부
시랑戶部侍郎이 되었다. 항금抗金을 견지하여 진회秦檜의 화의에 반
대하였다. 관직에서 물러나 청강淸江에 향림薌林 별장을 세웠다.

4 掛冠(괘관): 관을 걸어두다. 벼슬을 그만두다. 『후한서』「일민전」逸
民傳의 봉맹逢萌의 전고에서 유래하였다. 서한 말기 왕망王莽이 섭
정하자 봉맹의 아들 봉우逢宇가 직언을 하다가 살해당하였다. 이에
봉맹이 친구를 만나 "삼강이 끊어졌소이다! 떠나지 않으면 화가 미
칠 것이오"三綱絶矣! 不去, 禍將及人.라 말하였다. 곧 관복과 관을 벗
어 낙양의 성문에 걸어두고 가족을 데리고 요동遼東으로 갔다. 또
『남사』南史「일민전」逸民傳을 보면, 도홍경陶弘景도 제 고제齊高帝 때
재상이 되었고 여러 왕의 시독侍讀을 하였는데, 현령縣令을 바랐으
나 되지 않자 관복을 벗어 신무문神武門에 걸어두고 떠났다.

5 問黃金(문황금) 3구: 서한 선제宣帝 때의 태부太傅 소광疏廣이 퇴직
을 청하자 당시 사람들이 스스로 물러날 줄 안다며 그 현명함을
칭송하였다. 선제는 황금 20근을, 태자는 금 50근을 하사하였다.
소광은 고향에 돌아와 매일 친지와 이웃을 불러 잔치를 베풀어 일
년 안에 거의 다 써버렸다. 『한서』「소광전」疏廣傳에 자세하다.

6 一觴一詠(일상일영): 왕희지의 「난정집 서문」蘭亭集序에 "술 한 잔
에 시 한 수를 읊으니, 마음속의 감정을 실컷 드러내기 족했다"一觴
一詠, 亦足以暢敍幽情.는 말을 이용하였다.

7 風流(풍류): 시원스럽고 자유롭다.

8 野馬(야마): 아지랑이. 봄날 야외에서 수증기가 아른거리며 오르는
현상. 『장자』「소요유」에 "아지랑이와 먼지는 살아 있는 것들이 내
쉬는 숨이다."野馬也, 塵埃也. 生物之以息相吹也.라 하였다.

9 九老圖(구로도): 백거이는 만년에 향산거사라 불렸다. 호고胡杲,
길민吉旼, 정거鄭據, 유진劉眞, 노진盧眞, 장혼張渾, 적겸모狄兼謨, 노

정盧貞 등과 모두 9명이 모임을 가졌는데 130세에 이른 사람도 있었다. 사람들이 이들에 대해 그림을 그렸으며 그들을 '향산 구로'라 하였다.

해설

임자엄任子嚴의 '고풍당'高風堂에 붙인 사이다. 상편은 임자엄의 높은 절조에 대해 묘사하였다. 관직을 버리고 하향했거니와 은거가 논밭의 이익을 도모하는 일이 아님을 밝혔다. 하편은 귀향한 후의 은거 생활을 서술하였다. 반원에서 상자인의 향림까지는 1리 정도 떨어져 있어 마주 하고 있다고 하였다. 말미에서는 임자엄의 반원이나 상자인의 향림이 백거이의 향산에 못지않음을 비유하였다. 1186년(47세) 또는 1187년(48세) 때 지은 것으로 본다.

수조가두水調歌頭
— 한남간 상서의 일흔 생신을 경하하며慶韓南澗尚書七十[1]

상고시대에는 팔천 년이
겨우 한 해였다오.
그러니 오늘 이날을
그대 70년 생일이라 여기지 말아야 하리.
보게나, 붕새가 구름 같은 날개로 하늘을 덮고
구만 리 바람을 타며
조물주와 함께 노니는 것을.
그대 나이가 얼마나 되는지 헤아려보려면
장주莊周에게 가서 한 번 물어보오.

술을 마음껏 마시고
구성진 노래를 부르고
부드러운 춤을 춘다.
지금부터 남간南澗에서 지팡이 짚고 거니니
태양이 그대를 위해 머무르리라.
듣자하니 균천악鈞天樂이 흘러나오는 궁중에선
옥 술잔으로 자주 봄술을 올려 축수하면서
신하들이 군주를 칭송한다네.
빨리 별자리로 올라가
이름이 황금 주발에 들어가소서.

上古八千歲,² 才是一春秋. 不應此日, 剛把七十壽君侯. 看取垂
天雲翼,³ 九萬里風在下, 與造物同遊. 君欲計歲月, 嘗試問莊周.

醉淋浪,⁴ 歌窈窕,⁵ 舞溫柔. 從今杖屨南澗, 白日爲君留. 聞道鈞
天帝所,⁶ 頻上玉巵春酒,⁷ 冠蓋擁龍樓.⁸ 快上星辰去, 名姓動金甌.⁹

注

1 韓南澗(한남간): 한원길韓元吉. 효종 때 이부상서를 역임했다. 항
  금抗金을 주장했다. 신기질이 신주에 있을 때 한남간과 자주 창화
  하였다.

2 上古(상고) 2구: 『장자』「소요유」逍遙遊에 나오는 "상고시대에 대춘
  大椿이란 나무가 있었는데, 봄이 팔천 년이고 가을이 팔천 년이다."
  上古有大椿者, 以八千歲爲春, 八千歲爲秋.란 말을 이용하였다.

3 看取(간취) 2구: 『장자』「소요유」에 붕새의 비유를 이용하였다.

4 淋浪(임랑): 마음껏 마셔 취한 모양. 어지러운 모양. 물이 줄줄 흐
  르는 모양.

5 歌窈窕(가요조):「요조」의 장을 노래하다. 소식의 「적벽부」에 "「명
  월」의 시를 읊고, 「요조」의 장을 노래하다."誦明月之詩, 歌窈窕之章.는
  구절이 있다. 「요조」는 『시경』「월출」月出을 가리킨다.

6 鈞天帝所(균천제소): 천상의 음악이 들리는 천제가 있는 곳. 춘추
  시대 진 목공秦穆公이 7일 동안 자고, 전국시대 진晉나라 조간자趙簡
  子가 이틀 반 동안 자면서 천상에서 음악을 듣고 즐겁게 놀다왔다
  는 기록이 있다. 『사기』「조세가」참조.

7 玉巵(옥치): 옥으로 만든 술잔. ○ 春酒(춘주): 봄에 빚은 술. 『시경』
  「칠월」七月에 "이렇게 춘주를 빚어서, 노인의 장수를 빈다."爲此春
  酒, 以介眉壽.는 말이 있다. 이 구는 송 효종이 송 고종에게 술로
  축수하는 즐거운 정경을 가리킨다.

8 龍樓(용루): 동궁의 문 이름. 문 위에 청동의 용이 놓여 있어 이름
  붙여졌다. 또는 궁궐을 가리킨다.
9 金甌(금구): 황금 주발. 국토의 견고함을 상징한다. 현종이 매번 재
  상을 임명할 때마다 먼저 그 이름을 써두었다. 하루는 최림崔琳의
  이름을 쓰고 황금 주발로 덮어 두었다. 마침 태자가 들어오자 현종
  이 재상의 이름이 무엇인지 맞춰보라고 했다. 태자는 "최림崔琳이나
  노종원盧從願이 아닐까요?"라고 하자 현종이 "맞다"고 하였다. 『신
  당서』「최림전」 참조.

해설

　한남간의 생일을 축하한 축수사祝壽詞이다. 신기질이 그를 위해 지
은 3수의 축수사 가운데 마지막 작품이다. 상편은 한남간이 천지와
함께 오래 살기를 축원하였다. 상고시대는 팔천 년이 1년이므로, 지금
의 70세는 상고시대 1년의 약 백분의 1밖에 되지 않는다. 이러한 셈법
으로 목숨의 한계를 뛰어넘는 상상을 펼쳤다. 이는 과장되었어도 축수
의 의미에 부합하다 하겠다. 하편은 한남간이 다시 한 번 나라를 위해
출사하기를 기원하였다. 1187년(48세) 대호에서 한거할 때 지었다.

최고루最高樓

— 취중에 '사시가'를 찾는 자가 있어 그를 위해 짓다醉中有索四時歌
者, 爲賦

장안 가는 길에서
늙으막에 돌아다니기에 지쳐 돌아왔으니
인생 일흔이 예부터 드물다 하네.
앞 호수의 연꽃이 비에 젖는 밤
작은 산의 계화가 바람에 날리는 때.
어떻게 시름을 없앨까?
술을 실컷 마시고
또 시를 읊어야 하리.

대숲 가의 눈을 저버리지 말고
버들 옆의 달도 저버리지 말라.
무심코 지나쳐버린다면
얼마나 바보스러운가.
내가 꽃을 심어도 물어보는 사람 없는데
꽃을 아끼는 마음은 하늘만이 안다네.
산중에서 즐거워하나니
구름은 아침이면 산 동굴에서 나오고
새는 저녁이면 둥지로 돌아온다네.

長安道,¹ 投老倦遊歸.² 七十古來稀.³ 藕花雨濕前湖夜,⁴ 桂枝風
澹小山時. 怎消除? 須殢酒,⁵ 更吟詩.

也莫向竹邊辜負雪. 也莫向柳邊辜負月. 閑過了, 總成癡. 種花
事業無人問, 惜花情緒只天知. 笑山中: 雲出早,⁶ 鳥歸遲.

注

1 長安(장안): 서한과 당의 도읍지. 여기서는 남송의 도읍지 임안臨安
   을 가리킨다.

2 投老(투로): 늙게 되다. 늙어지다.

3 七十(칠십) 구: 두보의 시 「곡강」曲江 제2수에 나오는 "술 외상값은
   으레 가는 곳마다 있고, 사람살이 칠십 세는 예부터 드물어라."酒債
   尋常行處有, 人生七十古來稀.라는 구절을 이용하였다.

4 藕花(우화): 연꽃.

5 殢酒(체주): 술에 빠지다. 술에 중독되다.

6 雲出(운출) 2구: 도연명의 「귀거래사」歸去來辭에 나오는 "구름은 무
   심히 산의 동굴에서 나오고, 새는 날아가기 지치면 돌아갈 줄 안
   다."雲無心而出岫, 鳥倦飛而知還.를 환기한다.

해설

네 계절의 풍광을 노래한 '사시가'四時歌이다. 형식상 상편과 하편
쌍조雙調로 되어 있지만, 내용으로 보면 세 부분으로 되어 있다. 첫
번째 부분은 첫 3구로, 벼슬하다 돌아온 경과를 썼다. 두 번째 부분은
제4구부터 하편의 제4구까지로, 사시의 노래로 연꽃의 여름, 계화의
가을, 눈의 겨울, 버들의 봄을 차례로 묘사했다. 말미의 5구는 세 번째
부분으로 전원에 돌아온 뒤의 한적한 마음을 서술했다. 언어가 명징하
고 장단구의 운용이 활달하며, 의미의 소밀도 잘 섞여져 있다. 이 작품

이하 6수는 제작시대가 명확하지 않다. 등광명鄧廣銘 선생의 의견에 따라, 이 6수는 갑집甲集에 많이 보이며 대부분 양민첨楊民瞻과 창화한 작품으로, 양민첨이 범곽지와 같은 시기에 신기질에게 배웠으므로 범곽지와 창화한 작품 뒤에 둔다.

최고루最高樓

— 양민첨과 연석에서 화운하며, 앞의 운을 사용하여 모란을 읊다
和楊民瞻席上用前韻, 賦牡丹[1]

서원西園에서 사왔으니
누가 만금萬金을 싣고 가서 가져왔나?
병이 잦아 꽃구경 나가지 못했는데
바람이 비껴 부는 밤에는 화촉 아래 천상의 향기가 흘러나오고
서늘한 아침에는 비췻빛 산개 아래 얼굴이 술에 취했으리라.
다시 모란을 찾아가면
육일거사六一居士처럼 「낙양모란기」를 쓰고
이백李白처럼 「청평조」를 읊으리.

보아하니 노란 '어포황'御袍黃은 원래 귀한 신분이고
보아하니 붉은 '장원홍'壯元紅은 새로 이름이 났구나.
됫박만큼 커다란데
천진하게 웃는구나.
한나라 여신의 비취 이불 같은 잎은 비할 데 없이 아리땁고
오나라 궁녀의 분홍 얼굴 같은 꽃은 남모를 한에 더욱 붉어라.
다만 분분히
벌과 나비 어지러이 나는 가운데
봄이 더디 가기를.

西園買, 誰載萬金歸?² 多病勝遊稀. 風斜畫燭天香夜,³ 涼生翠
蓋酒醺時. 待重尋, 居士譜,⁴ 謫仙詩.⁵

看黃底御袍元自貴,⁶ 看紅底狀元新得意. 如斗大, 笑花癡. 漢妃
翠被嬌無奈, 吳娃粉陣恨誰知.⁷ 但紛紛, 蜂蝶亂, 送春遲.

注

1 楊民瞻(양민첨): 미상. 당시 상요에서 살았을 것으로 보이며, 범곽
지와 함께 신기질에게 배웠다.

2 萬金(만금): 만 근의 금. 모란을 비유한다. 이조李肇의 『당국사보』
唐國史補에 다음 기록이 있다. "도성의 사람들은 놀이를 중시하는데
모란을 숭상한지 30여 년이 되었다. 매년 늦봄이 되면 마차들이
미친 듯이 다니며, 실컷 즐기지 않으면 부끄럽게 생각할 정도였다.
집금오(궁성 경비대)가 관청 밖 절과 도관에도 이를 심어 이익을 챙겼
으니, 한 뿌리에 수만 전이 되는 것도 있었다."京城貴遊, 尙牡丹三十餘
年矣. 每春暮車馬若狂, 以不躭玩爲恥. 執金吾鋪官圍外寺觀種以求利, 一本有
直數萬者. 이상은李商隱의 「모란」에서도 "결국 도성이 파탄 났으니,
만금으로 구하기만 하지 않았어라."終銷一國破, 不啻萬金求.란 말이
있다.

3 天香(천향) 2구: 당대 이정봉李正封의 「모란」에 "나라에 제일가는
미색이 아침부터 술에 취했고, 천상의 향기가 밤에 옷을 물들였네."
國色朝酣酒, 天香夜染衣.란 구절이 있다.

4 居士譜(거사보): 구양수歐陽修가 지은 「낙양모란기」洛陽牡丹記를 가
리킨다. 구양사의 호가 육일거사六一居士이다.

5 謫仙詩(적선시): 이백의 시 「청평조」淸平調를 가리킨다. "모란과 경
국지색이 서로 즐거워 하니, 언제나 군왕께서 웃으며 바라보시네.
봄바람에 실어 무한한 시름을 풀어 날리니, 침향전 북쪽 난간에 기

대어 있구나."名花傾國兩相歡, 常得君王帶笑看. 解釋春風無限恨, 沉香亭北倚闌干.

6 看黃(간황) 2구: 어포황御袍黃과 장원홍壯元紅은 모란의 이름이다. 「낙양모란기」 참조.

7 吳娃粉陣(오왜분진): 오나라 미녀들의 진법. 춘추 말기 손무孫武가 오왕 합려를 위해 궁중의 미녀를 훈련시킨 일을 가리킨다. 손무는 궁녀 180명을 두 부대로 나누고 왕희와 총희 두 사람이 각 부대의 대장을 시켜 엄격하게 훈련시켰다. 명령을 듣지 않는 총희 두 사람을 베자 기율이 세워졌다.

해설

모란을 노래했다. 상편은 모란을 감상하러 나가고 싶은 바람으로 모란의 자태를 상상하였다. 제4, 5구는 이정봉李正封의 "나라에 제일가는 미색이 아침부터 술에 취했고, 천상의 향기가 밤에 옷을 물들였네"國色朝酣酒, 天香夜染衣.란 시구를 이용하였다. 이어서 모란을 다시 찾으려는 마음을 나타냈다. 하편은 모란에 가까이 다가가 구체적으로 묘사하였다. 품종과 크기를 말하다가 다시 한나라 여신과 오나라 총희로 꽃과 잎으로 묘사하면서 허실虛實을 겸하여 표현하였다. 말 3구는 모란을 아끼는 마음으로 마무리 지었다.

보살만菩薩蠻

— 설루에서 모란을 감상하며, 연석에서 양민첨의 운을 사용하여雪樓賞牡丹, 席上用楊民瞻韻[1]

붉은 상아 표찰마다 신선의 품격을 써두었으니
비취 비단 산개傘蓋 아래 경국지색이로다.
빗방울에 섞여 눈물을 이리저리 뿌리니
침향전 북쪽 난간에서 너를 보는 듯해라.

동풍아, 버리고 떠나지 말아다오
꾀꼬리가 꽃이 진다고 하소연할까 두렵구나.
꽃을 감상하는 그대에게 묻노니
새벽 화장이 고르게 잘 되었나요?

紅牙籤上群仙格, 翠羅蓋底傾城色. 和雨淚闌干,[2] 沉香亭北看.[3]
東風休放去, 怕有流鶯訴. 試問賞花人: 曉粧匀未匀?

注

1 雪樓(설루): 신기질의 대호에 있는 누대의 이름. ○ 양민첨(楊民瞻):
   앞의 사 참조.

2 和雨(화우) 구: 백거이白居易의 「장한가」長恨歌에 "옥 같은 얼굴 쓸
   쓸한데 눈물을 이리저리 뿌리니, 가지에 핀 배꽃이 봄비에 젖은
   듯하여라."玉容寂寞淚闌干, 梨花一枝春帶雨.는 구절이 있다.

3 沉香亭(침향정) 구: 이백의 시 「청평조」淸平調에 나오는 "봄바람에
   실어 무한한 시름을 풀어 날리니, 침향전 북쪽 난간에 기대어 있구
   나."解釋春風無限恨, 沈香亭北倚闌干.란 구절을 가리킨다.

해설

   모란을 노래한 영물사詠物詞이다. 상편은 모란의 품종과 색채로부
터 시작하여 모란의 높은 격조를 양귀비에 비겼다. 하편은 모란의 말
투로 봄을 아끼고 꽃을 아끼는 마음을 표현하였다. 말미의 2구는 꽃이
사람에게 묻는 말투를 채용함으로써 모란의 아름다움을 강조하였다.
구상이 새롭고 치밀하다.

생사자生查子
—산길을 가며, 양민첨에게 부치다山行, 寄楊民瞻¹

어젯밤 술에 취해 걷는데
삼경에 산이 달을 토하더라.
그리운 사람 만나지 못하니
밤새 머리가 눈처럼 세었네.

오늘 밤 술에 취해 돌아오는데
밝은 달 아래「관산월」피리 소리.
비단 주머니에 넣어둔 시 원고 꺼내
양웅揚雄 같은 그대에게 부친다.

昨宵醉裏行, 山吐三更月. 不見可憐人, 一夜頭如雪.
今宵醉裏歸, 明月關山笛.² 收拾錦囊詩,³ 要寄揚雄宅.⁴

注

1 楊民瞻(양민첨): 앞의 작품 참조.
2 명월(明月) 구: 왕창령王昌齡의 「종군의 노래」從軍行에 "게다가 오랑
캐 피리는 「관산월」을 연주하니, 만 리 먼 규중을 그리는 시름 어찌
할 수 없어라."更吹羌笛關山月, 無那金閨萬里愁!라는 구절이 있고, 두보
의 「병기와 말을 씻으며」洗兵馬에도 "삼 년 동안 병사들은 피리로
「관산월」을 불었고, 나라의 백성들은 초목을 보고도 적군인 줄 알

고 놀라 떨었네."三年笛裏關山月, 萬國兵前草木風.라는 구절이 있다. 「관산월」은 악부제의 이름으로, 주로 이별의 슬픔을 표현하였다.

3 錦囊詩(금낭시): 비단 주머니에 넣은 시의 원고. 당대 이하李賀의 전고를 가리킨다. 이하는 통상 나귀를 타고 다니면서 시상이 떠오르면 바로 써서 따라오는 시종의 비단 주머니에 넣곤 하였다. 저녁에 돌아오면 시가 완성되었다. 『신당서』「이하전」 참조.

4 揚雄宅(양웅댁): 서한의 문학가 양웅의 집. 양웅은 만년에 학문에 몰두하였다. 좌사左思의 「영사 8수」 중에서도 "적적한 양웅의 집, 문 앞에는 고관의 수레가 없구나."寂寂揚子宅, 門無卿相輿.라 하였고, 노조린盧照隣의 「장안 고의」長安古意에서도 "적막하고 쓸쓸한 양웅의 거처, 해마다 년마다 상 가득 책뿐이로다."寂寂寥寥揚子居, 年年歲歲一床書.고 하였다. 여기서는 양웅으로 양민첨을 비유하였다.

해설

양민첨을 찾아갔으나 만나지 못하고 돌아오며 아쉽고 그리운 마음을 노래했다. 상편은 어젯밤 찾아가는 때의 상황을 썼다. 마치 왕휘지王徽之가 대규戴逵를 만나러 가는 것처럼 흥에 겨워 갔지만, 양민첨은 부재중이어서 만나지 못했다. 하편은 오늘밤 돌아오는 길의 마음을 썼다. 이별의 아쉬움을 표현한 「관산월」 곡으로 자신의 마음을 대신하였다. 반복되는 리듬 속에 깊은 정을 담았다.

생사자生查子
— 양민첨의 화답을 받고, 앞의 운을 다시 쓰다民瞻見和, 復用前韻

누가 바다의 진주를 쏟아부어
천 개의 명월주를 흩뿌리는가?
그를 불러 술자리로 오라 하여
우아한 시어로 춘설春雪을 읊게 하리라.

인간 세상에 봉황이 떠나고 없으니
구름 뚫는 피리소리도 부질없구나.
취하여 오히려 돌아가리다
소나무와 국화가 있는 도연명의 집으로.

誰傾滄海珠, 簸弄千明月?¹ 喚取酒邊來, 軟語裁春雪.²
人間無鳳凰,³ 空費穿雲笛.⁴ 醉裏却歸來, 松菊陶潛宅.⁵

注

1 簸弄(파롱): 뿌리며 놀다. 가지고 놀다.
2 軟語(연어): 부드럽고 완곡한 말.
3 人間(인간) 2구: 전설 중의 소사簫史와 농옥弄玉 이야기를 환기한다.
　 진 목공秦穆公의 딸 농옥은 퉁소를 잘 부는 소사를 좋아하여 결혼했
　 는데, 농옥도 몇 년 후 퉁소로 봉황의 울음을 낼 수 있게 되었다.
　 나중에 두 사람은 봉황을 타고 날아갔다. 『열선전』列仙傳 참조.

4 穿雲笛(천운적): 피리 소리가 구름을 뚫고 바위를 가르는 힘이 있음을 말한다. 소식이 피리를 부는 시아侍兒에게 준 「수룡음」에서 "소리가 구름 끝에 이르고"一聲雲杪의 구에 붙인 주석에서 "여러 악기 중에 오직 피리만이 구름을 뚫고 바위를 가르는 소리가 있다."諸樂器中, 惟笛有穿雲裂石之聲.고 하였다.

5 松菊(송국) 구: 도연명의 「귀거래사」에 "세 줄기 오솔길은 황폐해졌으나, 소나무와 국화는 아직 있구나."三徑就荒, 松菊猶存.라는 구절이 있다.

해설

양민첨의 시문을 칭찬하고 은거의 뜻을 밝혔다. 상편은 양민첨이 지은 화답사를 진주로 비유하였고, 하편은 청명하지 않은 사회에 봉황과 같은 바른 사람이 없으니 뛰어난 생각과 재능도 소용이 없다는 뜻을 나타냈다. 말미에서는 지음이 없는 상황에서 은거의 뜻을 확인하였다.

서강월西江月

— 양민첨의 '모란'에 화운하다和楊民瞻賦牡丹韻

아리따운 이마에 흰 분가루 바르는 걸 싫어하니
원래의 진홍색 화장이 가을꽃들을 압도하는구나.
서왕모가 술에 취해 선계의 집을 생각하고
패옥 차고 붉은 노을 속 날아가는 신선의 모습이어라.

십 리 가득 풍기는 향기 만족하지 않고
바람과 이슬을 먼저 보태는구나.
살구꽃과 복사꽃은 화장을 실컷 하여 뽐내지만
단계丹桂는 가을 달 아래가 끝내 익숙하여라.

宮粉厭塗嬌額,¹ 濃粧要壓秋花. 西眞人醉憶仙家,² 飛佩丹霞羽化.
十里芬芳未足, 一亭風露先加. 杏腮桃臉費鉛華, 終慣秋蟾影下.³

注

1 宮粉(궁분): 화장에 사용하는 분말.
2 西眞人(서진인): 서왕모.
3 秋蟾(추섬): 가을 달.

해설

단계丹桂를 노래한 영물사이다. 부제의 '모란'은 갑본甲本을 따른 것으로, 을본乙本에선 부제가 "단계를 읊다"賦丹桂라 되어 있다. 상편은 단계의 외양을 묘사하였고, 하편은 단계의 속성을 그렸다. 의인법에 신선의 이미지를 가져와 고아한 품격을 형상화시켰다.

팔성감주 八聲甘州

— 밤에 「이광전」을 읽고 잠들지 못하다가, 조초로와 양민첨과 함께 산 속에 살기로 약속한 것을 생각하고는 장난삼아 이광의 일을 이용하 여 지어 부치다 夜讀李廣傳, 不能寐, 因念晁楚老、楊民瞻約同居山間, 戲 用李廣事, 賦以寄之[1]

전임 장군 이광李廣이 술 마시고 밤에 돌아가는 길에
역참에서 말에서 내려 쉬려고 했네.
한스럽게도 파릉灞陵의 수위가 술 취해서
알아보지 못하고 함부로 대했지만
복사꽃과 오얏꽃은 말이 없었지.
혼자 말을 타고 산을 가로질러 가다가 호랑이를 쏘니
강한 시위 소리에 바위가 갈라졌다지.
공을 세웠으나 봉후를 받지 못하고
노년을 전원에서 보냈다네.

누가 뽕과 삼이 있는 두곡杜曲으로 가서
짧은 옷에 말 한 필로 지내며
남산으로 옮겨가 살려는가?
보게나, 풍도를 가지고 격앙한 마음 지닌 채
담소하며 남은 생애를 살리라.
한나라는 국경을 넓히며 공명을 떨칠 자 찾았는데
왜 당시 재능 있는 사람을 한가히 소일하게 했는가?

박사 창문 밖

비낀 바람에 가는 비 내리며

일어나는 일진의 한기寒氣.

故將軍飮罷夜歸來,² 長亭解雕鞍. 恨灞陵醉尉, 匆匆未識, 桃李無言.³ 射虎山橫一騎,⁴ 裂石響驚弦. 落魄封侯事,⁵ 歲晚田園.

誰向桑麻杜曲,⁶ 要短衣匹馬, 移住南山. 看風流慷慨, 談笑過殘年. 漢開邊功名萬里, 甚當時健者也曾閑. 紗窓外, 斜風細雨, 一陣輕寒.

注

1 李廣傳(이광전): 『사기』「이장군열전」李將軍列傳을 가리킨다. 이광은 서한의 명장. ○ 晁楚老(조초로): 미상. 조겸지晁謙之의 후손으로 보인다. 조겸지는 자가 공조恭祖이고 단주澶州 사람으로, 남도 때 내려와 신주에 거주하였으며 연산 아호에 묻혔다. 그 후손들이 그곳에서 살았다는 기록이 있다. ○ 楊民瞻(양민첨): 신기질의 친구. 앞의 작품 참조.

2 故將軍(고장군) 2구: 이광이 장군 직에서 물러나 평민으로 살 때 남전산에서 사냥을 하였다. 한번은 다른 사람과 밭에서 술을 마시고 늦게 돌아가는 길에 파릉의 역참에 들어가려고 하니 수위가 술에 취해 소리치며 이광을 제지하였다. 이광이 "전임 이 장군이오"故李將軍라고 했더니 수위가 "현임 장군도 야행을 다닐 수 없는데, 전임 장군이 어찌 되겠소!"今將軍尙不得夜行, 何故也.라며 역참 진입을 금지하였다. 『사기』「이장군열전」 참조.

3 桃李無言(도리무언): 『사기』「이장군열전」에서 사마천이 속담을 인용해 이광을 평가한 말이다. "복사꽃과 오얏꽃은 말을 안 해도 그

아래로 절로 샛길이 난다."桃李不言, 下自成蹊.

4 射虎(사호) 2구: 이광의 전고를 채용하였다. "이광이 사냥을 나갔
는데 풀 속에 바위를 보고는 호랑이인줄 알고 활을 당겼다. 바위를
명중시켰는데 활촉이 바위 속으로 들어갔다. 살펴보니 바위였다."廣
出獵, 見草中石, 以爲虎而射之, 中石, 沒鏃, 視之, 石也. 『사기』「이장군열
전」 참조.

5 落魄(낙백) 2구: 이광이 흉노를 격파하여 여러 차례 공을 세웠으나
작위를 받지 못한 일을 가리킨다.

6 誰向(수향) 5구: 두보의 「곡강」曲江의 뜻을 이용하였다. "나의 생이
힘듦을 아니 하늘에 호소하지 않을 터, 다행히 두곡에는 뽕나무와
삼밭이 있어, 장차 종남산 아래로 옮겨가 살리라. 짧은 옷에 말 한
필로 이광의 족적을 쫓아, 맹호를 쏘아 잡으며 여생을 보내리라."自
斷此生休問天, 杜曲幸有桑麻田, 故將移住南山邊. 短衣匹馬隨李廣, 看射猛虎
終殘年.라는 구절을 이용하였다.

해설

서한의 명장 이광의 사적을 통해 자신의 격분을 나타내었다. 상편
은 주로 이광의 사적을 서술하며 칭송하기도 하고 탄식하기도 하고
울분을 나타내기도 하였다. 하편은 자신의 처지에서 강개한 마음을
드러냈다. 은거에 뜻을 둔 두 친구를 향하여 함께 남산에서 호랑이를
잡으며 이광의 뜻을 잇자는 말로 강렬한 애증과 불평을 나타냈다. 한
나라는 곧 송나라의 상황을 비유하였다.

소군원昭君怨
— 형문으로 유람 가는 조초로를 보내며送晁楚老遊荊門[1]

밤비 속에서 남아있는 봄 부추를 베어오니
내일 이별의 술잔 다시 기울여야 하리.
그대 가서 조조曹操의 일 물어보고
유비劉備의 공안公安도 잘 둘러보게.

한번 보게나, 지금의 이 백발을
게다가 중년 때 이별이니 더욱 슬프네.
비바람이 마침 드높으니
일찍 돌아오기 바라네.

夜雨剪殘春韭,[2] 明日重斟別酒. 君去問曹瞞,[3] 好公安.[4]
試看如今白髮, 却爲中年離別.[5] 風雨正崔嵬,[6] 早歸來.

注

1 晁楚老(조초로): 앞의 사 참조. ○ 荊門(형문): 형문산荊門山. 장강
　중류의 남안에 있는 산으로, 지금의 호북성 의도현宜都縣 서북에 소
　재. 북안에 있는 호아산虎牙山과 함께 거대한 문처럼 생겼기에 이름
　붙여졌다.
2 夜雨(야우) 구: 두보의 「위팔 처사에게」贈衛八處士에서 "밤비 속에
　서 봄의 부추를 잘라오고, 새로 지은 밥엔 메조가 섞였네."夜雨剪春

韭, 新炊間黃粱.라는 구절을 환기한다.

3 曹瞞(조만): 삼국시대 조조曹操의 아명. 형문 가는 도중의 적벽이나 강릉은 삼국시대 주요한 전적지이다.

4 公安(공안): 지금의 호북성 공안현. 적벽전의 승리로 주유가 남군 태수가 되면서 장강 남안의 땅을 유비에게 주었다. 유비는 유강구 油江口에 병영을 세웠는데 나중에 공안이라 개명하였다. 『삼국지』 「선주전」先主傳 참조.

5 中年離別(중년이별): 동진 때 사안謝安과 왕희지王羲之의 대화를 환기한다. 사안이 왕희지에게 말했다. "중년이 되면 슬픔이나 기쁨에 마음을 크게 다치는데, 친지나 친구와 헤어질 때는 여러 날 동안 힘들다네." 이에 왕희지가 말했다. "사람이 만년이 되면 자연스럽게 그리 됩니다. 그러니 음악으로 마음을 즐겁게 하여 마음속의 우울함을 쏟아내야 합니다."謝太傅語王右軍曰: "中年傷於哀樂, 與親友別, 輒作數日惡." 王曰: "年在桑榆, 自然至此. 正賴絲竹陶寫." 『세설신어』「언어」言語 참조.

6 崔嵬(최외): 마음속의 불평.

해설

형문으로 유람 가는 친구를 보내면 쓴 송별사이다. 상편에선 술자리에서 술을 마시며 가는 곳의 역사적 일을 이야기했다. 하편에선 이별을 아쉬워하며 일찍 돌아오기를 당부하였다.

소군원昭君怨

사람 얼굴이 꽃보다 못한 건
꽃은 피는 때가 되면 다시 볼 수 있기 때문.
홀로 작은 난간에 기대면
수많은 산들.

서풍에 낙엽 질 때면
사람도 청산과 함께 여위는구나.
양대陽臺의 꿈 얘기를 하건만
선녀는 언제 왔던 적이 있었던가?

人面不如花面,¹ 花到開時重見. 獨倚小闌干, 許多山.
落葉西風時候, 人共青山都瘦. 說道夢陽臺,² 幾曾來?

注

1 人面(인면) 2구: 꽃은 예전과 같이 피지만 사람은 다시 오지 않는
다. 최호崔護의 「도성의 남쪽 저택에 쓰다」題都城南莊를 환기한다.
"작년 오늘 이 문 안에서, 사람 얼굴 복사꽃 서로 붉게 비추었지.
사람 얼굴 어디로 갔는지 모르겠는데, 복사꽃만 예전처럼 봄바람에
웃고 있네."去年今日此門中, 人面桃花相映紅. 人面不知何處去, 桃花依舊笑
春風.
2 說道(설도) 2구: 『시화총귀』詩話總龜에 나오는 염흠수閻欽授가 호주

濠州 고당관高唐館에 묵으며 쓴 시를 환기한다. "묻노니 양왕은 지금 어디에 있는가, 산천은 이곳이 양대보다 더 뛰어나다. 오늘 아침 고당관에 들어 묵는데, 선녀는 어찌하여 아직 꿈속에 나타나지 않는가?"借問襄王安在哉, 山川此地勝陽臺. 今宵寓宿高塘館, 神女何曾入梦來? 양대는 초 회왕이 운몽대에 놀러갔을 때 꿈속에서 나타난 선녀가 자신의 소재지로 밝히면서, "아침에는 구름이 되고 저녁에는 비가 됩니다. 아침마다 저녁마다 양대의 아래에 있습니다."旦爲朝雲, 暮爲行雨. 朝朝暮暮, 陽臺之下.고 하였다.

해설

미인을 그리워한 염정사艷情詞이다. 상편은 꽃은 다시 볼 수 있지만, 사람은 다시 볼 수 없으니, 여인이 꽃보다 못하다며 원망하였다. 하편은 여인을 그리워하는 마음을 표현하였다. 말미에서 양대陽臺에서 선녀를 기다리는 꿈을 꾸면서 언제 오는지 물음으로써, 꿈속에서도 그리는 마음을 나타내었다. 상하편은 봄과 가을을 배경으로 원망과 슬픔과 기대를 그렸다.

임강선臨江仙

─ 술에 취해 숭복사에서 하룻밤 자며 신우지 동생에게 부치다. 신우지
는 내가 취했기 때문에 먼저 돌아갔다醉宿崇福寺, 寄祐之弟, 祐之以僕
醉先歸[1]

빈산을 향해 피리를 불지 말지니
장한 뜻을 품은 가슴이라도 술이 깨고 마음이 놀라니까.
사경四更에 서리 내린 달빛이 너무 차가와라.
이불엔 붉은색 물결무늬가 파도치듯 일렁이고
옥 항아리엔 술이 가득 차 있다.

그대는 육운陸雲 같이 강물을 보고 웃지 말게나
나는 산림에 깊은 정을 가지고 있어 절에서 자는 거라네.
오늘 밤에도 난 예전처럼 술에 취해 걸어가려니
그대 예전처럼 국화가 남아있는 곳을 찾으면
길 도중에서 도연명을 기다리고 있게나.

莫向空山吹玉笛, 壯懷酒醒心驚. 四更霜月太寒生.[2] 被翻紅錦
浪, 酒滿玉壺冰.
　小陸未須臨水笑,[3] 山林我輩鍾情.[4] 今宵依舊醉中行. 試尋殘菊
處, 中路候淵明.[5]

注

1 崇福寺(숭복사): 상요현의 건원향乾元鄕에 소재한 절. 송대 순화淳化 연간에 건립했다. ○ 祐之弟(우지제): 신조辛助. 신차응辛次膺의 손자로, 신기질의 족제族弟이다. 장사長沙 반덕부潘德鄘의 막부에서 임직했으며 전당현 현령, 부량현 현령을 역임했다.

2 太寒生(태한생): 아주 춥다. 生(생)은 조사.

3 小陸(소륙) 구: 자신을 육기陸機에 비유하고, 신우지를 육운陸雲에 비유하였다. 육운은 잘 웃는 습관이 있었다. 육기와 육운이 낙양에 가서 장화張華를 만났을 때 장화가 수염을 비단 끈으로 묶고 있는 것을 보고 웃었다. 또 일찍이 상복縗絰을 입고 배를 탔는데 물속에 비친 자신의 모습을 보고 크게 웃다가 물에 빠졌다. 『진서』「육운전」 참조.

4 我輩鍾情(아배종정): 감정이 깊다는 뜻. 『세설신어』「상서傷逝에 전고가 있다. 왕융의 아들 만자萬子가 죽자 산간이 보러갔다. 왕융이 슬픔을 이기지 못하자 산간이 말했다. "품안의 자식일 뿐인데 어찌 이처럼 슬퍼하오!" 왕융이 말했다. "성인은 감정을 일으키지 않고, 하등의 사람은 감정이 없소. 감정이 많이 있는 것은 바로 우리와 같은 부류들이오."王戎喪兒萬子, 山簡往省之, 王悲不自勝. 簡曰: "孩抱中物, 何至於此?" 王曰: "聖人忘情, 最下不及情, 情之所鍾, 正在我輩."

5 中路(중로) 구: 중도에서 도연명을 기다리다. 자신을 도연명에 비유하였다. 강주 자사 왕홍王弘이 도연명을 사귀고 싶어 했지만 기회가 없었다. 도연명이 여산에 갔을 때 왕홍이 도연명의 친구 방통지龐通之를 시켜 술을 사 길 도중에 밤나무 숲에서 기다리게 하였다. 당시 도연명은 발병이 나서 제자 한 사람과 아들 둘에게 가마를 들게 하였다. 도연명이 오자 함께 즐거이 술을 마셨고 이때 왕홍이 왔지만 도연명은 스스럼없이 대했다. 『송서』「도잠전」 참조.

　술에 취한 정취를 노래했다. 상편은 부제에서 말한 숭복사에서 취해 자는 상황을 묘사했다. 사경에 애절한 피리소리에 일어나 구슬픈 마음이 드는데, 둘러보니 붉은 이불은 뒤집어져 있고 술은 아직 술통에 가득하다. 하편은 취해서 돌아가는 모습을 그렸다. 자신이 절에서 술을 마시는 것은 실의에 빠진 것이 아니라, 다만 산림을 좋아하기 때문이다. 아직 어두운 새벽길을 걸어가고 있으니, 길 도중에서 나를 기다리면 도연명과 같은 나를 만날 것이라고 하였다. 술과 국화를 좋아하는 도연명과의 동일시를 통해 자족과 울분을 함께 나타내었다.

임강선臨江仙

— 앞의 운을 다시 사용하여 부량으로 돌아가는 신우지 동생을 보내
며再用前韻送祐之弟歸浮梁¹

조정에 있건 산림에 있건 모두가 꿈이니
인간 세상 총애와 굴욕 때문에 놀라지 말게.
다만 한가한 곳에서 평생을 보낼 뿐이니
가을이면 술잔으로 감로주를 마시고
밤이면 얼음과 같이 순수한 시를 지으리.

기억하게나, 작은 창에 비바람 치는 밤
침상을 마주하고 등불 아래서 이야기했던 일을.
묻노니 누가 그대와 함께 천 리 길 가는가?
새벽의 푸른 눈썹 같은 산
거울처럼 밝은 가을 강물이리라.

鐘鼎山林都是夢,² 人間寵辱休驚.³ 只消閑處遇平生: 酒杯秋吸
露, 詩句夜裁冰.

記取小窓風雨夜, 對床燈火多情. 問誰千里伴君行? 曉山眉樣
翠, 秋水鏡般明.

注

1 祐之弟(우지제): 동생 신조辛助. 신기질의 족제族弟이다. ○ 浮梁(부

량): 지금의 강서성 부량현.

2 鐘鼎山林(종정산림): 궁중과 산속. 출사와 은거.

3 寵辱休驚(총욕휴경):『노자』제13장의 말을 이용하였다. "어찌하여 총애를 받고 욕을 먹으면 놀란다고 하는가? 총애를 받으면 올라가고 욕을 먹으면 내려간다. 얻어도 놀라고 잃어도 놀라니 총애를 받고 욕을 먹으면 놀란다고 했다." 何謂寵辱若驚? 寵爲上, 辱爲下. 得之若驚, 失之若驚, 是謂寵辱若驚.

해설

먼 길을 떠나는 신우지를 위로하고 격려하였다. 상편은 출사와 은거, 총애와 굴욕을 하나로 보면서 한가한 삶을 권하였다. 아마도 동생 신우지의 낙백을 위로하는 듯하며, 동시에 자신의 심경을 나타내는 말이기도 할 것이다. 하편은 친족 사이의 정과 여로에 대한 격려로 이별의 뜻을 나타내었다. 말미의 두 구는 천 리를 함께 가는 것은 산과 강물로, 여로의 풍광을 청신하게 그려 상대의 정신을 진작시키는 의미가 있다.

보살만菩薩蠻

그대의 명성은 아이들이 하는 말에서 실컷 들었는데
그대 두 눈을 보니 달과 같이 밝구나.
만 리 멀리 연연산燕然山에 공적을 새길 것이니
황석공黃石公의 병서를 터득했기 때문이네.

궁중에 가서
풍운의 기회를 잘 잡으시게.
후일 은퇴하여 적송자赤松子와 함께 노닐 것이나
여전히 만호후萬戶侯에 봉해져 있으리.

功名飽聽兒童說, 看公兩眼明如月. 萬里勒燕然,¹ 老人書一編.²
玉階方寸地,³ 好趁風雲會.⁴ 他日赤松遊,⁵ 依然萬戶侯.

注

1 燕然(연연): 연연산. 지금 몽고 경내에 소재한 항아이산. 동한의 두
  헌竇憲이 흉노를 격파한 후 이 산의 바위에 공적을 새기고 돌아왔다.
2 老人書(노인서): 서한 초기 장량張良이 황석공에게서 병서를 받은
  일을 가리킨다. 『사기』「유후세가」참조.
3 玉階(옥계): 궁중의 계단. 여기서는 궁중을 가리킨다. ○ 方寸(방촌):
  심장 또는 마음. 여기서는 중심.
4 風雲會(풍운회): 바람과 구름의 만남. 난세에 밝은 군주와 어진 신

하의 만남을 비유한다. 또는 인재들이 모여 사업을 일으키는 기회를 가리킨다.

5 他日(타일) 2구: 초한전을 성공적으로 이끈 장량張良이 만족을 알아 인간사를 버리고 적송자를 따라 노닐겠다고 한 말을 가리킨다. 『사기』「유후세가」 참조.

해설

    떠나는 사람을 격려한 송별사이다. 대상은 명확하지 않으나 내용으로 볼 때 상당히 명성이 있는 사람으로 궁중에 들어가는 것으로 보인다. 상편은 상대의 밝은 정신과 치국의 능력을 칭송하였다. 하편은 조정에 들어가 공적을 세운 후 적절하게 은퇴하여, 명예와 실리를 동시에 얻기를 기원하였다.

보살만菩薩蠻

—부량으로 돌아가는 신우지 동생을 보내며送祐之弟歸浮梁[1]

가장 무심한 건 강가의 버들
긴 가지 다 꺾어도 다시 예전과 같구나.
나뭇잎 호수에 떨어질 때
기러기가 편지를 가져오려나?

기러기가 편지를 가져오지 않아도 괜찮지만
아름다운 시구詩句를 누구와 화답할 것인가?
비바람에 나의 애 끊어질 때
그대 있는 작은 산에도 계수나무 우거지리.

無情最是江頭柳,[2] 長條折盡還依舊.[3] 木葉下平湖,[4] 雁來書有無?
雁無書尚可, 妙語憑誰和? 風雨斷腸時, 小山生桂枝.[5]

注

1 祐之弟(우지제): 신조辛助. 신기질의 족제族弟.
2 無情(무정) 구: 위장韋莊의 「대성」臺城에 나오는 "가장 무심한 건
   대성의 버들, 예전과 다름없이 십 리 언덕을 덮었어라."無情最是臺城
   柳, 依舊煙籠十里堤.를 환기한다.
3 長條(장조) 구: 떠나는 사람에게 버들가지를 꺾어 건네주는 습속을
   가리킨다.

4 木葉(목엽): 나뭇잎. 이 어휘는 굴원屈原의 『구가』「상부인」湘夫人에 "가을바람 하늘하늘 불고, 동정호에 물결 일고 나뭇잎 떨어지네."嫋嫋兮秋風, 洞庭波兮木葉下.에서 유래하였다.

5 小山(소산) 구: 서한 회남소산淮南小山의 「은사를 부르다」招隱士에 나오는 "계수나무 우거졌네, 깊은 산속에. …왕손이여, 어서 돌아오라! 산속은 오래도록 머물 곳이 아니라네."桂樹叢生兮山之幽, …王孫兮歸來, 山中兮不可以久留를 환기한다. 이 구는 계수나무가 자랄 때는 왕손이 돌아올 때라는 뜻으로, 서로 만나자는 의미를 담았다.

[해설]

　　떠나는 신우지를 보내며 지은 송별사이다. 주로 헤어진 이후의 심사와 그리움을 표현하였다. 말미에서 동생이 있는 곳에 계수나무가 우거졌다는 것은 회남소산淮南小山의 「은사를 부르다」招隱士의 시의詩意에 따라 돌아오라는 뜻이며, 다시 만나길 바란다는 의미이다. 이별 후의 애상과 아쉬움이 버들, 편지, 창화, 계수나무 등 관련 이미지로 차례로 심화되었다.

접련화蝶戀花
― 신우지 동생을 보내며送祐之弟[1]

삼만 경頃 너른 들에 시든 풀과 기우는 석양
이리저리 떠도는 건
하늘 밖 외기러기 그림자만이 아니라네.
시름이 얼마이던지 모름지기 실컷 마셔야 하니
떠나는 그대는 강가에서 깨어나리.

만남은 적고 이별이 많은 건 양쪽 살쩍에서 알 수 있으니
천 가닥 만 가닥
하물며 요즘엔 병도 얻었음에랴.
이별의 시름을 다스리기 어려운 게 아니라
이별로 일어나는 다른 한恨이 무거워라.

衰草殘陽三萬頃, 不算飄零, 天外孤鴻影. 幾許淒涼須痛飮, 行人自向江頭醒.

會少離多看兩鬢, 萬縷千絲, 何況新來病. 不是離愁難整頓, 被他引惹其他恨.

注

1 祐之弟(우지제): 신조辛助. 신기질의 족제族弟.

   신우지를 보내며 지은 송별사이다. 상편은 헤어지는 상황과 심경을 썼다. 해 지고 들풀 누런 속을 지금 떠나는 것은 정처 없이 떠도는 것이 아니라 의연한 기러기가 하늘 밖에 노니는 것과 같다고 위로하였다. 하편은 이별의 시름을 썼다. 이별의 시름보다는 이로 인해 건드려지는, 마음 깊이 남아있는 '또 다른 한'其他恨이 더 아프다고 하였다. 그것이 무엇인지 언명하진 않았지만 국가와 사회에 대한 관심인 점은 쉽게 알 수 있다.

작교선鵲橋仙

— 범선지에 화답하며, 부량으로 돌아가는 신우지 동생을 보내다和范
先之送祐之弟歸浮梁[1]

작은 창에 비바람 치는 때
오늘부터 생각나리라
한밤에 웃으며 나누던 정담을.
시든 버들 위에서 까마귀는 무료히 우는데
이별하는 사람 애간장 끊어지는 걸 어찌 아랑곳하랴.

시문 만 권 읽은 학식에
청모전靑毛氈 전해오는 집안 전통 아직 있으니
머리에 초선관貂蟬冠 쓰는 걸 보게 되리라.
강호에 누워 풍월을 탐하지 말게
해는 가깝고 장안 가는 길은 멀다네.

小窓風雨, 從今便憶, 中夜笑談淸軟. 啼鴉衰柳自無聊, 更管得
離人腸斷.[2]
詩書事業, 靑氈猶在,[3] 頭上貂蟬會見.[4] 莫貪風月臥江湖, 道日
近長安路遠.[5]

注

1 范先之(범선지): 범곽지范廓之. 광신서원 본廣信書院本에서는 범곽

지를 범선지로 쓰는 것으로 보아 두 이름은 같은 사람을 가리키고 있음을 알 수 있다. ○ 祐之弟(우지제): 신조辛助. 신기질의 족제. 부량현 현령을 역임했다. ○ 浮梁(부량): 지금의 강서성 부량현.

2 更管得(경관득): 어찌 상관하랴?

3 靑氈(청전): 청색 모전. 집안에 전해오는 진귀한 물건. 동진의 왕헌지가 밤에 서재에 누워있을 때 도둑이 들었다. 도둑들이 물건을 모두 훔쳐 넣을 때 왕헌지가 천천히 말하였다. "형씨들! 청모전은 집안에 전해오는 물건이니 그것만은 남겨놓으시오."偸兒! 靑氈我家舊 物, 可特置之. 도둑들이 그 말을 듣고 놀라 달아났다. 『진서』「왕헌지 전」 참조.

4 貂蟬(초선): 초선관貂蟬冠. 관에 황금 구슬瑞을 달고, 여기에 황금 매미로 장식하고 담비 꼬리를 꽂는다. 한대 이래 황제의 좌우에서 시종하는 신하의 관식. 시문에서는 일반적으로 고관을 가리킨다.

5 日近長安路遠(일근장안로원): 장안보다 해가 가깝다. 진 명제晉明 帝가 어렸을 때 한 이야기에서 나왔다. 진 명제가 몇 살 되지 않았을 때 아버지 진 원제晉元帝가 장안에서 온 사람의 소식을 듣고서는 명제에게 "네가 보기에 장안과 해 가운데 어디가 머냐?"라고 물었다. 명제는 "해가 멀어요. 아직까지 해에서 사람이 왔다는 말은 듣지 못했으니까요."日遠. 不聞人從日邊來.라 대답했다. 다음 날 원제가 신하들과 연회를 할 때 다시 물으니 이번에는 반대로 대답했다. "해가 가까워요. 눈을 들어 해는 볼 수 있는데 장안은 볼 수 없잖아요." 日近. 擧目見日, 不見長安. 『세설신어』「숙혜」夙慧 참조.

해설

떠나가는 신우지를 격려하였다. 신기질은 신우지와 헤어지며 5수의 송별사를 지어서 우의가 돈독함을 보였다. 그러나 이 작품은 앞의 「임강선 —조정에 있건 산림에 있건 모두가 꿈이니」와는 대비적인 뜻을 전하고 있다. 「임강선」이 "조정에 있건 산림에 있건 모두가 꿈"이라며 출사와 은거, 총애와 굴욕을 하나로 보면서 한가한 삶을 권한데 반해, 여기서는 "강호에 누워 풍월을 탐하지 말고" 적극적으로 분발할 것을 격려하였다. 두 가지 상반된 태도는 모순된다기보다 각기 다른 상황에서 각각 충실하라는 뜻으로 읽을 수 있다.

만강홍滿江紅

─ 양민첨에 화답하며, 부량으로 시봉하러 돌아가는 신우지 동생을 보내다和楊民瞻送祐之弟還侍浮梁[1]

흙먼지 날리는 서풍 속에
행색은 처량하기 그지없구나.
오늘 밤 가볍게 이별한다면
내일 아침 분명 후회하리라.
구슬 눈물이 다투어 떨어지니 촛불이 어둡고
줄지어 나는 기러기 흩어지니 고쟁古箏 소리 애절해라.
다행히 청계 지나는 물길이 잘 통하지 않으니
쪽배는 출발을 재촉하지 말 것이라.

흰 돌이 깔린 길
역참가.
천 그루 버들
이별의 한이 천 가닥 맺혀있네.
행인이 떠나는 게 두려워
뱃노랫소리도 멈춰졌구나.
성현은 시와 술에 빠지지 말라고 가르쳤고
궁중에선 실력만 있다면 신선과 범인을 구별하지 않는다네.
지금부터 나와 함께하기도 하고 또 그대를 따라가기도 하는 건
저 아름다운 달이라네.

塵土西風, 便無限淒涼行色.² 還記取明朝應恨, 今宵輕別. 珠淚
爭垂華燭暗, 雁行欲斷哀箏切.³ 看扁舟幸自澀淸溪, 休催發.

白石路, 長亭側. 千樹柳, 千絲結. 怕行人西去, 棹歌聲闋.⁴ 黃卷
莫敎詩酒汚,⁵ 玉階不信仙凡隔. 但從今伴我又隨君, 佳哉月.

注

1 楊民瞻(양민첨): 미상. 당시 상요에서 살았을 것으로 보이며, 범곽
지와 함께 신기질에게 배웠다. ○ 祐之弟(우지제): 신기질의 족제.
부량현 현령을 역임했다. ○ 浮梁(부량): 지금의 강서성 부량현.

2 行色(행색): 행색. 행려가 출발하기 전후의 상황과 기운.

3 雁行(안행): 형제를 비유한다. 『예기』「왕제」王制에 "아버지의 연배
에게는 그 뒤를 따라가고, 형의 연배에게는 기러기처럼 뒤로 나란
히 걸어가고, 친구 사이에서는 서로 앞서 가지 않는다."父之齒隨行,
兄之齒雁行, 朋友不相踰.는 말이 있다.

4 闋(결): 음악이 끝나다.

5 黃卷(황권): 성현의 책. 당대 적인걸狄仁傑이 어렸을 때 집안사람이
해를 입자 관리가 찾아와 묻고 사람들이 쟁변하였으나 적인걸만은
책 읽기를 멈추지 않았다. 관리가 이를 꾸짖으니 적인걸이 답해 말
했다. "황권 속에 마침 성현과 마주하고 있는데, 어느 겨를에 속리
의 말에 응한단 말이오?"黃卷中方與聖賢對, 何暇偶俗吏語耶. 『신당서』
「적인걸전」 참조.

해설

부량으로 돌아가는 신우지를 보내며 지은 송별사이다. 상편은 밤의
이별연에서 아쉬움을 나타내었다. 기러기 대열이 끊어지려 한다는 것
은 형제 사이의 이별을 비유한 것이다. 하편은 낮의 송별 장면을 그렸

다. 송별 장소 주위의 풍광을 그리고, 분발하기를 격려하였다. 말미 2구에서 헤어진 후의 정을 나타내었다.

조중조朝中措

― 숭복사 가는 길에, 돌아와 신우지 동생에게 부치다崇福寺道中, 歸寄
祐之弟[1]

가마 타고 흔들흔들 언덕을 넘어
붉게 화장한 두 여인이 옥피리 분다.
여기서는 시름에 술을 다 마시고
거기서는 지금 쯤 화답시 짓기 바쁘리라.

나는 누구 때문에 술에 취해 쓰러지고
너는 누구 때문에 돌아가는가
모두 생각하지 말아야 하리.
흰 강물 동쪽 울타리
비낀 석양에 소와 양이 내려온다.

籃輿嫋嫋破重岡,[2] 玉笛兩紅粧. 這裏都愁酒盡, 那邊正和詩忙.
爲誰醉倒, 爲誰歸去, 都莫思量. 白水東邊籬落, 斜陽欲下牛羊.

注

1 崇福寺(숭복사): 상요현의 건원향乾元鄕에 소재한 절. 송대 순화淳
化 연간에 건립했다. ○ 祐之弟(우지제): 신기질의 족제.

2 籃輿(남여): 대나무로 만든 가마.

　신우지를 그리는 마음을 썼다. 숭복사는 「임강선 ―빈산을 향해 피리를 불지 말지니」에서 보듯이 이전에 신우지와 함께 간 적이 있는 곳이다. 때문에 다시 숭복사에 갔을 때 신우지 동생을 생각하게 되었다. 헤어진 이후 두 사람이 화답시를 주고받으며 지내는 모습을 볼 수 있다. 신기질은 비록 한거한다고 하지만 도연명과 달리 상당히 풍족한 생활을 했음을 알 수 있다.

조중조朝中措

밤 깊어 조각달은 산방山房을 지나가고
잠 깨어나니 북창이 서늘해라.
일어나 뜰 가운데 홀로 거니니
온 하늘에 별이 그린 무늬가 이채롭구나.

아침 무렵 객이 묻기를
"산림 생활과 조정 생활
어디가 좋은가요?"
"그대 모래밭에 가 자세히 물어보오
흰 갈매기가 나의 행적 알고 있으니."

夜深殘月過山房, 睡覺北窓涼. 起繞中庭獨步, 一天星斗文章.[1]
朝來客話: "山林鐘鼎,[2] 那處難忘?" "君向沙頭細問, 白鷗知我行
藏."[3]

注

1 星斗文章(성두문장): 별들이 이채로운 빛을 내다.
2 山林鐘鼎(산림종정): 산림에 사는 삶과 종명정식鐘鳴鼎食을 하는
  삶. 두보의 「청명」淸明에 "궁중 생활과 산림 생활은 각기 천성에 달
  린 것, 탁주에 거친 밥으로 나의 생애 즐기리."鐘鼎山林各天性, 濁醪粗
  飯任吾年.란 구절이 있다.

3 行藏(행장): 행함과 숨음, 쓰임과 버림. 즉 벼슬에 나감과 은거함.
『논어』「술이」述而에 "쓰이면 행하고 안 쓰이면 숨는다."用之則行, 舍
之則藏.란 말에서 나왔다. 여기서는 행적을 가리킨다.

해설

　한적한 생활의 즐거움을 말하였다. 상편은 밤중의 산거 생활의 정
경을 그렸고, 하편은 이에 대한 필자의 감수를 말하였다. 산림과 조정
이란 두 가지 생활방식에 대해 자신은 갈매기와 이미 맹약을 한 사이
로 욕심을 버리고 살아간다고 말하고 있다.

조중조朝中措

파란 부평초 떠있는 연못에 버들개지 날리고
꽃샘이 모여든 벌집이 향기롭구나.
봄이 어디로 돌아가는지 늘 궁금했는데
어찌 알았으랴, 이 속에 몰래 숨어 있는 것을.

흩어진 운우雲雨 같은 춘사春事
약간 남아 있어
결국 이렇게 그리워하는구나.
꾀꼬리가 그녀를 깨우지 않는다면
꿈속에서 울다가 붉은 화장 다 망치리라.

綠萍池沼絮飛忙, 花入蜜脾香.¹ 長怪春歸何處, 誰知箇裏迷藏.
殘雲賸雨,² 些兒意思,³ 直恁思量.⁴ 不是流鶯驚覺,⁵ 夢中啼損紅粧.

注

1 蜜脾(밀비): 벌집. 『비아』坤雅「석충」釋蟲에 "벌집이 지라와 같은 모
  양이므로 밀비라 한다."蜜房如脾, 謂之蜜脾.고 하였다.
2 殘雲賸雨(잔운잉우): 남은 구름과 남겨진 비. 운우雲雨는 남녀 간의
  정사를 의미하므로, 비와 구름이 남겨졌다는 것은 춘사春事가 남아
  있다는 뜻이 된다.
3 些兒(사아): 약간. 송대 속어.

4 直恁(직임): 결국 이렇게. 송대 속어.

5 不是(불시) 2구: 당대 김창서金昌緒의 시 「봄의 원망」春怨을 이용하
　였다. "저놈의 노란 꾀꼬리를 때려 쫓아라, 가지 위에서 울지 못하
　도록. 저놈이 울어 천첩의 꿈을 깨우니, 요서에 갈 수 없구나."打起
　黃鶯兒, 莫教枝上啼. 啼時驚妾夢, 不得到遼西.

해설

　봄의 원망을 그렸다. 상편은 늦봄의 정경 속에 봄을 아끼고 찾는
모습을 서술했다. 봄은 벌집 속에 남아있다는 발상이 기발하다. 하편
은 봄에 대한 원망을 묘사했다. 운우지정은 깊지도 얕지도 않아 결국
생각하게 되고, 꿈속에서도 상대를 그리워한다. 지나가는 봄과 그리는
정을 하나로 묶어 봄의 정서를 함축적으로 표현하였다.

낭도사浪淘沙
－산사에서 한밤의 종소리를 들으며山寺夜半聞鐘

술잔 들고 일생을 생각하니
온갖 일이 모두 헛되구나.
예부터 네다섯 영웅들
몰아치는 비바람에 휩쓸려갔으니
한나라와 진나라의 궁전은 어디 있는가?

꿈속에서 젊은때로 돌아가니
춤과 노래에 정신없이 바빴지.
노승이 야밤에 잘못 친 종소리에
놀라 일어나 서창 아래 잠 못 이루니
땅을 말아 불어가는 가을 바람소리.

身世酒杯中, 萬事皆空. 古來三五箇英雄. 雨打風吹何處是, 漢
殿秦宮?
夢入少年叢, 歌舞匆匆. 老僧夜半誤鳴鐘. 驚起西窓眠不得, 捲
地西風.

해설

　밤중에 일어나 인생에 대한 감개를 썼다. 상편은 역사 속의 나라와
영웅에 대한 일이 헛됨을 썼다. 이는 자신의 처지를 위로하려는 심리

적 균형에서 나온 것이라 할 수 있다. 하편은 자신의 일생에 대한 감개를 썼다. 가무의 즐거움에 빠지던 젊은 시절의 꿈은 노승의 종소리에 깨어나게 되고, 깊은 사색 속에 한밤의 바람소리를 듣는다. 초탈한 듯하면서도 인생의 환멸에 침통해 있는 장면은 뜻을 이루지 못한 영웅의 초상이기도 하다.

남가자南歌子
— 산중에 밤에 앉아山中夜坐

세상사를 철저히 잊었더니
가을 되어 가슴이 바닥까지 맑구나.
밤 깊어 아직도 베갯머리로 소리를 보내오니
묻노니 맑은 시냇물은 무슨 일로 불평이 많은가?

달빛은 수심 많은 사람 곁을 하얗게 비추는데
닭은 멀리서 먼저 우는구나.
산중은 명리를 다투는 곳이 아니건만
무슨 일로 산 앞에 새벽부터 사람이 다니는가?

世事從頭減,¹ 秋懷徹底清. 夜深猶送枕邊聲, 試問清溪底事
未能平?²
　月到愁邊白, 鷄先遠處鳴. 是中無有利和名,³ 因甚山前未曉
有人行?

注

1 從頭減(종두감): 머리부터 없애다. 철저히 없애다.
2 試問(시문) 구: 시냇물이 소리가 나는 것은 바닥이 평평하지 않기
　때문이라는 한유의 비유를 이용하였다. 한유의 「맹교를 보내며 서
　문」送孟東野序에서 "대개 사물은 평평하지 않으면 소리가 난다"大凡

物不得其平則鳴고 했다. ○ 底事(저사): 왜.

3 是中(시중): 이 가운데. 산촌의 생활을 가리킨다.

해설

  산중에서 인생과 사회에 대한 의의를 생각하였다. 상편은 밤중에 느끼는 마음속의 청징한 가을 물로부터 시작하여 끊임없는 흐르는 시냇물 소리로 시상을 전개하였다. 하편은 새벽의 달빛과 닭 울음에서 시작하여 분주한 삶의 의의에 대해 질문하였다. 상하편은 각각 근본적인 질문으로 마감하면서 심중에 남아있는 시름을 말하고 있다. 상편에서 비록 "가슴이 바닥까지 맑구나"懷徹底淸라고 했지만, 하편에선 바로 "수심 많은 사람 곁"愁邊이라고 말하는 것을 보아도 작자의 수심은 근본적인 것임을 알 수 있고, 상하편의 물음으로 그 답을 찾고자 하였다.

자고천鷓鴣天

잎 떨어진 높은 산에 밤 사이 서리 내리고
기러기 떼 북풍에 다시 흩어져 가는구나.
말 없어도 언제나 마음이 즐거웠고
술 마시지 않아도 언제나 흥이 깊었지.

잦은 헤어짐에
그리워하리니
어찌 꿈에서 '연못에 봄풀이 자라고'라는 좋은 시구를 얻을 것인가?
중년이 되어 오래도록 동산東山의 한이 깊으니
이별의 노래로 애간장을 끊지 말게나.

木落山高一夜霜, 北風驅雁又離行.¹ 無言每覺情懷好, 不飲能
令興味長.

　頻聚散, 試思量, 爲誰春草夢池塘?² 中年長作東山恨,³ 莫遣離
歌苦斷腸.

注

1 北風(북풍): 기러기는 형제 사이의 이별을 비유한다.
2 春草夢池塘(춘초몽지당): 동진의 사령운謝靈運이 꿈에 가구佳句를
　얻은 일로, 동생을 생각한 일을 비유하였다. 사혜련謝惠連이 열 살
　에 시문을 쓸 수 있었기에 족형 사령운이 칭찬하였다. 사령운은 "시

문을 쓸 때마다 사혜련을 만나면 곧 가구가 생각난다."고 말했다. 사령운이 한 번은 영가永嘉의 서당西堂에서 시를 구상하는데 하루 종일 완성할 수 없었다. 홀연 꿈속에 사혜련을 보고는 "연못에 봄풀 이 자라고"池塘生春草라는 구를 얻어 크게 잘 지었다고 여겼다. 『남 사』「사혜련전」 참조.

3 東山(동산): 동진의 사안謝安이 은거한 곳. 여기서는 사안. 東山恨동 산한은 사안이 왕희지王羲之에게 "중년이 되면 슬픔이나 기쁨에 마 음이 크게 다치는데, 친지나 친구와 헤어질 때는 여러 날 동안 힘들 다네."中年傷於哀樂, 與親友別, 輒作數日惡.라고 한 말을 가리킨다. 『세 설신어』「언어」言語 참조.

해설

　형제가 떠나는 연석에서 이별을 아쉬워하였다. 상편은 이별의 연석 에서 보이는 장면과 느끼는 정감을 썼다. 하편은 이별 후 적막 속에서 살아가기 어려움을 말하였다. 그 적막은 형제의 부재에서 올 뿐만 아 니라 사안謝安과 같은 처지에서 자신의 뜻을 펴지 못하는 실의에서 오기도 한다. 이별의 아픔을 자신의 뜻을 펼치지 못하는 마음과 결합 시켰다.

자고천鷓鴣天

— 연석에서 같은 운을 다시 사용하여席上再用韻

물 바닥에 밝은 노을 드넓게 밝은데
하늘이 비단을 깔아 원앙을 돋보이게 했구나.
장서張緖 같은 버들가지 가장 사랑스럽고
육랑六郎 같은 연꽃은 오히려 우습구나.

네모 삿자리
작은 걸상
저녁 되어 바람 불어오니 시원하구나.
흰 새는 사람을 등지고 모두 날아 가버리고
석양에 남은 까마귀만 더욱 애 끊는구나.

水底明霞十頃光, 天敎鋪錦襯鴛鴦.[1] 最憐楊柳如張緖,[2] 却笑蓮
花似六郎.[3]

方竹簟, 小胡床, 晚來消得許多涼.[4] 背人白鳥都飛去,[5] 落日殘
鴉更斷腸.

注

1 鋪錦(포금): 비단을 깔다. 여기서는 물 바닥에 노을이 깔린 것을
비유한다.

2 楊柳如張緖(양류여장서): 남조 유송의 명제明帝가 매번 장서張緖를

볼 때마다 그의 청담에 탄복하였다. 유전지劉悛之가 촉 지방에서 가져온 버들을 헌상했는데 그 가지가 무척 길고 모양이 실과 같았다. 무제武帝가 영화전靈和殿 앞에 심어두고는 자주 완상하며 말했다. "이 양류의 풍모가 사랑스러우니 마치 당시의 장서와 비슷하구나."此楊柳風流可愛, 似張緖當年時. 『남사』「장서전」 참조.

3 蓮花似六郎(연화사륙랑): 초당 시기의 장종창張宗昌이 외모로 무측천의 총애를 받은 일을 가리킨다. 당시 양재사楊再思가 말하기를 "사람들은 육랑을 연꽃 같다고 말하는데 틀린 말이오. 바로 연꽃이 육랑 같다고 말해야 하오."人言六郎似蓮花, 非也. 正謂蓮花似六郎耳.라고 하였다. 당시 장역지張易之를 오랑五郎이라 불렀고 장종창을 육랑六郎이라 불렀다. 『신당서』「양재사전」 참조.

4 消得(소득): 막지 못하다. 견디지 못하다.

5 背人(배인) 구: 온정균溫庭筠의 「위수 강가에 쓰다」渭上題에 "다리 위에 명리 쫓는 발자국 지나간 뒤로, 지금도 물새들은 사람을 등지고 날아가네."橋上一通名利迹, 至今江鳥背人飛.란 구절을 환기한다.

해설

여름 저녁의 연석에서 본 풍광을 묘사하였다. 상편은 원앙, 버들, 연꽃을 묘사하였고, 하편은 흰 새, 석양, 까마귀를 묘사하였다. 시원한 여름 저녁의 풍광이면서도 말미에서 "더욱 애 끊는구나"更斷腸고 하여 일말의 우수憂愁를 남기고 있다.

앞의 사 15수는 대부분 갑집甲集에 실려 있으므로 1187년(48세) 이전에 대호에 한거할 때 쓴 것으로 본다. 또 이들은 신우지, 범곽지, 양민첨과 관련되어 동일시기에 지은 것으로 본다.

염노교念奴嬌
—쌍륙, 진인화에 화운하며雙陸, 和陳仁和韻[1]

청년이 창을 가로 들고
기세등등하게 겨루니
술 마시기와 시 짓기도 마음에 없구나.
옆에서 팔짱 끼고 엿보니, 처음엔 양편이 낯선 듯
두셋 말이 슬금슬금 오갈 뿐이더니
변화는 순식간에 일어나
하얀 갈매기가 석경石鏡 같은 판 위를 날고
검은 까치가 오작교 밖으로 날아간다.
가을 비단을 모두 다듬질하고 나니
다듬돌이 아직도 섬섬옥수를 그리워하는 듯.

우스워라, 천고의 승패를 다투는 마음
별것도 아닌 일승을 위해
온 힘을 다해 아까운 시간을 낭비하네.
늙은이는 이기려는 마음도 없이 온통 내키는 대로
기러기 날아오면 활 당기는 심정으로 둔다네.
무측천은 쌍륙을 두는데 궁에 알이 없었고
위 황후는 어전에 올라가 쌍륙을 두었으니
나라의 흥망을 염두에 두지 않았네.

포의인 그대는 유의劉毅처럼 백만 전을 걸고 싸울 기세
그대를 보면서 쌍륙에 심취한 것에 한바탕 웃네.

少年橫槊,² 氣憑陵,³ 酒聖詩豪餘事.⁴ 袖手旁觀初未識, 兩兩三
三而已. 變化須臾, 鷗翻石鏡, 鵲抵星橋外.⁵ 搗殘秋練, 玉砧猶想
纖指.⁶

堪笑千古爭心, 等閑一勝, 拚了光陰費. 老子忘機渾謔與,⁷ 鴻鵠
飛來天際.⁸ 武媚宮中,⁹ 韋娘局上,¹⁰ 休把興亡記. 布衣百萬,¹¹ 看君
一笑沉醉.

注

1 雙陸(쌍륙): 악삭握槊이라고도 부른다. 일종의 판 위에서 하는 도박
　놀이 도구이다. 인도에서 전해져 삼국시대 조식曹植이 개량한 것으
　로 알려졌다. 장방형의 판 위에 승부를 가리는 두 사람의 양측에
　각각 6개의 선이 있다. 말 모양의 알은 흑백 각 15개로, 알의 이동
　은 주사위 2개를 함께 던져 결정하며, 모든 알을 판에서 먼저 빼내
　는 사람이 이긴다. ○ 陳仁和(진인화): 진덕명陳德明. 영덕寧德 사람
　으로 자는 광종光宗이다. 진사 급제한 후 인화현仁和縣 지현을 지냈
　기에 진인화라 하였으며, 1186년 10월 뇌물 사건에 연루되어 신주
　에 폄적되었다.

2 橫槊(횡삭): 창을 가로 들다. 여기서는 쌍륙의 뜻인 악삭握槊을 가
　져와 "판을 가로 두고 쌍륙을 두다"는 뜻을 중의적으로 사용하였다.

3 憑陵(빙릉): 압박하다. 능가하다. 초월하다. 여기에서 나아가 "의기
　가 발양한 모양"의 뜻으로 사용된다. 두보의 「금석행」今夕行에서
　"기세 드높게 오백을 외친다"憑陵大叫呼五白는 말이 있다.

4 酒聖詩豪(주성시호): 주량과 시재詩才.

5 星橋(성교): 은하수의 다리. 오작교.

6 玉砧(옥침) 구: 다듬돌이 섬섬옥수를 그리워하다. 승자의 솜씨가 계속 부려지기를 기대하다는 뜻이다.

7 渾謾與(혼만여): 온통 내키는 대로 하다. 두보의 시에 "늙으니 시 짓기를 온통 내키는 대로 하니, 봄이 와 꽃과 새 보아도 고심하지 않는다."老去詩篇渾謾與, 春來花鳥莫深愁.는 구절이 있다.

8 鴻鵠(홍곡) 구: 『맹자』「고자」告子의 비유를 가리킨다. "혁추는 나라를 통틀어 바둑을 잘 두는 사람이다. 혁추가 두 사람에게 바둑을 가르치는데, 한 사람은 전심전력을 다하여 오직 혁추의 말을 듣는다. 다른 한 사람은 비록 듣고 있지만 마음 한 편에 기러기와 고니가 오면 활과 주살 줄을 당겨 쏘아 맞힐 생각을 한다면 비록 함께 배운다고 하더라도 앞 사람만 못하다."奕秋, 通國之善奕者也. 使奕秋誨二人奕, 其一人專心致志, 惟奕秋之爲聽. 一人雖聽之, 一心以爲有鴻鵠將至, 思援弓繳而射之, 雖與之俱學, 弗若之矣.

9 武媚(무미): 무측천武則天을 가리킨다. 당 태종 때 입궁하여 무미武媚라는 이름을 하사받았다. 무측천이 적인걸狄仁傑에게 꿈에서 쌍륙을 두었는데 이기지 못했다며 그 이유를 물었다. 이에 적인걸이 쌍륙판의 궁宮에 알子이 없기 때문이므로 태자를 두라고 하였다. 『적인걸가전』狄仁傑家傳 참조. 여기서는 무측천이 후계자를 세우지 못해 망한 일을 비유한다.

10 韋娘(위낭): 당 중종의 황후 위씨韋氏. 일찍이 무삼사武三思와 결탁하여 정권을 휘둘렀다. 처음에 중종이 유폐되었을 때 위후와 약속하기를 "내가 하늘의 해를 보게 된다면 서로 금기하는 게 없도록 맹세하겠소."一朝見天日, 誓不相禁忌.라고 하였다. 나중에 위후가 무삼사와 함께 어상御床에 올라가 도박놀이를 해도 중종은 옆에서 신경 쓰지 않았다. 『신당서』「중종후위씨전」 참조.

11 布衣百萬(포의백만): 동진 유의劉毅가 벼슬을 하지 않을 때 "집안에 담가에 들 만한 식량도 없으면서 백만 전을 걸고 도박한다."劉毅家無儋石之儲, 搏蒲一擲百萬.는 뜻을 사용하였다. 『남사』南史 「송무제기」宋武帝紀 참조. 두보의 「금석행」今夕行에도 관련 내용이 있다. "함양 객사에 하는 일 하나 없는데, 서로 도박으로 떠들썩하다. … 그대 웃지 마소, 유의가 포의로 있을 때, 집안에 먹을 쌀도 없으면서 백만 전을 걸었더랬소."咸陽客舍一事無, 相與博塞爲歡娛. …君莫笑, 劉毅從來布衣願, 家無儋石輸百萬.

해설

쌍륙을 제재로 한 작품이다. 상편은 쌍륙하는 장면을 묘사하였고, 하편은 쌍륙에 대한 의론을 펼쳤다. 첫 3구의 청년少年을 자신의 젊은 때로 볼 수도 있지만, 말미의 '포의백만'布衣百萬이 진인화를 가르치므로(왜냐하면 자신은 "늙은이는 이기려는 마음도 없이 온통 내키는 대로"의 태도이므로), 첫 3구를 진인화의 기세등등한 태도로 볼 수 있다. 투쟁과 한가함, 노년과 청년, 이기고 짐, 역사와 현실을 오가며 구성된 흥미로운 작품이다.

수룡음水龍吟

─ 표천에 쓰다題瓢泉¹

가헌稼軒이 어찌 꼭 늘 가난하기만 하랴
샘에서 처마 밖으로 옥구슬을 끝없이 쏟아내는데.
천명을 알고 즐거워하니
예부터 누가
출사와 은거의 이치를 아는가?
사람들은 그 근심을 견디지 못하지만
한 개 표주박으로 즐거워하니
어질구나, 안회여.
생각건대, 그 당시 공자에게 물었으리라
"나물밥 먹고 냉수 마시는 것도 즐겁다면
어찌하여
분주하게 지내시는가?"

잠시 산 위의 구름과 마주하고
산 아래로 바삐 흘러가지 말게나.
주름진 얼굴 물에 비쳐보니
당연히 영락한 모습이라
가죽옷에 살찐 말 탔었지.
치아가 시리도록 샘물은 얼음처럼 차가운데

가슴 가득 향기가 들어차도록

선생은 물을 마신다.

우습구나, 바람 부는 나무에 표주박을 걸었더니

외마디 울음소리 내며 표주박이 부서졌으니

차라리 입 다물고 사는 게 어떠한가.

稼軒何必長貧, 放泉簷外瓊珠瀉. 樂天知命,² 古來誰會, 行藏用
舍?³ 人不堪憂,⁴ 一瓢自樂, 賢哉回也. 料當年曾問: "飯蔬飮水,⁵ 何
爲是,⁶ 棲棲者?"

且對浮雲山上, 莫匆匆去流山下. 蒼顔照影, 故應零落, 輕裘肥
馬,⁷ 繞齒冰霜, 滿懷芳乳, 先生飮罷. 笑掛瓢風樹,⁸ 一鳴渠碎, 問
何如啞.

注

1 瓢泉(표천): 강서 연산현鉛山縣 동쪽 이십오 리에 소재한 우물. 원
   래 주씨천周氏泉이었으나 신기질이 그 모양을 보고 표주박 같다고
   하여 새로 이름 지었다.

2 樂天知命(낙천지명): 하늘의 뜻을 즐거워하고 자신의 처지에 만족
   하다. 『주역』「계사」繫辭에 "하늘의 뜻을 즐거워하고 자신의 처지에
   만족하므로 근심하지 않는다."樂天知命, 故不憂.는 말이 있다.

3 行藏用舍(행장용사): 행함과 숨음, 쓰임과 버림. 즉 벼슬에 나감과
   은거함. 『논어』「술이」述而에 "쓰이면 행하고 안 쓰이면 숨는다."用
   之則行, 舍之則藏.란 말이 있다.

4 人不(인불) 3구: 안회의 청빈낙도를 칭송하였다. 『논어』「옹야」雍也
   에 "어질구나, 안회여. 밥 한 그릇과 물 한 바가지로 누추한 골목에

사는 것을 보통 사람들은 그 근심을 견디지 못하지만 안회는 그
즐거움을 바꾸지 않는구나."賢哉, 回也! 一簞食, 一瓢飲, 在陋巷, 人不堪
其憂, 回也不改其樂.는 말이 있다.

5 飯蔬飮水(반소음수): 거친 밥을 먹고 물를 마시다. 『논어』「술이」述
而에 "나물밥 먹고 물 마시고, 팔을 굽혀 베고 누워도 즐거움은 그
속에 있다."飯蔬食飮水, 曲肱以枕之, 樂亦在其中矣.는 말이 있다.

6 棲棲(서서) 2구: 『논어』「헌문」憲問에 "공자여! 그대는 어찌하여 이
처럼 바쁘고 경황없이 지내는가?"丘何爲是棲棲者與?라는 말이 있다.

7 輕裘肥馬(경구비마): 가벼운 가죽 옷과 살찐 말. 『논어』「옹야」雍也
에 "공서적公西赤이 제나라에 갈 때 살찐 말을 타고 가벼운 가죽
옷을 입었다."赤之適齊也, 乘肥馬, 衣輕裘.는 말에서 유래했다.

8 笑掛瓢(소괘표) 3구: 허유許由가 손으로 물을 받아 마시니 어떤 사
람이 표주박을 주었다. 마시고 나서 나무에 걸어두니 바람에 소리
가 났다. 이에 허유가 표주박을 떼어냈다. 『일사전』逸士傳 참조. 여
기서는 현실을 비판하는 비유로 썼다. 표주박이 소리를 내면 부서
지니 입 다물고 벙어리로 살며 목숨을 보전하는 것이 어떠한가?

해설

표천에서 안빈낙도하며 살 뜻을 말하였다. 상편은 주로 안회顔回를
빌려 표천 옆에서 '낙천지명'樂天知命과 '단사표음'簞食瓢飲의 삶을 추구
하려는 뜻을 나타내었다. 하편은 표천으로 자신의 뜻을 말하는 방식으
로, 세상에서 멀리 떨어져 사는 뜻을 말하였다. 말미에서는 세상사에
대해 말하며 '울기'鳴보다는 차라리 '입 다물기'啞로 목숨을 보전하는
게 낫다는 반어법으로 세태에 대한 불만과 조소를 나타내었다. 전편이
표주박瓢과 샘泉과 연관된 전고를 끌어와 표천瓢泉의 형상을 만들면
서, 이를 빌려 자신의 은거와 안빈낙도의 뜻을 나타냈었다.

수룡음 水龍吟

— '표천'의 운을 사용하여 장난삼아 진인화에게 주고, 겸하여 제갈원
량에게 보내어 화답을 재촉하다 用瓢泉韻戲陳仁和, 兼簡諸葛元亮, 且督
和詞[1]

그대 때문에 나 표천瓢泉이 놀라 자빠지니
삼협三峽의 강물이 역류하는 힘찬 문장이로다.
장안의 종이 값이 올라가
한 글자가 전해지면
천금을 두고 다투네.
고기를 베어 가슴에 품고 갔다고 문책했지만
선생은 우스개로 털어버리니
또 얼마나 청렴한가.
다만 술잔을 들고 묻지 말게
"인간 세상에 어찌
진평陳平처럼
오래도록 가난한 사람 있겠는가."라고.

누가 나 가헌稼軒의 마음을 알아주랴
무우舞雩 아래에서 바람을 쐬는 마음을.
고개 돌리니 떨어지는 해
아득히 만 리
먼지와 아지랑이가 피어오른다.

다시 융중隆中을 생각하니
천 척 와룡이
소리 높이 읊었구나.
누구에게 청하여 물어볼까
"질솥이 크게 울리는데
어찌하여 황종黃鐘은 울리지 않소?"

被公驚倒瓢泉, 倒流三峽詞源瀉.² 長安紙貴,³ 流傳一字, 千金
爭舍. 割肉懷歸,⁴ 先生自笑, 又何廉也.⁵ 但銜杯莫問: "人間豈有,⁶
如孺子, 長貧者."

誰識稼軒心事, 似風乎舞雩之下.⁷ 回頭落日, 蒼茫萬里, 塵埃野
馬.⁸ 更想隆中,⁹ 臥龍千尺, 高吟才罷. 倩何人與問: "雷鳴瓦釜,¹⁰
甚黃鐘啞?"

注

1 用瓢泉韻(용표천운): 바로 앞의 「수룡음」의 운을 가리킨다. ○ 陳仁
  和(진인화): 진덕명陳德明. 진사 급제 후 인화현仁和縣 지현을 지냈
  기에 진인화라 하였다. ○ 諸葛元亮(제갈원량): 미상.

2 倒流(도류) 구: 두보의 「취해 부르는 노래」醉歌行의 "문장의 필력은
  삼협의 강물을 역류시킬 만큼 거세고, 시문의 구성은 홀로 천 명의
  군사를 쓸어버릴 만하네."詞源倒流三峽水, 筆陣獨掃千人軍.란 구절을
  이용하였다.

3 長安紙貴(장안지귀): 장안의 종이 값이 비싸지다. 진인화의 시문을
  베껴 쓰느라 종이 값이 올랐다는 뜻. 서진의 좌사左思가 「삼도부」三
  都賦를 완성하니 부호와 귀족들이 다투어 베끼면서 낙양의 종이 값
  이 올랐다는 전고에서 유래했다. 『진서』「좌사전」 참조.

4 割肉(할육) 3구: 동방삭東方朔의 전고를 이용하였다. 한 무제가 복날에 시종관들에게 고기를 내렸다. 그러나 대관승大官丞이 저녁이 되어도 오지 않자 동방삭이 검을 뽑아 고기를 베어 가지고 돌아갔다. 다음 날 한 무제가 동방삭을 불러 스스로 비판하라고 하였다. 이에 동방삭이 절하고 말했다. "동방삭아, 동방삭아. 상을 받고도 칙명을 기다리지 않았으니 어찌 무례하지 않은가! 검을 뽑아 고기를 베었으니 얼마나 씩씩한가! 베어도 적게 베었으니 얼마나 청렴한가! 돌아가 처에게 주었으니 얼마나 인자한가!"朔來! 朔來! 受賜不待詔, 何無禮也! 拔劍割肉, 壹何壯也! 割之不多, 又何廉也! 歸遺細君, 又何仁也! 무제가 웃으며 말하기를 "자기 비판을 하랬더니 반대로 자기 칭찬을 하는구나."라며 술 1석石과 고기 백근斤을 다시 하사하였다. 『한서』「동방삭전」 참조.

5 [원주]: "그는 사건에 연좌되어 관직을 잃었다."渠坐事失官.

6 人間(인간) 3구: 서한 초기 진평陳平의 전고를 가리킨다. 진평이 젊었을 때 장부張負의 손녀를 아내로 맞이하였다. 그 손녀는 다섯 명의 남편이 모두 죽었기에 아무도 재취하려고 하지 않았다. 장부의 아들이 진평이 가난한 것을 탓하자 장부가 말했다. "사람이 진평처럼 잘 생겼는데 언제까지나 가난하고 천하겠나?"人固有好美如陳平而長貧賤者乎? 孺子(유자)는 진평의 자字. 『사기』「진승상세가」 참조.

7 風乎舞雩(풍호무우): 무우에서 바람을 쐬다. 공자의 제자 증석曾晳이 자신의 소원을 말하였다. "춘사월이 되면 봄옷으로 갈아입고 젊은 사람 대여섯 명과 동자 예닐곱 명을 데리고 나가서 기수沂水에 목욕하고 무우舞雩의 광장에서 바람을 쐬고 노래를 부르면서 돌아올까 합니다."莫春者, 春服既成, 冠者五六人, 童子六七人, 浴乎沂, 風乎舞雩, 詠而歸. 『논어』「선진」 참조.

8 塵埃野馬(진애야마): 먼지와 아지랑이. 『장자』「소요유」에 "아지랑

이와 먼지는 살아 있는 것들이 내쉬는 숨이다."野馬也, 塵埃也. 生物之
以息相吹也.란 말이 있다. 『장자집석』에서는 대붕이 본성에 맡겨 움
직이는 것은 "아지랑이와 먼지가 움직이며, 정해진 마음이 없이 오
르는 것과 같다."亦猶野馬塵埃之累動而昇無成心也.라고 해석하였다.

9 更想(경상) 3구: 동한 말기 제갈량이 호북 융중에서 은거하며 「양
보음」梁甫吟을 즐겨 읊었다. 여기서는 제갈원량을 제갈량에 비유하
였다.

10 雷鳴(뇌명) 2구: 굴원의 「복거」卜居를 환기한다. "세상이 혼탁하고
맑지 못하니 매미 날개를 무겁다 하고 천 근을 가볍다 말하오. 황종
은 버려지고 질솥이 우레처럼 소리 내오. 아첨꾼이 세력을 떨치고
어진 선비는 이름이 없소. 아아, 묵묵히 지내니 누가 나의 청렴과
정절을 알아주리오?"世溷濁而不清, 蟬翼爲重, 千鈞爲輕. 黃鍾毀棄, 瓦釜雷
鳴, 讒人高張, 賢士無名. 吁嗟默默兮, 誰知吾之廉貞? 여기서는 자신의 작
품을 흙 단지가 소리 내는 것으로 비유하고, 제갈원량의 작품을 황
종의 소리로 비유하면서 상대가 화답해주기를 바랐다.

해설

진인화와 제갈원량에게 써준 화답사이다. 부제에서 '장난삼아'戲 썼
다고 했으므로 다분히 과장되고 가벼운 분위기이다. 상편은 진인화의
재주를 칭송하고 폄적을 위로하였다. 첫 구의 표천은 신기질 자신을
가리킨다. "고기를 잘라 품고 갔다"는 동방삭의 전고를 이용하여 그가
애매한 사건에 연루되어 신주로 폄적되어 온 일을 가리킨다. 하편은
필자 자신의 처세 태도와 제갈원량에게 화답을 청하는 내용으로 나누
어져 있다. '먼지와 아지랑이'는 눈에 보이는 모습이지만 동시에 『장자
집석』에서 대붕의 자연스러운 본성의 발로라 해석했으므로, 바로 위의
'무우에서 바람 쐬기'와 같이 자연스러운 삶에 대한 지향을 의미한다.

제갈원량에 대한 부분도 먼저 상대를 제갈량으로 비유하고, 이어서 자신의 투박한 작품으로 황종과 같은 상대의 화답사를 청한다고 하였다.

강신자江神子

— 진인화에 화운하며和陳仁和韻[1]

옥퉁소 소리 멀어져 가니 난새 타고 놀던 옛일 생각나리.
슬픔과 기쁨은 얼마였던가
비단 허리띠 헐거워졌으리.
잠시 꽃을 마주하며
술 남기지 말고 통음하게.
돌아가면 작은 창에 밝은 달은 그대로인데
향로에 구름 한 가닥
대숲에 파란 옥 천 줄기.

오 땅 서리에 응당 살쩍머리 세었으리.
박사 창문 한가로운데
자주 돌아가는 꿈 꾸었으리라.
그녀가 동풍에게 말하여
돌아갈 마음 있느냐고 물어오던가.
고소대姑蘇臺 아래 풀이 자란 길
눈물을 뿌리며 보나니
병풍 속의 작은 산.

玉簫聲遠憶驂鸞.[2] 幾悲歡, 帶羅寬. 且對花前, 痛飲莫留殘.[3] 歸
去小窓明月在, 雲一縷,[4] 玉千竿.

吳霜應點鬢雲斑. 綺窓閑, 夢連環.⁵ 說與東風, 歸興有無間. 芳草姑蘇臺下路,⁶ 和淚看, 小屛山.⁷

注

1 陳仁和(진인화): 앞의 사 참조.

2 驂鸞(참란): 난새를 몰다. 난새를 타다.

3 痛飮(통음) 구: 남북조 말기 유신庾信의 「무미낭」舞媚娘에 나오는 "청년 때는 오직 환락이 있을 뿐이니, 술 마시는데 어찌 술을 남기랴."少年唯有歡樂, 飮酒那得留殘.는 구절을 이용하였다.

4 雲一縷(운일루) 2구: 피어오르는 향과 대숲을 형용하였다. 왕안석王安石의 시에 "우수수 소리 들려 집 밖에 나가니 천 가닥 옥이요, 하늘거리는 모양은 창 앞에 한 가닥 구름이로다."蕭蕭出屋千竿玉, 嫋嫋當窓一縷雲.란 구절이 있다.

5 夢連環(몽련환): 자주 돌아가는 꿈을 꾸다. 環(환)은 還(환)의 해음諧音으로 사용되었기에 '돌아가다'는 뜻이 들어있다.

6 姑蘇臺(고소대): 춘추시대 오나라 왕 합려가 세운 궁전. 지금의 강소성 소주시 서남 고소산 위에 소재. 『술이기』述異記에 의하면 합려는 방대한 인력과 재물을 소모하여 삼 년에 걸쳐 완성했으며, 오리五里에 걸친 누각 가운데 제일 위에 춘소궁春宵宮을 세웠다. 합려의 아들 부차는 호수를 만들어 청룡주를 띄우고 배 안에서 가무를 즐기며 서시와 놀았다고 한다.

7 小屛山(소병산): 병풍에 그려진 산.

해설

진인화의 여인을 애도하며 지은 도망사悼亡詞이다. 상편은 여인에 대해 애도하고 추억하는 진인화에 대해 썼다. 돌아간다는 것은 진인화가 여인과 함께 지냈던 오 땅으로 보이며, 그곳에 가서 함께 보았던 명월과 향과 대숲으로 그녀를 추억하리라 예상하였다. 하편은 진인화의 애상을 주로 묘사하였다. 꿈속에 자주 들어가 만나며, 그녀가 동풍에게 말하여 돌아와 달라고 하는 것은 몽환적이다. 고소대 아래의 길은 아마도 두 사람이 함께 걸었던 길일 것이다. 그것이 이제는 그림 속의 이미지처럼 변해버렸다. 아름다운 정경과 애잔한 정감이 이미지를 달리하며 반복되어 사람의 마음을 움직이는 전형적인 완약사이다.

강신자江神子
— 진인화에 화운하여和陳仁和韻

봉황 비녀 날아가니 난새 비녀 놀란다.
다시 즐거운 만남을 바라지만
강물과 구름이 드넓어라.
애끊어지는 슬픔 새삼스레 일어나는 것은
비취 이불에 향기만 남았기 때문.
기다렸다 와보니 봄은 이미 다 가고
매화는 열매를 맺고
죽순은 대나무가 되었구나.

상죽湘竹으로 만든 발을 걷으니 눈물 자국
패옥 소리 한가하고
옥고리 늘어졌었지.
온유향溫柔鄕에 들어가
거기에서 늙기 바랐지.
설인귀 장군이 화살 세 개로 공을 세운 일 비웃지만
어느 날 가서
천산天山을 평정할 것인가?

寶釵飛鳳鬢驚鸞. 望重歡, 水雲寬. 腸斷新來, 翠被粉香殘. 待
得來時春盡也: 梅着子, 筍成竿.

湘筠簾捲淚痕斑.[1] 珮聲閑, 玉垂環. 箇裏溫柔,[2] 容我老其間. 却笑將軍三羽箭,[3] 何日去, 定天山?

注

1 湘筠(상균): 상죽湘竹. 상비죽湘妃竹 또는 반죽斑竹이라고도 한다. 줄기에 자갈색 반점이 있는 대나무. 전설에 의하면 순 임금이 창오산에서 죽자, 두 비 아황과 여영이 상강가에서 흘린 눈물이 대나무에 떨어져 얼룩이 졌다고 한다. 주로 호남성 등지에서 자란다.

2 溫柔(온유): 온유향溫柔鄕. 부드러운 여인과 함께 있는 정신적인 경계. 『조비연외전』趙飛燕外傳에서 서한 때 성제가 조비연趙飛燕의 동생 조합덕趙合德을 가리켜 온유향이라 하였다.

3 却笑(각소) 3구: 당대 설인귀薛仁貴와 관련된 전고를 이용하였다. 설인귀가 철륵 구성鐵勒九姓을 공격할 때 적이 수십 기를 이끌고 와 도전하였다. 설인귀가 활 세 발로 세 사람을 쏘아 죽이자 적들이 두려워 항복하였다. 이에 군중에서 다음과 같이 노래하였다. "장군이 화살 세 발로 천산을 평정하고, 장사들은 노래하며 한나라 관문으로 들어오네."將軍三箭定天山, 壯士長歌入漢關. 『신당서』「설인귀전」 참조.

해설

앞의 사에 이어진 작품으로, 진인화의 여인을 애도한 도망사悼亡詞이다. 상편은 진인화의 슬픔을 주로 묘사하면서, 지나간 일이 다시 돌아오기 어려움을 말하였다. 하편은 진인화의 회상을 서술하였다. 더불어 진인화는 이전의 아름답고 부드러운 감정을 언제까지나 계속하고자 하였다. 이에 대해 설인귀가 서역에서 공을 세운 일을 들어 진인화가 슬픔을 이겨내고 정신을 진작하여 공을 세우기를 바랐다.

영우락 永遇樂

— 편관에서 해제되어 동으로 돌아가는 진인화를 보내며. 진인화는 상
요에서 일 년 지내며 자식을 낳아 무척 기뻐하였다送陳仁和自便東歸.
陳至上饒之一年, 得子, 甚喜[1]

장안 도성의 길에는
젊은이들 꽃구경하고
가무로 한껏 즐거우리라.
백발이 된 그대 가여워라
꽃을 찾아 나선 때가 늦어
비바람이 땅을 말아 몰아치는구나.
그대에게 아는지 묻노니
술 가득 담은 가죽 부대를 수레에 싣고 떠나가는 그대는
우물에 빠진 병과 같이 잘못된 게 아님을.
자세히 생각하면 꿈속에서 기쁘고 슬퍼한 것
깨어나면 모두가 찾을 길 없네.

죽장에 짚신 신고 다닌 그대
하늘이 그대 위해
천고에 빛날 옥계玉溪의 시구詩句를 내어주었구나.
낙백하여 동으로 간다지만
풍류남風流男인 그대는
손바닥 위에 구슬 같은 아들을 얻었구나.

일어나 거울을 보게
남관南冠은 다행히 남아있어
옛 먼지를 털어내네.
그대에게 말하노니 구름 속 만 리
이번에는 천천히 걸어가게나.

紫陌長安,² 看花年少, 無限歌舞. 白髮憐君, 尋芳較晚,³ 捲地驚
風雨. 問君知否: 鴟夷載酒,⁴ 不似甁瓶身誤.⁵ 細思量悲歡夢裏, 覺
來總無尋處.

芒鞋竹杖, 天教還了, 千古玉溪佳句.⁶ 落魄東歸, 風流贏得, 掌
上明珠去.⁷ 起看淸鏡, 南冠好在,⁸ 拂了舊時塵土. 向君道雲霄萬
里, 這回穩步.

注

1 陳仁和(진인화): 앞의 사 참조. ○ 自便(자편): 편관編管에서 해제되
   어 자기 편리한 대로 하다. 송대에는 관리가 죄를 지으면 폄적되어
   당해 지방의 호적에 편입되고 지방관에 의해 관리를 받는데, 이를
   편관이라 하였다. 진인화는 인화현에서 사건에 연루되어 신주에 폄
   적되면서 편관되었다.

2 紫陌(자맥) 3구: 유우석劉禹錫이 영정 개혁으로 폄적되었다가 장안
   에 돌아와 현도관에서 복사꽃을 본 감상을 환기한다. 「신하엽 ―사
   람이 이미 돌아왔거늘」 참조. ○ 紫陌(자맥): 도성의 길.

3 尋芳(심방) 2구: 두목의 시 「꽃을 탄식하며」歎花의 뜻을 환기한다.
   "봄을 찾아 나선 게 늦었기 때문에, 한창 때 지났다고 원망하지 말
   아야 하리. 광풍이 검붉은 꽃들 모두 떨어뜨리고, 푸른 잎이 짙푸르
   고 열매 가득 하구나."自是尋春去較遲, 不須惆悵怨芳時. 狂風落盡深紅色,

綠葉成蔭子滿枝.

4 鴟夷(치이): 가죽으로 만든 술 주머니.

5 井瓶身誤(정병신오): 백거이의 시에 "우물 바닥에서 은병을 끌어올 리는데, 은병은 올라가려고 하나 두레박줄이 끊어졌네. …오늘 아 침 소첩이 그대와 헤어지는 것과 같아라."井底引銀瓶, 銀瓶欲上絲繩絶. …似妾今朝與君別.는 구절이 있다. 그밖에 이백의 시「멀리 부치며」寄 遠의 "우물에 떨어진 병처럼 소식이 없고"金瓶落井無消息와 모견毛幵 의 사「옥루춘」玉樓春의 "우물에 떨어진 병처럼 뒤집혀져 그르치고" 金瓶落井翻相誤란 구절도 있다. 이렇게 보면 우물 속의 병은 여인의 이별을 환기한다.

6 玉溪(옥계): 신강新江. 강의 수원이 회옥산懷玉山이므로 옥계라고도 칭했다.

7 掌上明珠(장상명주): 손바닥 위의 구슬. 여기서는 아들을 비유했다.

8 南冠(남관) 2구: 편관編管에서 해제된 일을 가리킨다. ○ 南冠(남관): 춘추시대 초나라 사람의 관. 춘추시대 초나라 종의鍾儀가 포로로 붙 잡혔는데, 진후晉侯가 그를 보고 주위에 물었다. "남관을 쓴 채 잡혀 있는 저 자는 누구인가?"南冠而繫者誰也? 관리가 말했다. "정나라 사 람이 잡아다 바친 초나라 죄수입니다."『좌전』 '성공 9년'조 참조.

해설

편관에서 해제되어 자유를 얻은 진인화를 보내며 지은 송별사이다. 상편에서 진인화의 이력을 서술하고, 하편에서 진인화의 재능을 칭송하 고 자식 얻은 것을 축하하며 앞날을 축복하였다. 진인화의 일생과 그 성패를 짧은 편폭 속에 압축시키면서 그에 대한 관심과 우정을 표현하 였다. 어휘가 예스럽고 전고가 많지만 자유롭게 운용한 특징이 보인다.

정풍파定風波
―늦봄의 감흥暮春漫興[1]

젊었을 때 춘흥春興은 술처럼 진해
머리에 꽃 꽂고 말 달리며 천 잔을 마셨지.
늙어서 봄 맞으니 마치 술병이 난 듯
있는 것이라곤 오직
발 내린 창 아래 찻잔과 향.

시든 꽃잎 말아가는 어수선한 바람을
한하지 말지니
꽃을 피운 것도 원래 봄바람이었다네.
묻노니 돌아가는 봄을 누가 보았는가?
날아가는 제비가
강남에서 오면서 석양 중에 보았으리.

少日春懷似酒濃,[2] 揷花走馬醉千鍾.[3] 老去逢春如病酒, 唯有:
茶甌香篆小簾櫳.[4]

卷盡殘花風未定, 休恨; 花開元自要春風. 試問春歸誰得見? 飛
燕, 來時相遇夕陽中.

注

1 漫興(만흥): 즉흥. 의도 없이 절로 일어나는 흥에 따라 쓴 작품.

2 少日(소일): 청년의 때.

3 鍾(종): 술잔.

4 茶甌(다구): 작은 다관茶罐. 찻잔. ○ 香篆(향전): 향. ○ 簾櫳(염롱):
발이 걸린 창문.

늦봄의 애상감을 노래하였다. 상편은 청춘과 노년의 심정을 대비하
는 방식으로 봄의 소멸과 청춘의 떠나감을 아쉬워하였다. 하편은 눈앞
에 보이는 늦봄의 광경을 보고 느낌을 썼다. 말미의 세 구에서 봄이
돌아가도 제비는 돌아와 아쉬움 속에 위안을 준다고 말하는 듯하다.

보살만菩薩蠻

— 연석에서 앵두를 제목으로 나누어 짓다席上分賦得櫻桃

유리 주발에 담긴 유락乳酪처럼 향기 가득한데
해마다 취중에 새 과일을 맛보네.
무엇이 예쁜 앵두에 비하랴?
오로지 가기歌伎의 붉은 입술이 있을 뿐.

강호에서 살고 싶은 맑은 꿈은 끊어지고
대바구니에 담겨 궁중으로 들어왔네.
알맹이 만 개가 동글동글 쏟아지면
머리 숙여 시골 사람에 부끄러워해야 하리.

香浮乳酪玻璃盌, 年年醉裏嘗新慣.¹ 何物比春風?² 歌唇一點紅.
江湖淸夢斷, 翠籠明光殿.³ 萬顆寫輕勻,⁴ 低頭愧野人.

注

1 嘗新(상신): 새로 거둔 과일이나 곡식을 맛봄. 두보의 「시골 사람이
  붉은 앵두를 보내와서」野人送朱櫻에 "금 소반 옥 젓가락 아득히 먼
  일인데, 오늘은 쑥대처럼 떠돌며 새 앵두를 맛보네."金盤玉箸無消息,
  此日嘗新任轉蓬.라는 구절이 있다.

2 春風(춘풍): 春風面(춘풍면). 봄바람의 느낌을 주는 고운 얼굴. 두보
  의 「영회 고적」詠懷古跡 제3수에 "원제는 그림만으로 봄바람 같은

얼굴을 판단했으니, 달밤에 혼령이 패옥 소리 울리며 부질없이 돌아가는구나."畵圖省識春風面, 環珮空歸月夜魂.라는 구절이 있다.

3 翠籠(취롱): 앵두를 담은 푸른 대바구니. ○ 明光殿(명광전): 한나라 궁전 이름. 한 무제 때 지었다. 장락궁 뒤에 소재했다. 한유의 시 「수부 장 원외의 '선정문에서 백관에게 앵도를 하사하다'는 시에 화답하며」和水部張員外宣政衙賜百官櫻桃詩에 "한나라 때 명광전에서 앵두를 심었고, …향기는 들고 온 대바구니를 따라 오고, 색깔은 쉴새없이 쏟아지며 은 소반을 비추네."漢家舊種明光殿, …香隨翠籠擎初到, 色照銀盤寫未停.란 구절이 있다.

4 萬顆(만과) 구: 두보의 「시골 사람이 붉은 앵두를 보내와서」野人送朱櫻에 "알맹이 만 개가 동글동글 놀랍게도 같아라"萬顆匀圓訝許同란 구절이 있다.

[해설]

앵두를 노래한 영물사詠物詞이다. 상편은 앵두의 색과 향기와 모양을 묘사했고, 하편은 공물이 되어 궁중에 들어간 상황을 서술했다. 말미에서는 자신의 수고 없이 향유하기만 하는 조정에 대하여 일말의 비판의 뜻을 담았다.

자고천鷓鴣天
—남을 대신하여 짓다代人賦

저물녘 까마귀 울음소리 온통 시름겨운데
연못가 버들의 신록은 오히려 부드럽구나.
만약에 눈앞에 이별의 한이 없다면
인간 세상에 백발은 생기지 않으리.

애간장 이미 끊어지고
눈물은 거두기 어려워
그리움에 다시 붉은 누대에 올라라.
정情은 이미 산으로 가로막힌 걸 알고 있지만
난간에 자주 기대는 건 어쩔 수 없어라.

晚日寒鴉一片愁, 柳塘新綠却溫柔. 若敎眼底無離恨, 不信人間
有白頭.
腸已斷, 淚難收. 相思重上小紅樓. 情知已被山遮斷, 頻倚闌干
不自由.

해설

　여인의 입장에서 이별의 슬픔을 썼다. 상편은 이별의 한을 말했고,
하편은 누대에 올라 멀리 바라보는 여인의 모습을 그렸다. 누대에 오
르는 일登樓이 이미 소용없거니와 더욱 슬퍼지는 줄 알면서도, 어쩔

수 없이 다시 올라 난간에 기대는 심리를 통해, 이별의 아픔과 슬픔을
곡진하게 그려내었다.

자고천鷓鴣天

― 남을 대신하여 짓다代人賦

길가의 뽕나무엔 여린 잎 돋고
이웃집 잠종蠶種에선 누에가 부화되네.
들판 언덕 잔풀 위엔 누런 송아지 울고
비낀 해에 숲속 까마귀 몇 점.

산은 원근에 솟아 있고
길은 가로로 비스듬이 나있는데
푸른 깃발 걸린 주막 저쪽엔 인가가 있다.
성안의 도리꽃은 비바람을 근심하는데
시냇가 냉이 꽃에 봄이 있구나.

陌上柔桑破嫩芽, 東鄰蠶種已生些. 平岡細草鳴黃犢, 斜日寒林
點暮鴉.

山遠近, 路橫斜, 靑旗沽酒有人家. 城中桃李愁風雨, 春在溪頭
薺菜花.

해설

봄이 온 모습을 그렸다. 상편은 근경의 모습으로 초봄의 풍광을 그
렸다. "비낀 해에 숲속 까마귀 몇 점"은 형상력이 높다. 하편은 들길을
가는 도중에 발견한 냉이 꽃을 통해, 도시 생활과 시골 생활을 대비시

키면서, 무구한 자연 속에 사는 즐거움을 표현하였다. 시어와 풍광이
「자고천 —봄이 온 들판에 냉이꽃 피고」와 유사하다.

답가踏歌

날씬하구나.
고운 얼굴은 생기발랄하여 일체를 압도하고
더구나 말씨는 봄 꾀꼬리처럼 매끄럽네.
향기와 눈으로 뭉쳐진 듯 아름다워라.

떠나는구나.
봄 적삼에 동심결同心結을 바꿔 달고
나에게 "이별은 두렵지 않아요"라고 말하는데
어젯밤 어찌하여 노랫소리는 목이 메었는가?

가을 이불 속의 꿈
봄 규방의 달.
지나간 일들 누구에게 말하랴.
이르노니 첫째로 벌과 나비 쫓아 다니지 말라고
봄이 가고 꽃 지는 시절이 있으니까.

攧厥.¹ 看精神壓一龐兒劣.² 更言語一似春鶯滑.³ 一團兒美滿香
和雪.
　去也. 把春衫換却同心結. 向人道"不怕輕離別",⁴ 問昨宵因甚
歌聲咽?

秋被夢, 春閨月. 舊家事却對何人說.⁵ 告第一莫趁蜂和蝶, 有春
歸花落時節.

注
1 擷厥(전궐): 여자의 몸매가 날씬한 모양. 나긋나긋하다. 경쾌하다.
2 精神壓一(정신압일): 생기가 가득하여 일체를 압도한다. ○ 龐兒劣
  (방아렬): 얼굴이 준수하다. 여기서 렬劣은 반훈사反訓詞로 반대의
  뜻으로 새긴다.
3 春鶯滑(춘앵활): 말이 꾀꼬리 울음처럼 듣기 좋다. 백거이의「비파
  행」琵琶行에 "꾀꼬리가 꽃 아래서 구성지게 지저귀고, 물소리가 얼
  음 아래 흐느끼며 흐르네."間關鶯語花底滑, 幽咽泉流冰下灘.란 구절이
  있다.
4 輕離別(경리별): 이별을 가벼운 일로 여기다. 백거이의「비파행」琵
  琶行에 "상인은 정보다 이익을 중시해 쉬이 집 나가니"商人重利輕別
  離란 구절이 있다.
5 舊家事(구가사): 옛 일.

해설
  여인의 사랑과 이별을 노래했다. 상편은 여인의 모습을 묘사했다.
자태와 얼굴과 목소리와 살결이 모두 매혹적이다. 중편은 여인이 떠
나가는 상황을 그렸다. 겉으로는 매정하게 "이별은 두렵지 않아"라고
하지만 목 메인 노랫소리에서 일말의 희망을 가져본다. 하편은 이별
의 아픔으로부터 여인에게 권고하였다. 통속적인 언어를 운용하면서
도 아취를 잃지 않고 남녀의 만남과 이별을 생생하게 담아내었다.

| 역주자 소개 |

서성

북경대에서 중문학 박사학위를 받았다. 현재 배재대에서 강의. 중국고전시와 관련된 주요 실적으로는 「이소」離騷의 주석과 번역, 「구가」九歌 주석과 번역, 『양한시집』兩漢詩集, 『한시, 역사가 된 노래』, 『당시별재집』唐詩別裁集, 『대력십재자 시선』大曆十才子詩選 등이 있다.

한국연구재단
학술명저번역총서
[동양편] 623

가헌사稼軒詞 ❷
신기질 사 전집

초판 인쇄 2020년 7월 1일
초판 발행 2020년 7월 15일

저   자ㅣ신기질
역 주 자ㅣ서   성
펴 낸 이ㅣ하운근
펴 낸 곳ㅣ**學古房**

주   소ㅣ경기도 고양시 덕양구 통일로 140 삼송테크노밸리 A동 B224
전   화ㅣ(02)353-9908 편집부(02)356-9903
팩   스ㅣ(02)6959-8234
홈페이지ㅣwww.hakgobang.co.kr
전자우편ㅣhakgobang@naver.com, hakgobang@chol.com
등록번호ㅣ제311-1994-000001호

ISBN   979-11-6586-085-1 94820
       978-89-6071-287-4 (세트)

값 : 28,000원

이 책은 2015년도 정부재원(교육부)으로 한국연구재단의 지원을 받아 연구되었음
(NRF-2015S1A5A7017018).
This work was supported by National Research Foundation of Korea Grant funded by the Korean
Government(NRF-2015S1A5A7017018).